JN070603

現代社会で乙女ゲームの悪役令嬢をするのはちょっと大変
2
二日市とふろう
イラスト 景

桂華院瑠奈
泉川裕次郎

恋住総一郎
後藤光也
帝亜栄一

晴れの舞台で差をつけろ!!
TEISEI
帝西
通学でも、競技でも。
最速を誇る
機能美スニーカー。
帝西百貨店グループ
にて独占販売。

# 現代社会で乙女ゲームの悪役令嬢をするのはちょっと大変

It's a little hard to be a villainess of a otome game in modern society

## 2

二日市とふろう

イラスト 景

Story by Tofuro Futsukaichi
Illustration by Kei

It's a little hard to be a
villainess
of a otome game in
modern society

## 登場人物紹介

**桂華院瑠奈**
現代社会を舞台にした乙女ゲームの世界に転生した悪役令嬢。

**帝亜栄一**
日本一の自動車企業テイア自動車の御曹司。攻略キャラ。

**泉川裕次郎**
大物政治家・泉川辰ノ助議員の末息子。攻略キャラ。

**後藤光也**
大蔵省官僚・後藤光利主計官の一人息子。攻略キャラ。

**橘隆二**
桂華院瑠奈の執事。瑠奈を公私共にサポートする。

**一条進**
極東銀行東京支店長。橘と共にムーンライトファンド設立に携わる。

**春日乃明日香**
瑠奈の友達。衆議院議員の父親をもち、みかんをオレンジと呼ぶ。

**開法院蛍**

瑠奈の友達。寺社系華族出身。かくれんぼでは絶対に見つからない。

**藤堂長吉**

桂華商会相談役。前職は岩崎商事の資源調達部長。

**泉川辰ノ助**

立憲政友党所属衆議院議員。現大蔵大臣。

**恋住総一郎**

立憲政友党所属衆議院議員。元厚生労働大臣。

**斉藤桂子**

桂華院家メイド。元銀座の夜の女王。

**時任亜紀**

桂華院家メイド。カメラ好き。

**桂直美**

桂華院家分流出身。息子の直之がいる。

**桂直之**

北海道開拓銀行総合開発部所属。

**前藤正一**

警察庁公安部外事課所属。階級は警部。

**帝亜秀一**

帝亜財閥総帥。栄一の父。

**高宮晴香**

帝都学習館学園共同図書館館長。

**小鳥遊瑞穂**

乙女ゲーム『桜散る先で君と恋を語ろう』の主人公。

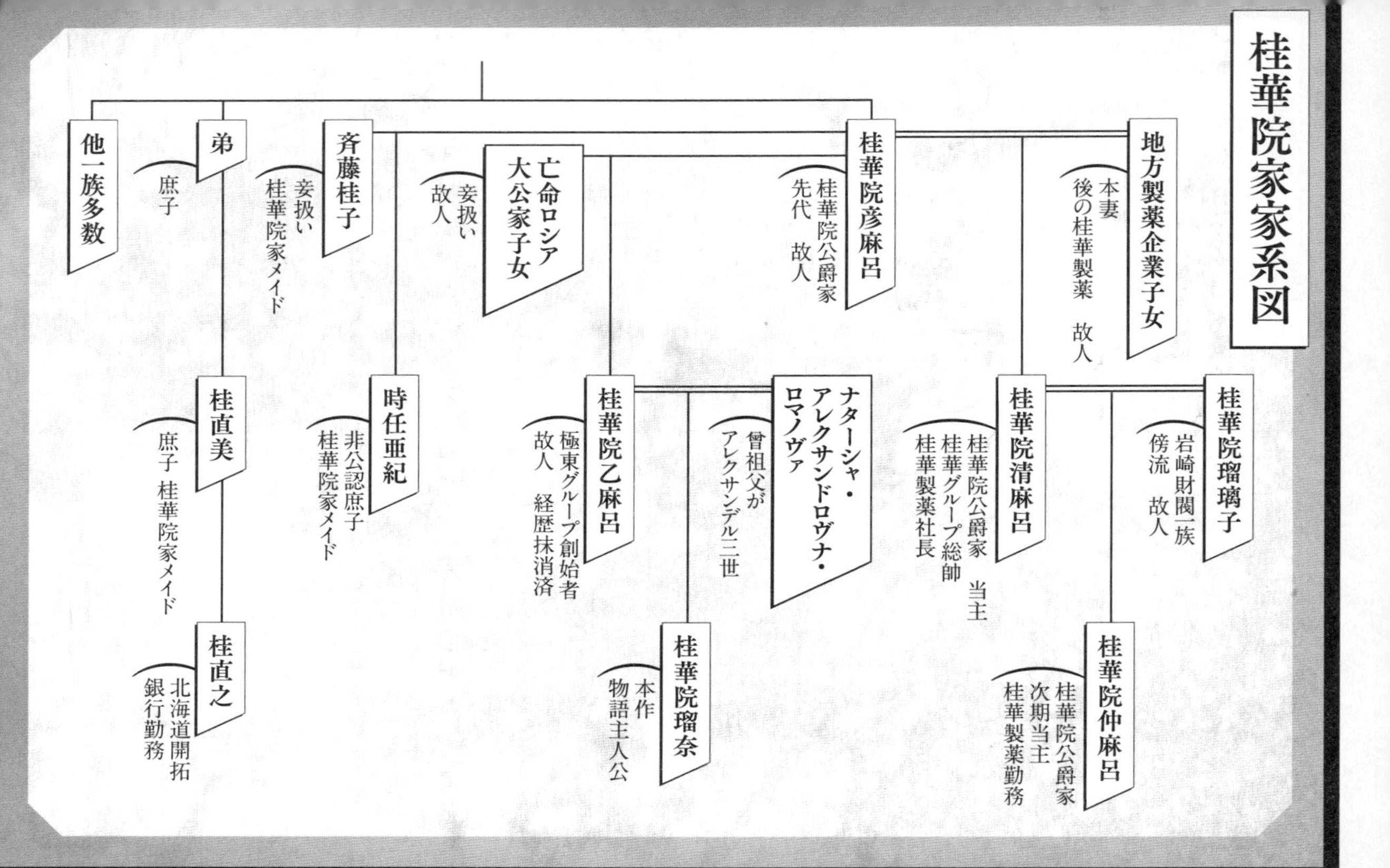

桂華院家系図
地方製薬企業子女
本妻
後の桂華製薬　故人
桂華院瑠璃子
岩崎財閥一族
傍流　故人
桂華院仲麻呂
桂華院公爵家
次期当主
桂華製薬勤務
桂華院清麻呂
桂華院公爵家　当主
桂華グループ総帥
桂華製薬社長
桂華院彦麻呂
桂華院公爵家
先代　故人
ナターシャ・
アレクサンドロヴナ・
ロマノヴァ
曾祖父が
アレクサンドル二世
桂華院瑠奈
本作
物語主人公
桂華院乙麻呂
極東グループ創始者
故人　経歴抹消済
亡命ロシア
大公家子女
妾扱い
故人
時任亜紀
非公認庶子
桂華院家メイド
斉藤桂子
妾扱い
桂華院家メイド
弟
庶子
桂直美
庶子　桂華院家メイド
桂直之
北海道開拓
銀行勤務
他一族多数

It's a little hard to be a
villainess
of a otome game in
modern society

# 目次

桂華院瑠奈

日本の華族桂華院公爵家の子女にして、ムーンライトファンドの実質的所有者。

元々は両親（既に死亡）が東側に内通していた事と、彼女の血脈がロマノフ家の血の中で高位に当たる事から注意対象となる。注意対象が監視対象に引き上げられたのは、アジア金融危機及びロシア金融危機からで、彼女が保有するムーンライトファンドがその存在感を増してからである。

ムーンライトファンドの保有株の状況は別紙に記載。

これに伴う彼女の桂華グループへの支配率は以下のようになる。

旧桂華グループ系

桂華製薬を中心に株式の持ち合いが行われ、中核企業の桂華製薬のメインバンクは帝都岩崎銀行であり、岩崎財閥との関係も悪くはない。

彼女の旧桂華グループ支配は旧極東銀行が保有していた株を受け継いだ桂華銀行を中心としているが、彼女がこの旧桂華グループ系には積極的な支配の手を出していないのは、叔父である桂華院清麻呂に配慮してと思われる。

また、旧桂華グループ内の再編で桂華商会は赤松商事と合併。桂華海上保険と極東生命は帝西百貨店グループの損保・生保会社と合併した上で桂華銀行傘下に移動している。

繰り返すが旧桂華グループ系のメインバンクは帝都岩崎銀行で、桂華銀行ではない所に注意。

旧桂華グループの本家は桂華製薬であり、桂華化学工業がその次席というのが社長会『鳥風会』の席順ではあるが納得していない企業も多い。中核企業の桂華製薬は非公開企業で桂華院家が株式の大部分を保有し、帝都岩崎銀行や桂華銀行などの金融機関がある程度所有している。

桂華院瑠奈が保有する株式に旧グループの保有株は少なく、旧極東銀行で今は合併した桂華銀行が保有している。彼女の株式はムーンライトファンドが所有しており、桂華ホテル・桂華銀行・赤松商事・ＡＩＲＨＯ等の企業がムーンライトファンドの支配下にある。

桂華ホテル系
桂華院瑠奈の最初の所有企業である旧極東ホテルから始まった桂華ホテルグループは帝西百貨店グループにあったトリプルオーシャンホテルの吸収合併によって独自の地位を確立した。

トリプルオーシャンホテル買収に名乗りをあげた世界的ホテルグループから買収の提案が来たが、ホテル側はこれを断っている。

旧北海道開拓銀行が所有していた北海道のリゾート開発を北海道三次企業群と共同で行う他、九州の温泉地の開発も手がけている。

また、九段下の旧債権銀行本社ビル再開発でホテルとして入る事を既に決定しており、九段下の再開発ビルが桂華院瑠奈の事業本部になる可能性から、このホテルグループは桂華院瑠奈直轄事業になるのではと考えている関係者も多い。

桂華銀行系

日本の不良債権処理過程で生まれた実質的国有銀行で、98年秋にムーンライトファンドに八千億円で売却され桂華院瑠奈の絶大な影響下にある。

ムーンライトファンドは一応桂華銀行系列ではあるがここでは別枠扱いとする。

極東銀行・北海道開拓銀行・長信銀行・債権銀行の合併によってできた桂華銀行。三海証券と一山証券が合併した桂華証券。極東生命と桂華海上保険によってグループを構成している。

機関銀行化を懸念する内外の声から五年以内の株式公開は決定しているが、不良債権処理が終わりムーンライトファンドや赤松商事を抱える桂華銀行の資産価値は高く、時価総額は三兆円を超えると言われている。

現在、金融ビッグバンに伴う金融持ち株会社解禁の動きが国会で議論されており、そのモデルケースとしても期待されている。

赤松商事系

総合商社である赤松商事は不良債権処理過程で赤丸商事と松野貿易と桂華商会の合併によってできた会社であり、桂華銀行とムーンライトファンドが株式の大部分を、桂華製薬が少数保有している。桂華製薬が株式を保有しているのはここに桂華商会を合併させたからである。

一時は経営危機も囁かれたが、ロシア金融危機時に発生した円の急騰と資源価格の暴落に乗じて資源を買いあさり莫大な利益を生み出している。総合商社の莫大なネットワークを利用して桂華グループ内では経営再建の前線基地となっており、救済した帝西百貨店グループを子会社にして不良債権処理を進めている。

帝西百貨店グループ系

一兆七千五百億円もの不良債権を抱えていた帝西百貨店グループは桂華グループに救済されて経営再建を目指している。

金融事業は桂華銀行に、ホテル事業は桂華ホテルに譲渡して、百貨店・スーパー・コンビニの物流事業は赤松商事の下で経営再建を進めている。赤松商事が持つ膨大なネットワークの利用と旧北海道開拓銀行から付き合いがある道内一次企業の生鮮食品を関東に直送するビジネスモデルは当たり、順調に経営は再建しつつある。経営再建後に株式を公開して投資を回収する方針だが、三割程度の株式は保持し続ける可能性は高い。

ＡＩＲＨＯ

ベンチャー企業のＡＩＲＨＯは第三セクターであり、北海道庁と北海道経済界の協力によって設立された経緯がある。資金難に苦しんでいたが旧北海道開拓銀行の縁でムーンライトファンドが出資して経営権を握ると、格安航空事業の他にビジネスジェット事業を展開。帝西百貨店グループが保有していたヘリ運用企業を吸収し、ハイソサエティ層の玄関先から空港までのアクセスも担っている。

総評

現在の桂華グループは、社長会による統制を行いたい旧グループとムーンライトファンドを率いる桂華院瑠奈を旗頭にして経営の独立性を保ちたい他社との間で、微妙な綱引きが行われている。

桂華院瑠奈の類稀（たぐいまれ）なる才能に気づいているのは表向きにはまだ殆（ほとん）どおらず、その実態は彼女が子供である事を利用して、彼女の手駒である橘　隆二（たちばなりゅうじ）と一条　進（いちじょうすすむ）及び藤堂長吉（とうどうながよし）を取り込もうとする動きに終始している。

一方で、桂華院瑠奈は学校の同級生の縁から立憲政友党の泉川辰ノ助（いずみかわたつのすけ）議員に接触しその復権に協力。泉川議員が立憲政友党副総裁職に就くだけでなく、彼の派閥の柳谷吉保（やなぎたによしやす）議員が金融再生委員長に就任したことで、日本の金融行政に絶大な影響力を持つようになった事に留意しなければならない。事実、泉川副総裁は日本の米国大使館に対して、非公式ながらも桂華院瑠奈に対する我々の監視について懸念を表明している。（以下中略）

結論として、彼女は順調に行けば今後の日本の政財界に絶大な影響を及ぼす人物になり、彼女を合衆国の敵に走らせてはいけない。監視をし続けると同時に、彼女を合衆国の利益として取り込む事をここに進言する。

アメリカ合衆国日本大使館付情報分析官　アンジェラ・サリバン

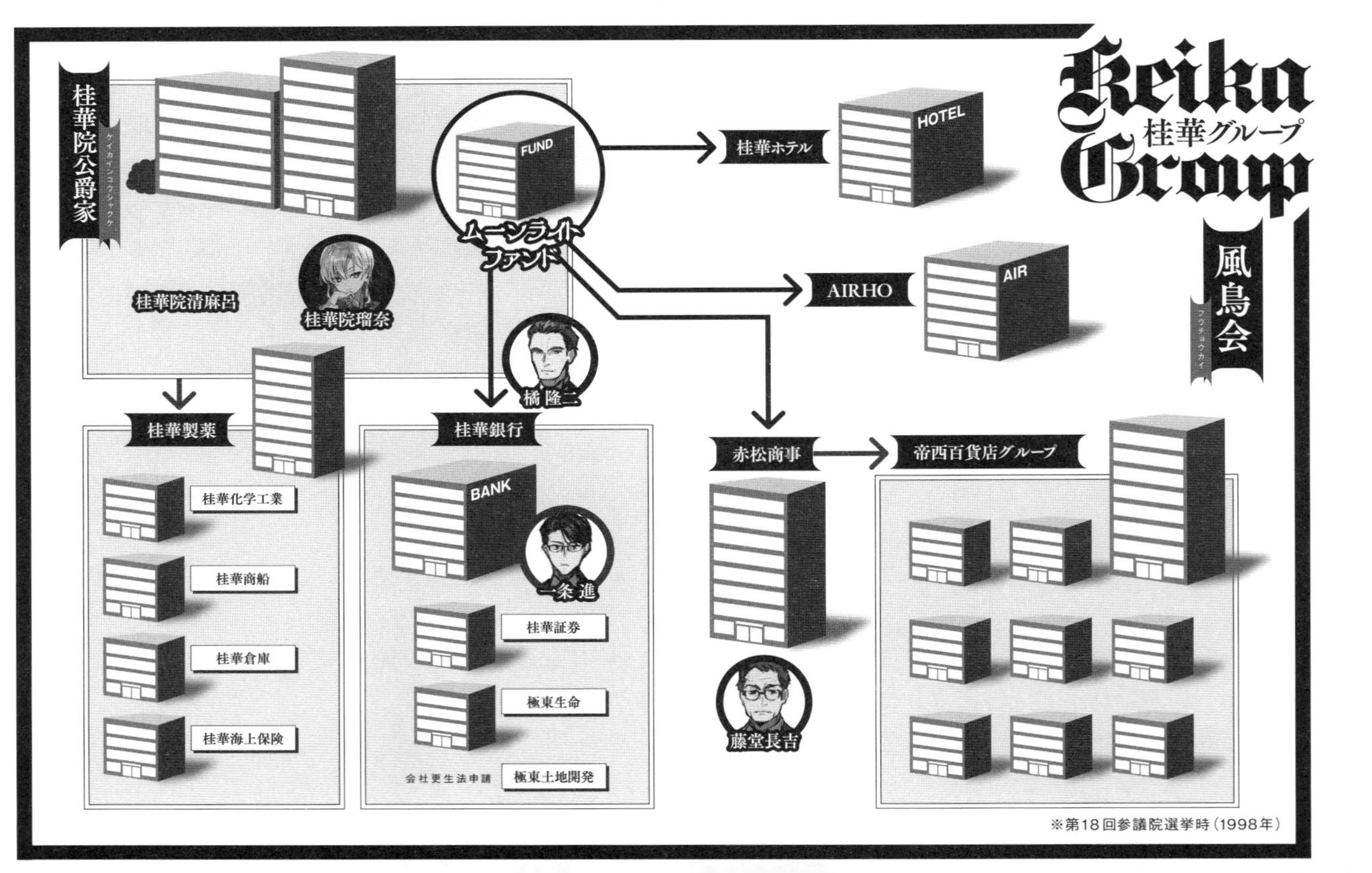
Keika Group
桂華グループ
風鳥会
フウチョウカイ
桂華院公爵家
ケイカインコウシャクケ
FUND
ムーンライトファンド
桂華ホテル
HOTEL
AIRHO
AIR
桂華院清麻呂
桂華院瑠奈
橘 隆二
桂華製薬
桂華化学工業
桂華商船
桂華倉庫
桂華海上保険
桂華銀行
BANK
一条 進
桂華証券
極東生命
会社更生法申請
極東土地開発
赤松商事
藤堂長吉
帝西百貨店グループ
※第18回参議院選挙時（1998年）

【用語解説】

・機関銀行……特定の会社や個人の資金調達を目的に預金を集める銀行のこと。財閥かどうかの指標の一つで、この機関銀行を持っているかどうかというのが戦前での財閥の見分け方だったりする。

・金融持ち株会社……金融ビッグバンの目玉の一つ。銀行・証券・保険と異なる業務の総合的指導が行えるメリットの他に、頭を作ることで子会社となった銀行間の逆さ合併等の裏技がしやすくなった事があげられる。こいつがなかったら日本の不良債権処理はもっと遅れていた。

「サイトシーイング？」

「Ｎｏ，Ｂｕｓｉｎｅｓｓ」

目が覚めると西海岸。ビジネスジェットのこの快感を知るとそりゃみんなこれを使うわな。

手続き後、そのままヘリに乗り込んでシリコンバレーへ。東海岸のウォール街の大混乱なんて尻目に、この西海岸のシリコンバレーは我が世の春を謳歌していた。

「ようこそ！　我らの女王陛下！」

シリコンバレー。ムーンライトファンド。本拠ビル。そこで行われた技術者向けパーティーの席である。最初は投資家向けパーティーに招待されていたのだが、この手のビジネスは金があるならばコネを作るべきは技術者達だ。

パーティーと言っても、集まったのはギークばかりで、テーブルにはポテトチップスにフライドチキンにピザにコーラ。お前らそれは太るぞというか、もう太っているぞ。ついてきた橘が露骨に顔をしかめているのですが。が。

「おいおい。お嬢様の執事が困惑しているじゃないか。お嬢様の健康に配慮しなかったのかよ？」

「したさ。だからこんなにヘルシーなものを用意したんだぜ」

「「ＨＡＨＡＨＡ！」」

これが本当に配慮なのだから困る。ポテトチップスは野菜らしい。やばい。なんとか笑顔を作るけど、苦笑しか出てこない。けどこいつらの技術は一流である。という訳で、お土産披露タイム。

「お招き頂いてありがとう♪　約束のものを持ってきたわよ」

技術者達の大歓声を尻目に私は大画面のテレビに備えられたビデオにビデオテープを差し込む。

そこで始まったアニメに大興奮を覚える技術者達を尻目に、私は壁の花になっていた女性に声をかける事にした。

「何でここにいるんですか？　アンジェラ情報分析官さん？」

「それは、あなたが西海岸に来たからでしょう？　おかげで、私はエコノミークラスで十時間」

明らかに場違いなイブニングドレスなんて着て壁の花になっていたら、そりゃ誰も声をかけてこないわな。きっと投資家向けのパーティーに行くと踏んで来たらこっちの集まりに顔を出していた、あたりだろう。実にご愁傷さまである。あと地味に世知辛い報告ありがとう。

「なんなら、帰りはビジネスクラスにしましょうか？」

「便宜供与で首になりますわ」

二人してテレビに映るアニメを眺める。ＳＦというか、サスペンスというか、そんな感じのアニメにギーク達が大興奮していた。私はコーラの紙コップを持つ。なお、サイズは一リットル。間違いなく飲みきれないな。

「ついこの間日本で放映されたばかりで、なぜかこっちの人たちにバカ受け。夜中遅くにビデオを予約する羽目になりましたわ。『あの世界を俺たちが作るんだ！』だそうで」

「肉体を捨てた先があれなんておぞましいと思うわ。けど、彼らが作り出す物は合衆国の利益になります」

ワイングラスを片手にアニメをチラチラ見るアンジェラ。録画したので飛行機の中で見た私はともかく、アンジェラもあのアニメを見ているらしい。ＣＩＡもご苦労なことである。

「警告はしましたよ」

「不戦勝で目をつけられるなんてひどくないですか？」

そのままさらりと本題に入る。何もこんな所でするなんてご苦労なことだ。

「何処かの誰かさんが出てこなかったおかげで、ムーンライトファンドはいくつかの株を売却する羽目になりましてよ」

発売されたＯＳが実質的なデファクトスタンダードになった事で、本格的なネット社会の到来が始まろうとしていた。それに伴って、ムーンライトファンドが抱えているハイテク株は笑いが止まらないほど急騰していたのである。桂華銀行買収資金の調達にかこつけて一時利確をしていた。

「こっちはウォール街のファンドの破綻処理に大わらわというのに羨ましいですわ。それで今度は資源を？」

「安い時に買って、高い時に売る。ビジネスの鉄則でしょう？」

桂華銀行買収資金の調達と同時にこの秋合併した赤松商事を使って石油を始めとした資源ビジネスに本格的に乗り出していた。世界の金融市場は未だロシア発のウォール街の混乱に巻き込まれているが、その混乱を尻目にムーンライトファンドは資源を格安で買い漁っていた。

「否定はしませんけどね。貴方(あなた)が監視対象である事はお忘れなきように」

「それについては、日本の政府与党から懸念の声が上がっている事もお忘れなく」

渕上(ふちがみ)内閣成立後、お礼なのだろうか政権中枢に返り咲いた泉川(いずみかわ)副総裁が非公式だけど米国大使館に対して懸念を伝えたらしい。あくまで非公式。けど、表沙汰になるとダメージを受けるのは米国であるのはCIA自身が一番良く分かっていた。

「そろそろお暇(いとま)させてもらいますわ。これから六時間ぶっ通しでアレを見るのはきついので」

「ええ。これからもよろしく」

私がにっこりとお顔を作って手を差し出すと、アンジェラは手を握り返す。その握った手は少し力がこめられていた。

翌日。

「女王陛下！　あれを作りたいんだ！　マネーを出してくれ‼」

はいはい。支払いはまかせろー。こいつらが、アニメを超えるものを生み出すのに十年ほどの時間が必要になる。


電話の面白い所は声だけしか聞こえないという所だろう。人の印象は九割外見で決まると言われているのにその九割が使えないのだから、必然的に電話相手を個人として認めた上で話をしなければならない。

「という訳で、鮎河自動車の救済について意見を聞きたいんだが、何か良い意見はあるかな？　小さな女王様？」

渕上総理。貴方は一介の小学生に何をお尋ねになられているのでしょうか？

「金を出してもあそこは救えませんよ」

鮎河自動車は日本二位の自動車生産を誇り、『技術の鮎河』とその名前を轟かせていたが、販売不振とバブル崩壊時の過剰投資で有利子負債が二兆円近くに達していた。自動車産業は裾野が広く雇用の観点からもこの鮎河の経営危機を放置する訳にも行かず、通産省が音頭を取って救済に乗り出していた所だった。

「理由は？」

「再建までのグランドデザインを描ける人間が居ません。私がやっている物流企業の救済は基本小学生でも分かることで、新鮮な食料品という良い商品をお客様の所に届ける。これのみです。自動車の場合、工芸品で、それに詳しい人間が関わらないと、良い商品が作れません」

その前にバブルの過剰投資でできた負債処理とかがあるのだが、話がそれるので言わないでおく。

一国の総理なのだから、そのあたりは把握しているだろう。

「技術の鮎河なのに？」

「総理。企業にとって良い商品とお客様にとって良い商品は違うのです」

二十一世紀の日本企業はこれに失敗した所が多い。その為か日本企業の稼ぎは製品ではなく部品や製造機械を始めとした中間財産業にシフトするのだが、自動車は数少ない日本が競争力を持った完成品産業だった。その為に助けられるのならばという所で渕上総理と私の意見は一致している。

「テイア自動車による救済合併はどうだろうか？」

「独占禁止法をクリアするのが厄介な上に、規模が大きすぎてテイア自動車が嫌がるでしょう。私は、巽（たつみ）自動車方式を提案します」

西日本に本社と工場を置く巽自動車は、オイルショック時に経営危機に陥り銀行主導で米国自動車会社の傘下に入り再建に取り組んでいた。

なお、バブル崩壊時にもこの会社はやらかして支援おかわりをしてしまっている。そのやらかしがまさに企業にとっての良い商品とお客様が求める良い商品の違いだった。

「それだと国民から『外資に売られた』と批判を受けないかい？」

「無駄に金をつぎ込んで再建できなかった方が批判を受けますよ。渕上総理が私に電話をかけてきた事の本題は、鮎河自動車そのものではなく、二兆円の不良債権が直撃する銀行に対する不安でしょう？」

つまる所、この問題というかバブル崩壊の本質はそこに行き着く。銀行が潰れるという事はそのまま社会混乱に直結するからで、それはダイレクトに与党及び内閣支持率に直結する。金融再生委員会では、強引とも言える不良再建処理の推進と、それに対する支援としての公的資金の投入の法案整備を進めていた。それは桂華銀行みたいに大蔵省の植民地になりかねないと、各銀行は合併と貸し剥がしで不良債権処理の資金を捻出しようとしていたのである。

「君が小学生である事が本当に惜しいよ。大人なら、迷うことなく金融再生委員に推挙したものを」

「あら？　子供は遊ぶことが仕事ですのよ。私の貴重な子供時間を取り上げないでくださいな」

　私の皮肉に気づいた渕上総理が謝罪する。本当にこの人は声のニュアンスで相手の感情を推し量るのが上手(うま)い。

「すまなかった。これは私達大人の責任だ。けど、一国の総理ともなるとその国全ての責任を背負うから、何を使ってでも最善の結果を引き出さねばならないんだ。この電話を含めて君の子供時間を奪ってしまっている事を謝罪する。その上で頼む。私に力を貸して欲しい」

　なお、彼の電話の評価だが、かけられた相手は決して悪い気はしなかったらしい。少なくとも、彼を助けようという気にはみんななったのだから。私を含めて。

　ため息を一つついて、私は渕上総理のお願いを聞いてあげることにした。

「おそらくこれから、貸し渋りと貸し剝がしは酷(ひど)くなります。桂華ルールを遵守するのであれば、桂華銀行に全部持ってきてください。特に中小企業の下請けの救済に力を入れます」

　金額が小さいくせに数が膨大で、この貸し渋り及び貸し剝がしにあって幾多の不幸を生み出したのがこの中小企業群である。何が救いがないかというと、そんな企業の社長達の多くは経理を理解していない事が多かったのだ。

　桂華銀行は複数の金融機関の合併によってできた為に、多くの人員を抱えてリストラをしなければならない状況に来ていた。そんなリストラ人員でも経理は分かっているので、融資と彼らの給与を保証した上で中小企業に送りこみ、経理を叩(たた)き込む事から始めねばならなかった。

「ですから総理。なんとしても公的資金を投入して、銀行の不良債権処理を加速させてください。

中小企業への貸し渋りと貸し剝がしは桂華銀行が……」

そこで私は言葉を区切ってその決意を告げた。

「……私がなんとかします」

「君の貴重な時間を奪ってすまないとは思う。そして、君の決意を私は絶対に無駄にしない事を約束しよう」

そう言って電話が切られ、私は受話器を置いてソファーに腰掛ける。

橘が気をきかせてグレープジュースのグラスを持ってきてくれたので一気飲みする。

「よろしいのですか？」

「苦労するのは一条とあなたよ。私はあなた達を十分に働かせるだけの資金を用意するだけ♪」

「それが一番難しいのですよ。本来は」

橘の苦笑を私は聞かないでおいてあげた。この数ヶ月後、鮎河自動車は欧州自動車メーカーの傘下に入り経営再建を目指すことになる。


マネーを血と例えるならば、大企業は主要臓器であり中小企業は毛細血管である。主要臓器を生き残らせる為に毛細血管に血を回さない事が貸し渋りであり、貸し剝がしである。この対策に詳しい者がいたのが私の幸運に繫がった。地銀出身で中小企業の現場を良く知っている一条である。

「とりあえず中小企業を助けたいならば、いくつかのアイテムを支給しなければなりません」

桂直之（かつらなおゆき）を連れて私の所にやってきた一条は、中小企業対策の説明のために私にいくつかのチラシを手渡す。ちらりと桂直之を見る。土下座した時の彼よりだいぶ顔色が良かったのでほっとする。

後で時間を作ってメイドの桂直美（なおみ）さんに顔を見せてあげる時間を作ってあげよう。

そんな事を思いつつ何を買えと言われるかとドキドキしてチラシを見て私の目が点になる。

「……壁掛けホワイトボードの行動予定表？」

「ええ。それも二ヶ月のやつです。これは私の経験ですが、自転車操業に追い込まれている企業のほとんどが一ヶ月の行動予定表を使っています」

人間とは意識によって行動を規定する生き物である。そして、長く続く習慣がそれを後押しするのだが、経済活動ではそれが思わぬ穴になる。

「カレンダータイプの弊害なんですが、来月の予定を書き込むのが月末かその月初めになるんです。で、その月初めの支払いにその時気づいて慌てて銀行に駆け込む人間の多いこと多いこと。二ヶ月タイプだと、その月末と月初めのスケジュールの穴を確実に潰せます」

一ヶ月タイプはその月の予定を消して翌月の予定を書き込むから、月末の重要スケジュールがあると消せないなんて事態がとてもよくある。二ヶ月タイプはそのまま翌月に移り、先月になったものだけを来月に書き換えればいいので、時間的余裕が確保しやすいのだ。

「まず、中小企業が一番逼迫（ひっぱく）している『時間』という資産を確保します。立て直しとかは、この時間を確保しないと絶対にうまくいきません」

実体験から強調する一条に私は二十一世紀人として当たり前の質問をしてみる。

「ねえ。パソコンのスケジュールソフトは駄目なの？」

「『そんな玩具（おもちゃ）に払う銭はねえ！』って言われますよ。間違いなく。私の先輩達は、そろばんすら投げ捨てられたらしいですよ」

あ。桂直之がうんうんと首を縦に振ってやがる。これ銀行あるあるネタなのか？

そしてそういう社長さんたちほど腕が良い職人タイプであり、彼らは真っ先にこの貸し渋りと貸し剝がしで消えていったのである。腕は良いのに環境に適応できなかった一例である。

「だからこそホワイトボードです。スケジュール管理が目的ですが、社長さんたちには『カレンダー破くよりお得ですよ』と言いくるめて置かせてもらいましょう。あと、これを書くのは出向する社員に任せます。『社長の手間はとらせない』と言ってね。それでスケジュールを掌握するんです」

ああ。ジェネレーションギャップの凄（すご）さに頭がくらくらする。お値段は一万円ちょっとだから数千社もの中小企業にばらまいても一億に届くかどうか。次に桂直之が差し出したのがトイレの掃除道具である。完全に頭に『？』がついている私に一条は苦笑して言い切る。

「これも実体験ですが、トラブルを抱えている職場はトイレが汚いんです。来客用のトイレはまだ掃除している所でも、従業員が使うトイレを見れば一目瞭然です。従業員のモラルとリソースも再建において大事なファクターなんですよ」

「モラルとリソース？」

意味がわからなかった私に一条は具体的な例を出して答えた。

「『トイレを掃除する余裕すらない』というのがリソース。『トイレを掃除する意識がない』というのがモラル。現場がどちらなのかは見ないと分かりませんが、トイレ一つでこれぐらいは分かるものです。出向する連中には道具をもたせて全員出向先のトイレ掃除を義務付けましょう」

セットで買っても一つ数百円。なお、一条は地方の営業時代にこれをし続けたらしく、今でも重役室のトイレは自分で掃除しているらしい。それを聞いて桂直之もやりだしたそうだ。二人という実に良い人材を確保できたと思う。

「で、この最後の一枚は何？」

私は飴（あめ）とかチョコとかせんべいとかのお菓子の詰合せのチラシをひらひらと揺らす。裏面にはお茶とコーヒーのセットもついていた。

「職場に女性がいる場合の武器です。そういう所では間違いなく女性、奥さんなり社長の愛人が経理を握っていますからね。生の数字を出してもらう為には絶対に必要なんです」

大体千円のセットで一週間だから、一月四週計算で四・五千円。多分これ経費でなくて自腹切ってきたんだろうなぁ。

苦笑する一条を見てこいつどんだけ修羅場をくぐってきたんだと思うと同時に、それだけやったら地方銀行とはいえ花形の東京支店長まで上り詰めるわなと納得せざるを得ない。できる人間は、ちょっとしたアイテムと気遣いですら凡人と差をつける。

「ここまでは私の裁量でどうとでもなる事ですが、ここからはお嬢様の裁可が必要になります」

一条はそう言って桂直之に合図して次のチラシを出してきた。これは私にも理解できるものだった。50ccのスクーターにヘルメット。つまり彼らの足だ。

予定表
日
曜
月
月予定表

「支払いおよび代金の受け取りって地味に面倒だから、社長さんたちは後回しにする事が多いんです。出向する社員たちは経理で送り込むから、この手の仕事は彼らに任せましょう。駐車場のない商店街や車の入らない小道で駆使する事が多いので、原付きは必須です」

一台十万として数千台導入したら数億である。たしかにこれは私の裁可が必要だろう。それでも、今の私にとってははした金に過ぎないが。

「で、全体の指揮を考えたらパソコンは絶対に必要になります。個々の企業では救えない可能性はありますが、提携させたり合併させたりで交渉力をつけさせるだけで資金繰りはだいぶ楽になります。そういう経営再建本部を町々のどこかに作り、そこにパソコンを置いてください。価格は安くても構いません。表計算ソフトがあればいいんですから」

この頃から価格が下がって十万円を切るパソコンが登場しだす。こちらも億単位の費用が出るが、不良債権処理は兆単位。本当にはした金に見えるから不思議だ。一条はこのあたりのプレゼン能力も高い。

「で、最後はその経営再建本部ですが……」

「合併で重複している桂華銀行の支店を整理統廃合して用意すると。そのトップが貴方で実務が桂って訳ね。お見事。文句のつけようがないじゃない」

銀行の支店は決済情報のやり取りのためにネットワークが構築されている事も大きい。この時期花開いたＩＴによる業務改善をフルに受けられる立場にあった。

これだけのプロジェクトはバンカーである一条しかできないし、このプロジェクトの中核は旧北海道開拓銀行が持っていた北海道という強力な営業地盤であり、そこの中小企業の再生と再編は旧北海道開拓銀行出身者で一条の下で手駒として働いている桂直之もいるからこそできる荒業だ。

ついでに私のサインをもらいに来たという事は、大株主である私の威光を前面に出して取締役会を突破する腹なのだろう。見事だ。

私は投げやりぎみに一条が用意した重複店舗の再利用計画に判子を押した。一条と桂が仰々しく頭を下げた後で真顔で言い切る。

「おそらく、中小企業の選定に半年。救済と再建に分けて軌道に乗るのが数年後になるでしょう。それまでに景気が持ち直せばいいのですけどね」

私は知っている。景気は持ち直すどころか、ここから壊滅的に悪くなってゆく事を。そして、それをなんとしても防がなければならない事を。

「違うわよ。景気が持ち直すんじゃないの。景気を立て直すのよ。私達が」

私の小学生とも思えぬ低く重たい声に一条も顔を引き締めて言い切った。声には少しの茶目っ気を乗せて。

「その命令。たしかに受領しました」

と。

帝国経済団体連合会。それは、日本経済の司令塔であり、財閥の牙城である。そこでの議題で採択されたものは、経済界の陳情として政府に働きかけることになる。

「会計ビッグバンの凍結か。現状では当然よね」

金融ビッグバンの陰に隠れているが、この会計ビッグバンも日本経済停滞の原因と叩かれて久しい。その目玉は時価会計で、これが不良債権処理に重たくのしかかるのだ。

この時期の日本企業は、含み益というものでその体力を作っていた。そもそも、不良債権というのは株式や土地の含み損である。百万円で買った株が二百万円になったら百万円の利益と考えるのが含み益、逆に、五十万円となったら五十万円の損と考えるのが含み損。

こういう考え方なのだが、問題はそれの評価時期にある。この時期の日本では簿価、つまり購入時の価格でこの含み益や損を決めていた。ところが、米国ではこれを時価、その時の価格で決定していた。これの何がまずいかというと、価格が右肩上がりならまだいいが、右肩下がりだと常に損失処理をしなければならないところにある。日本の不良債権処理が長く続いた理由がこれだ。

『不良債権処理で病人になった日本経済に必要なのは栄養と薬なのに、ダイエットをしようとしている』

なんて叩かれたりしたものだ。なお、その最たるものが消費税増税で、大蔵省の不祥事と相まって今の大蔵省はまだ組織が機能していない。

「財閥にとっては死活問題ですから。株式の持ち合いがリスクになりますし」

橘の説明に私は改めて書類を眺める。簿価会計の移行は財閥解体による経済活性化政策として、与野党のある程度に認識されているのがまた頭の痛い所だった。簿価会計というのは経済状況が好転して含み損が消されるのならば何も問題がないのだが、一度信用不安が発生してバレた瞬間に一撃死という恐怖がありえるのが怖いのだ。実際に発生した一撃死は、97年に発生した北海道開拓銀行なんかが良い例になる。時価会計への移行は、投資家向けに作られた制度であって、今の日本の財閥が微妙に残っている経済界に対し、改革開放の目玉ともてはやされている政策だった。

「財閥不要論かぁ。このあたり厄介なのよねぇ」

私のボヤキに橘がめずらしく突っ込む。真顔で。

「とはいいますが、世間は桂華銀行買収と桂華グループの焼け太りに良い顔はしておりません」

だろうなぁ。惨事を防いでしまったが故の代償。

現在の日経平均株価は二万円台でロシア金融危機を乗り切り、消費税増税による不景気は来ていたが、渕上総理はこの不景気を防ぐために大規模公共事業を柱とした予算を組んで対処しようとしていた。そうなると、これらの対処の手段に目が行くのは当然で、参議院で過半数が取れていない事がここで響く。

「つまる所、財閥救済ではないか！」

「桂華銀行を桂華グループに売り払った結果、桂華グループの焼け太りではないか！」

野党の追及を受けてマスコミが騒ぎ、マスコミが騒げば野党がボルテージを上げるという悪循環に国会は難航していたのである。

その上で冒頭の話に戻る。帝国経済団体連合会主催のパーティーの招待状。

この手の会議は清麻呂(きよまろ)叔父様が出席するので、私はパーティーの花として出席して欲しいというやつだ。帝西百貨店のポスターとか、帝亜国際フィルハーモニー管弦楽団とのコラボのおかげで名前が売れた事もあるのだろう。

「お嬢様が嫌なようでしたら欠席なさってもよいと思うのですが？」

橘の気遣いに私はゆっくりと首を横に振った。

「大丈夫よ。表でパーティーの花ぐらいはいつもやっているじゃない」

その時の私は気づいていなかった。表に出る事の代償を。

会場のホテルに到着すると途端にフラッシュが焚かれて、マスコミの皆様が開けてないドアに一斉にマイクをつきつける。記者達の社章を見ると、週刊誌あたりらしい。

「桂華院瑠奈さんですね！　お話をお願いします!!」

「週刊○○の者です！　桂華院さん一言!!」

「女性○○○です！　モデルとしてお話を……」

慌てて警備の者が記者を引き離そうとするが、彼らは数と報道の自由を振りかざして遠慮なく私の写真を撮りまくっていた。橘が運転手の曽根さんにホテルの地下駐車場へ向かうように指示を出す。こういう時に車に乗っていると安全ではあるが怖いことには違いない。

「帝西百貨店グループのポスターにお嬢様が登場してからぽつぽつと取材が来ていたのですが、全てお断りしておりました。記者の数はそのせいではなかろうかと」

直で向かうと待ち伏せされかねないので少し周囲を周回する間に橘があの記者達が居た理由を口

にする。とはいえ、帝西百貨店グループのポスターに出たのは去年だから、今頃大挙して押し寄せるとも思えない。

「橘。あそこに居た連中、芸能誌よね？」

「みたいですな」

「どうして、経済部の記者が居なかったのかしら？」

私がマスコットとして出てきたのならば芸能記者が出るのは分かる。だが、あのパーティーは帝国経済団体連合会主催のパーティー。経済部の記者が取材をしに来てもおかしくはなかったはずだ。

じゃあ、経済部の記者は何処に消えた？

「はい。仲麻呂様……はい。はい。かしこまりました」

考え込んでいた私の耳に橘の声が聞こえる。相手が仲麻呂お兄様である事を知って尋ねようとした時に、先に橘が口を開いた。

「申し訳ございません。お嬢様。仲麻呂様の指示にて、今日のパーティーの出席はキャンセルするようにと。それと記者がつけている様子なので、途中で警護を増やす事をご承知ください」

ちらりとサイドミラーから背後を見ると、カメラをぶら下げた原付き乗りが数台ついてきていた。

これは屋敷の方にも記者が張り付いているなと思ったら案の定で、その理由を翌日のテレビの週刊誌紹介で知ることになる。

『泉川副総裁と桂華グループの黒い糸!?

先ごろ立憲政友党副総裁に復権した泉川副総裁と新興財閥桂華グループの黒い疑惑が発覚した。参議院選挙で桂華グループは泉川副総裁の長男である泉川太一郎（たいちろう）参議院議員を全面支援し、柳谷（やなぎたに）金融再生委員長が泉川派に所属していることから、実質国有化になっていた桂華銀行売却の便宜を図った疑惑が浮上。利益供与の疑いが出てきた。泉川議員及び桂華グループ広報はこの疑惑を全面否定したが、野党側は泉川副総裁の証人喚問を視野に入れつつこれを追及する方針で、参議院の波乱は必至となった。現在今年度予算審議中の与党にとっては頭の痛い問題が発生した事で、これ以上の審議の遅れは予算通過の遅れに繋がり、与野党ともに駆け引きが……』

99年春には政界においてちょっと大きなイベントがある。東京都知事選をはじめとした統一地方選挙だ。現状の風は与党に良くはなかった。

「桂華銀行の売却については、正式に大蔵省にて競売をかけた案件であり……」

「では、その案件にムーンライトファンドなるファンド一社しか参加しなかったのはどういう事なのですか？　ムーンライトファンドは桂華銀行から多額の融資を受けている、桂華銀行のペーパーカンパニーではないのですか？」

「ムーンライトファンドは米国西海岸に本拠におくファンドであり……」

「そのファンドに、桂華銀行の取締役と執行役員が名を連ねているのはどういう事なのか？　おまけにこのファンドの持ち主が誰だかご存じですか!?　まだ小学生の桂華院瑠奈嬢になっている!!　桂華グループのペーパーカンパニーなのは一目瞭然ではないですか!!」

「桂華グループはこの件に関しては何も知らぬと……」

「それはそう答えるしかないでしょう！　それとも貴方は、一介の小学生が八千億円にも及ぶ巨大銀行買収を主導したとでも言うのですか！！！」

困った。事実なのに、その事実を誰も受け入れてくれない。当事者の私は完全に蚊帳の外である。

そのくせ、名前だけ使われた可哀そうな娘扱いされて、マスコミは相変わらず屋敷に張り付いている。私はＴＶを消して、控えていた橘に指示を出した。

「桂華銀行内部の人間を洗って頂戴。内通者が居るわ」

私が主導した事は一部の人間しか知らないが、ムーンライトファンドが私の名義で一条と橘しかアクセスできないのは桂華銀行首脳部ならば知っている。おそらく幹部の誰かが橘と一条を引きずり下ろすために流したのだろう。こういう時に、寄せ集めででかくなったこの銀行は脆い。

「一条。貴方の手駒を抜擢して送ることはできる？」

電話越しに聞いている一条は私の質問をあっさりと否定した。

「無理です。旧極東銀行系の人間の優遇は、他行系の人間の嫉妬を買いますし、桂直之以下中小企業救済事業で手一杯です。それよりも植民地に島流し状態になっている大蔵省の天下り連中を抱え込んでしまった方が内部の動揺は収まりますよ」

このあたり現場にいるだけに無駄に説得力がある一条の話に私は苦笑するしかない。一条には私の苦笑は見えていないだろうが。

「そのあたりは一条に任せます。橘、一条の補佐をお願いします」

「承知いたしました。それと仲麻呂様が午後からお会いになるそうです」

この件だろうなぁ。橘の報告に私は深く深くため息をついた。


「お久しぶりです。仲麻呂お兄様」

「色々言われているみたいだけど気にしなくていいよ。瑠奈」

互いの挨拶にそれぞれ緊張が走る。とはいえ、腹の探り合いをするのもきついので、私から仲麻呂お兄様に切り出した。

「それで、桂華グループとして落とし所はどのように？」

「一番穏当な所ならば、瑠奈からムーンライトファンドを取り上げる事だろうね。けど、額が額だし、瑠奈はこれを読んで資産を移動させているのだろう？」

万一を考えて赤松商事のペーパーカンパニーの一つに資源ビジネスの収益の一部を隠していたりする。本気で探れば出てくるだろうけど、あまりに急拡大した桂華グループは桂華院家ですら状況把握ができなくなっていた。現在九段下に建設中のビルは私の居城になる予定だが、この資金の出処もムーンライトファンドから数社のペーパーカンパニーを噛ませて辿れないようにしていた。

おまけに、ムーンライトファンドの連中は橘か一条というか、実際に神がかり的に収益を増やし続けた私の命令しか受けつけないだろう。

「たしかに小学生のお小遣い程度は残そうと思っていますけど」

最近の小学生の小遣いは知らないが、赤松商事のペーパーカンパニーに隠した財産は三千億程度に膨らんでいたりする。この時点で、ムーンライトファンド本体の財産は既に兆を越えており、資金の殆(ほとん)どは桂華銀行に融資されていた日銀特融の返済に使われる予定だった。ここでこの財産が桂華院家に押さえられるのは日本経済再生にとってはかなり痛い。

「まぁ、それについては置いておきましょう。仲麻呂お兄様。問題はこの騒動の終わりをどのように周りは考えているのでしょうか？」

私の質問に仲麻呂お兄様は言い切った。つまり、それこそがこのスキャンダルの仕掛けの本質だと。

「統一地方選。いや、東京都知事選が終わるまでだろうね」

スキャンダルというものは面白いもので、その進行は逆説的なのだ。どういう事かと言うと、辞任や選挙の敗北をもって、その疑惑が正当化されるという一面がある。この時期のマスコミが多用した『民意』というやつだ。だからこそ、過半数が取れていない参議院が問題になる。参議院問責決議で、大臣の首が取れる現状は渕上総理にとって苦しいどころではない政権運営に繋がっていた。

「野党の狙いは柳谷金融再生委員長ですか」

「そのあと与党の反主流派と組んで政権奪取まであると思うよ。少なくとも財閥解体を政策の柱に据えている野党に政権は任せたくないというのが、私や父上の本音さ」

淡々と話していた仲麻呂お兄様はここで爆弾を投下した。

「実は、桂華製薬に合併の話が来ている。相手は岩崎(いわざき)製薬」

それの意味することは一つだ。桂華グループの取り込み。いや、岩崎財閥による桂華グループの吸収。

「お受けになるのですか？」

「悩ましい所だ。製薬事業は研究費が高騰している。いずれは規模を拡大させないときついというのは事実なんだ。うちは事業規模だと中堅だからね」

仲麻呂お兄様は私を見つめて淡々と続けるが、相当にキナ臭い話である。そして今更だが確信する。少なくとも仲麻呂お兄様と、多分清麻呂叔父様は私の事を見抜いていると。

「ついでに言うと、桂華化学工業も岩崎化学とくっつけられるというメリットがある。日本トップクラスの大財閥との合併だから、よほどの事がない限りこちらには損はないし、こちらも岩崎財閥の株主一族として名を連ねるという訳だ。瑠奈がいろいろしなければね」

「やはり問題は桂華銀行ですか？」

「桂華銀行及び帝西百貨店グループと赤松商事はどの財閥でも喉から手が出るほど欲しいよ。狙っている連中は、桂華グループを食べれば必然的に桂華銀行がくっついてくると思ったのだろうが、今回の騒動でムーンライトファンドという謎の存在がどうしても邪魔になると知った。だから表に出してその正体を探る必要があった。その正体が瑠奈だとは流石に誰も思っていないだろうけどね」

金融持ち株会社は渕上総理によって去年の臨時国会で法律が改正されて解禁されており、大手銀行は金融持ち株会社の設立準備を始めていた。もちろんそれは桂華銀行も行っており、桂華金融ホールディングスと呼ばれる事になる金融持ち株会社は、順調に行けば２０００年にもできると一条から報告を受けていた上でのこれである。金融持ち株会社を監督するのはその年にできる金融庁で、そのトップが今スキャンダルの渦中にある金融再生委員長。関係がないはずがない。

話疲れたので橘に命じてグレープジュースを持ってこさせる。仲麻呂お兄様はコーヒーだ。

「ムーンライトファンド。欲しくないんですか？」

「欲しくないと言ったら嘘になるな。数千億、下手すれば兆の金があるファンドだ。けど、瑠奈に嫌われるのを考えると、あまり良い選択じゃないな。少なくとも私も父上も、渕上総理と泉川副総裁を敵に回す勇気はないよ」

冗談ぽく言ってのけた仲麻呂お兄様を見て私は笑う。仕掛け人は、野党もしくは与党の反主流派または財閥解体論者。それに桂華銀行を狙った岩崎財閥に刺激を受けた他の大手財閥がスポンサー。

橘がその機を見て、私達のテーブルにグレープジュースとコーヒーを置いた。

「身ぐるみを剝ぎ取らない程度なら、使ってもらって結構ですわ」

「言っただろう。瑠奈に嫌われたくはないと。後見人代理として私の名前を世間に晒す。参議院の手打ちとして、参考人招致はしないといけないだろう。その人柱になるのが私という訳だ」

「それでは何の罪もないお兄様が晒し者になるだけではないですか!?」

立ち上がって私が叫んでコップからジュースがこぼれる。それを邪魔にならないように橘が拭き終わるのを見て仲麻呂お兄様は笑った。

「誰かがやらねばいけない事だし、瑠奈はまだ子供だ。これぐらいは兄として良い所を見させておくれ」

翌日。桂華グループはムーンライトファンド所有者である桂華院瑠奈が未成年である事を理由に、当主である桂華院清麻呂が後見人である事を発表。同時に参議院参考人招致として清麻呂の一人息子である仲麻呂が代理出席する事も公表された。


「おはよう」

「おはよう。桂華院さん。あなたも大変ね」

「私達は気にしていないから」

学校に行くと実に白々しいお嬢様たちの挨拶から始まるが、これでもまだ疑惑だからで済んでいる。ここからいじめに発展しないのも理由があり、ここで恩を売る事で実家の救済をと考えているのだろう。

上流階級は上流階級ゆえに簡単に生活のレベルを落とせない。バブル期の借金返済は進んでいたが、その内情は無理をしている所も多かったのである。特に華族系で実業を持っていない家は、陰口を叩きつつも私に擦り寄ろうとする意図が透けて見えるから笑える。

「ありがとうございます。皆様のことは私は絶対に忘れませんわ」

彼女たちの恩を遠慮なく買うことにする。きっと、ゲーム内での私の取り巻きはこんな感じで形成されたのだろうなぁ。断罪時に誰も残っていなかったあたり、ある意味当然とも言える。

「瑠奈ちゃん。私たち何があっても友達だから！」

（こくこく）

私の知らぬ間にお嬢様たちに根回しをしてくれた明日香ちゃんと蛍ちゃんには感謝するしかない。積極的に動いたのは明日香ちゃんで蛍ちゃんは明日香ちゃんにくっついていただけなんだろうと目に浮かぶがひとまずそれは置いておいて、ここで将来起こるゲーム内時間の為に取り巻きを用意しておくのも悪くないか。今挨拶したお嬢様達の実家の経済状況を確認して、一条に救済プランを用意させることを心のメモに書きつけた。なお、ここで声をかけてくれた華月詩織・栗森志津香・高橋鑑子の三人とは長い付き合いになる。

「おはよう。瑠奈。なんか大変なことになっているな」

何も変わらずにやってきて私に挨拶をする栄一くんが実に微笑ましい。今の私は名前を使われた哀れな道化役なのだが、そんな事を気にせずにズバズバ踏み込んでくるのだから、怖いもの知らずというかなんというか。

「まぁね。けど、そんな中でもいつもどおり気を使ってくれる栄一くんは紳士ね」

「よせやい。なんか照れるじゃないか……」

あ。この反応は可愛い。私が何か返そうと思ったら扉が開いてクラスに緊張が走る。

「おはよう。桂華院さん」

「おはよう。桂華院」

裕次郎くんと光也くんが一緒に入ってくる。こういう時は、機先を制すのが先だ。

「おはよう。裕次郎に光也。珍しいな。二人一緒に入るのは」

タイミングを計ったら栄一くんに先を越されてしまった。でも、私と同じく栄一くんの気にしない態度を見てクラスのみんなの緊張の糸が解けてゆくのが分かる。

「そうだね。この間の不祥事の上に桂華院さんまで巻き込んだから、おとなしく欠席をと思っていたんだけど……」

「みろ。この二人がそんな事で変わる訳ないだろうが」

裕次郎くんの苦笑に光也くんが肘でつつく。なんかちょっとうるっと来たのを我慢して、私は笑顔を作って言った。

「みんなありがとうね」


「で、実際どうなっているんだ？」

放課後の図書室。光也くんが私と裕次郎くんに尋ねる。もちろん世間で話題になっている疑惑のことだ。光也くんはこのあたり大人びているから、気になっているらしい。

「地検が内偵を進めているのは間違いがないけど、兄さんの選挙の件は法律の範囲内だから大丈夫。決め手になる利益供与の証拠がないんだ」

この件のポイントは、桂華グループが参議院選挙で泉川太一郎参議院議員の当選に協力し、その見返りに桂華銀行の競売に便宜を図ったかという所に絞られる。橘や一条を通じて北海道経済界人を泉川参議院議員に引き合わせたり、選挙資金集めのパーティー券販売など政治資金規正法内で処理していたのは確認している。その上で、ロシア金融危機真っ只中で行われた桂華銀行の競売にムーンライトファンドしか出てこなかった為に、今回の疑惑が発生しているのだ。

「マスコミと野党はこの間の大蔵省の不祥事と絡めて一大疑獄にしたいみたいだけど、桂華銀行売却で権限を行使できた柳谷金融再生委員長の所に、桂華グループから利益供与がないんだ。だから、兄さんを絡めた無理筋を作っている」

「柳谷委員長が泉川副総裁の派閥だから、そこから指示を出してという線が向こうの攻め所か」

「それでも、実際の売却を取り仕切った柳谷委員長に利益供与がないのはおかしいんだよ。この手の話は父に金を送るなら、同時に柳谷委員長にも送るんだよ。で、実際に桂華グループが金を送ったのは兄で、それも法律の範囲内」

小学生のする会話ではないな。これは。苦笑しようとしたら、栄一くんが私の方を向いて核心を突いた。

「瑠奈。つまり、ムーンライトファンドを動かしているのは、お前なんだよな？」

「……そうだけど、何でそう思ったの？」

唐突に核心を突いてきた栄一くんに私は答えはしたけど、栄一くんはふふんと自慢しながらポーズを取る。どうも推理ものあたりを読んだらしい。

「簡単なことだよ。瑠奈くん。消去法で残ったのが瑠奈だったという訳さ。この話は、ムーンライトファンドが主導して動いていたら筋は通るんだよ。ところが、ムーンライトファンドの持ち主が未成年の瑠奈だった事から、ペーパーカンパニーと疑われた事で桂華グループからの利益供与と皆が思ってしまった。で、俺たちは瑠奈が参議院選挙投票日に、泉川副総裁と二人で話しているのを見ている」

そういやみんなで遊びに行ったから、見られていても仕方がないか。栄一くんの推理披露に裕次郎くんもため息をついた。

「父から桂華院さんの事は聞かされていたからね。とはいえ、半信半疑だった」

「俺は今でも疑っているんだが。だって桂華銀行の買収金額って八千億だぞ!?」

光也くんの呆れ声に私は適当に手を振って笑う。たしかに普通の小学生に八千億円は用意できないわな。

「まぁ、そこはたまたま大当たりした株がありまして」

「何だよ。その大当たり株って」

「米国ハイテク株に出資していました」

「……」

「……」

「……」

黙り込む三人。名前を出さなくても分かるほどこの時期米国ハイテク株はバブルを謳歌していた。出資していたという事は、最も美味しいタイミングで株が売れることを意味している。

「そういえば、向こうの技術者って日本のアニメとかえらく好んでいたな」

「あれかぁ。桂華院さんがビデオ予約しているからって見たけど、インターネットの題材のアニメでえらく怖かった覚えが」

「たしか今も何か予約しているんだろ？」

「それは瑠奈から聞いて面白いから見てる。賞金稼ぎの主人公かっこいいよな」

話がそれてきた時にそれは現れた。何か話そうとした栄一くんが真顔になって、声を潜める。

「ちょっと待った。どうも、侵入者が入ってきたらしい」

ポケベルを見ながら栄一くんが続きを口にする。私達に見せたポケベルには数字の羅列が。これは簡単な暗号だが、一見するとわからないのが強い。

「マスコミかな？」

「間違いないだろう。だとすると狙いは裕次郎と瑠奈だろうな」

上流階級の子息ともなるとこういう事もあるので、避難の心構えとかは躾けられている。私も含めて皆ランドセルに出していたノートや筆記用具を片付けて図書室を出る準備をする。

「僕と光也くんが先に出るから、栄一くんは桂華院さんをお願い」

「わかった」

「確認した。今、誰も居ない」

あれよあれよと男子三人が場を支配し、先に裕次郎くんと光也くんが出て、次に私達が図書室を出る。この学園は護衛や警備員がいるが、この手の報道の自由を駆使する相手に対するアタックはどうしても後手に回る。タチが悪いのがパパラッチ連中で、フリーだからこそ遠慮なく攻めてくる。

財閥や華族社会が残っているこの世界の日本では、彼らの格好のネタなのだ。

「走れ！　瑠奈!!」

護衛や警備員が待ち構えている場所まで栄一くんが私の手を引っ張って駆ける。それを見つけたパパラッチがカメラを持ってこちらに駆けてくる。


どくん。

私の心臓が、普段とは違う音で跳ねた。


喧嘩を売られたら買うというのが悪役令嬢である。学校の中にまで入って騒ぐ以上こっちも容赦はしない。という事で、騒動を鎮圧する為に蹂躙する事にした。

「桂華院さん！　お話を!!」

「すいません！　こっちを向いてください!!」

「一連の疑惑について何かコメントを！！！」

首相官邸の玄関口にて総理番の記者達が私にマイクを向けて、カメラのフラッシュがたかれる。

泉川副総裁にお願いして、北海道農業親善大使としての公式訪問である。要するに北海道の美味しいものを総理に食べてもらってＰＲしようという目的で、記者クラブや官邸職員の皆様にも法に違反しない程度に新鮮な食品で作られた料理が振る舞われているはずである。各ＴＶ局や雑誌などに、北海道生鮮食品プレゼントチケットをばら撒き、見開き北海道食品特集の掲載を依頼している。

アンケート葉書を送れば抽選で北海道の生鮮食材がもらえるという、ＰＲ力アップアイテム＋広告スポンサーなんだからがたがた抜かすなという賄賂攻勢である。

「北海道の生鮮食料品はおいしいね。新鮮さもすばらしい」

「そうでしょう♪　もっと皆様、食べてくださいな。そしてもっと北海道を知ってくださいな」

疑惑の事を聞きたがる記者をガン無視でイベントは進むがニュースにはその部分は出てこないようになっている。編集の力ってすげー。そんなイベントを囮にして渕上総理と差しで話せる時間はたった十五分。片付けで部屋からマスコミが居なくなったタイミングを見計らって、私は勝負を仕掛ける。

「総理。ちょっと私の近辺が騒がしいので、色々と潰したいのですがよろしいですか？」

「潰すのは構わないけど、どうやってだい？」

周りにいるのは官邸のスタッフのみで総理の側近であるから、私達の会話を彼らは無視する。もったいない精神なのか、本当に美味しいのか渕上恵一総理は振る舞われた海鮮丼をまだ食べていた。

それでも目は政治家として私を測っているのだから、一国の総理というのは凄い。

「政治家を黙らせるのに刃物はいりません。選挙に勝てばどうとでもなります」

「それが一番難しいんだけどねぇ。去年の選挙に負けたせいで、私はその尻拭いで大変だ」

温かい緑茶を一飲みして渕上総理は私の狙いを見抜いた。というか、見抜けない人間が総理になった所で長続きはしない。

「統一地方選、いや、都知事選か」

都知事を押さえる事はかなり大きなメリットがある。首都東京の顔であり一千万都民の民意を代表するというわかりやすい力は、今後の国政政党の浮き沈みをダイレクトに反映する。そのうえ世界有数の金融都市であり、日本の全マスコミがこの東京に本拠地を置くという情報拠点でもある。その都知事職を無党派の嵐によって与党は失っていた。

「無党派の支持する元タレント知事からの首都奪還。野党を黙らせるのに十分な戦果ですし、水面下で動いている連立交渉にもプラスになるでしょう？」

私も緑茶をちびちび。小学生がふーふーしながら緑茶を飲みつつする話が都知事選なのだから生臭いことこの上ない。

「官僚あがりだと負けますよ」

「適当な駒がない。いや、駒が多すぎて誰に賭けるといいのか分からない」

野党からは知事後継指名を受けた衆議院議員が辞職して出馬を表明し、与党は都内の衆議院議員が当初出馬を予定していたのだが、次期総理の呼び声もあった加東一弘（かとうかずひろ）元幹事長が水面下での連立工作に配慮して差し替えが発生。それに激怒した与党議員が出馬を強行するとごねただけでなく、与党都連が政治学者の擁立に動いて内部がめちゃくちゃになっていた。

「議員の方は泉川副総裁が抑えさせました。あとは総理が頭を下げれば撤回を受け入れる所まで話を進めています。選挙期間中は党としての公認を出さない形で、当選後に公認をという形に持っていきませんか？」

ありがたい事に、ごねていた与党議員は元大蔵省出身で泉川派の人間だったのがこの荒業を可能にした。おまけにこの議員は外務省に出向していた事もあって、渕上総理ともパイプがあった。そこまでは渕上総理は読めただろうが、そのあとの私の台詞に彼は首をかしげる。

「小さな女王陛下。政治学者に全賭けではないのかい？」

「もう一幕ありますよ。だから、最後まで死んだふりをして、結果が出たら公認という手で」

渕上総理はじっと私を見て、持っていた湯呑を置いた。私も同じく湯呑を置くが中が残っており、湯気が出ていたりする。

「いいよ。そこまでお膳立てするのならば女王陛下に全賭けしよう。君の好きな候補にチップを張り給え」

「え？　何も聞かずに丸投げしていいのですか!?」

「ああ、かまわない」

さすがに驚いて目を見張る。総理がちらりと時計を見た。時間となったので私と渕上総理は立ち上がる。

「加東くんが少し好き勝手にやりすぎたからね。勝っても負けても、加東くんに腹を切らせるよ」

なるほど、そういえば加東元幹事長は総理とは別派閥。彼が押した候補は選挙に出ないから彼の勝利はすでにない。私の押した候補が負ければ選挙の総指揮を執っている彼を責める事ができ、私の押した候補が勝てば政権の功績となって総理の求心力が上がるから損はないという訳だ。私に放った一言で、この人の良さそうな顔でも派閥を率いた領袖なんだなと感心してしまった。

「で、僕の所にどんな用事かな？　小さな女王様？」

文豪であり政治家だった岩沢真氏は書斎で私との面談に応じる。

元々文学人というのは富裕層から出た一派、つまり食うに困らぬから遠慮なく文学に打ち込めたという連中が一定層居る。その上に、参議院開放に伴う参議院選挙区は比例代表制があったから、名前が売れる文壇の有名人の多くが政治家になっていた。岩沢氏は立憲政友党から出馬し運輸大臣まで務めた大物議員だったが、95年に息子に地盤を譲って引退していた。

「今日はとある方からのメッセンジャーとして。与党は、予定していた官僚あがりの方の擁立を見送ったそうですよ」

私の一言に岩沢氏はただ黙って私を見つめる。少しの静寂の後で、彼はゆっくりと口を開いた。

「何を期待しているのか知らないが、僕は既に引退した身だよ。帰ってくれ」

「『首都奪還』」

この手の文豪相手に理や利はいらぬ。必要なのは物語だ。

「この選挙にふさわしいスローガンだと思いませんか？」

まぁ、知っているから。言わないが。彼が、弟が運営していたアクションスター軍団を引き連れての大規模選挙運動を行うのを。そんなアクションスター軍団を選挙という生物に突っ込んで幻想に昇華させる魔法の言葉。それが私の言った『首都奪還』だ。彼の目が食いついた。

「お金の流れって正直ですわよ。誰がどれだけ借りて、何を用意しているのか。ご健闘をお祈りしていますわ。私の言葉を思い出したのでしたら、渕上総理か泉川副総裁に選挙後に電話を。では」

「待ち給え。電話はしよう。それだけ面白い物語を語られて動かない私ではない。だが、対価をもらいたい」

そういえば芥川賞（あくたがわしょう）作家だったな。この人。やな予感が。岩沢氏は私にいたずらっぽくウインクして、言葉を続ける。

「君だよ。こんな面白いキャラクターは編集が見たら荒唐無稽過ぎて没を食らう。だがそこがいい。手伝ってくれるのだろう？」

泉川副総裁と言い、渕上総理といい、岩沢氏といい。ただの小学生に何を期待しているのだろうか？

「何をお求めで？」

「たいした事ではないよ。君を小説に書かせて欲しい」

いかん。政治家よりも作家の心を刺激しすぎたか。とはいえ、私に断る選択肢はなかった。

東京都知事選は与党公認候補者が誰も居ないという中で始まり、一番最後に出馬宣言をした岩沢真氏が圧勝という形で幕を閉じた。その翌日には与党立憲政友党は岩沢都知事の公認を決定し、裏技に近い勝利を手にする事に成功。この勝利を境にスキャンダルは鎮静化し、桂華金融ホールディングスの設立は予定どおりに進むことになる。

それ以上に私にとって厄介だったのは、岩沢都知事が選挙期間中に一気に書き上げてしまったアクション小説『小さな女王陛下の首都奪還』が大ベストセラーになって、映画化まで企画された事だろう。映画会社から当たり前のようにオファーがやってきたのでお断りしたが、何でこうなったんだろう。まぁ、都知事から依頼されたのだろう某アクションスタープロダクションがマスコミに釘（くぎ）を刺してくれたみたいなので、マスコミ連中がおとなしくなったのは良いことだと自分をごまかすことにした。

【用語解説】

・ギーク……アメリカのスクールカーストの一つで、技術オタク系。
・流したアニメ……『serial experiments lain』。
・発売されたOS……『Microsoft Windows 98』ここからネットに入った人は多いはず。昔のパソコンは平気で二十万とか越えてくるから、数年かけて償却という考えがこのあたりから崩壊する。
・アニメを超えるもの……iPhone。初代は2007年1月発売。
・会計ビッグバン……史実ではそれまで健全に見えていた長銀破綻が引き金になる。なお、これをもってしてもエンロンやリーマン・ブラザーズ・ホールディングスは破綻した。
・参議院問責決議……ねじれ国会下では、これで大臣の首が取れる。これを食らった大臣はその後の参議院委員会審議に顔が出せないからで、大体辞職または内閣改造で外される事が多い。そのため、政権運営は否応（いやおう）なく厳しくなる。

・参考人招致……国会の委員会において参考人を呼んで意見を聞くこと。最近は政治ショーになっている。

・賞金稼ぎのアニメ……『カウボーイビバップ』ＷＯＷＯＷ版。

・ポケベル……この99年だとＰＨＳが流行しだすから衰退の一途をたどるのだが、子供にＰＨＳをもたせるのはという親の需要がまだあった時期である。数字だけのタイプをわざと採用しているのは、それが簡単な暗号になってて読まれにくいという理由から。

・パパラッチ……フリーのカメラマンでセレブ層のスキャンダルなんかを撮って生計を立てている人たち。目をつけられると怖いけど、美味しいネタである華族・財閥層を撮るために使い捨ての鉄砲玉にできる上に、この手の人間を追い払うのが面倒という設定。もちろん学園侵入は違法である。

・官僚あがり……官僚をまっとうに勤め上げた人。途中退職で知事選だと官僚『くずれ』になる。何処までを上がりとするかは難しいが、次官・局長級を大体『あがり』と見るのがわかりやすい。近年は若さもファクターだから、課長級等の『くずれ』知事も多い。

・当選後に公認……立候補調整がつかずに分裂選挙になって、『勝った方に公認をやる』というなかなか素敵な制度で、今も某与党でよく見られる。なお、分裂選挙だから第三者にかっさらわれる事もよくある。

# 目黒明王院竜宮城での一席



目黒明王院竜宮城。元は寺だった敷地からこの名前を使った高級料亭で、バブル華やかな頃にはこの料亭を舞台に某銀行が絡んだ不正経理事件が起こるなどその名前が出なかった事はなかった。戦前から昭和、平成に至るまでこの料亭を多くの政治家や財界人や芸術家が愛したのも、この料亭の竜宮城と謳われた豪奢で壮麗な佇まいを多くの人達が愛したからに他ならない。

「待たせた」

「構わんよ」

「先にしているのでお構いなく」

最後に入ってきたのは渕上総理、それに答えたのは泉川副総裁と、岩沢都知事である。料亭のすばらしい所は秘密が守れる所にある。三人はそれぞれ時間をずらしてこの料亭の別の部屋で宴会や会食をとっている事になっているが、こうやって会っている。もちろん、この三人が会合をしている事が内緒であるのは言うまでもない。

「酒の肴にピザを用意してみた。冷めたのを試しにと思ったが、これがうまくてな」

「女将からそれを聞いた料理長が、腕を奮ったんだろうが。あとでお礼を言っておけよ。ついでに言うと、それピザじゃないから」

泉川副総裁がピザを片手に茶化し、岩沢都知事がそのピザに突っ込む。この料亭は和食だけでなく中華も出していて、そちらから持って来させたらしい。そんな中華ピザの名前は、葱油餅という。

「とりあえず乾杯しよう。互いに長居ができない身分だ」

「それは構わんが、何にだ？」

「我らが小さな女王陛下にさ」

グラスが鳴り三人の喉にビールが注がれると、岩沢都知事が聞きたかった答えを口に出す。

その顔は呆れというか面白みというか困惑というかそんな顔だった。

「あの女王陛下、二人のどちらかの駒じゃなかったのか？」

「まさか。俺たちが使われている側だよ」

「ああ。彼女を見ていると、彼女の爺様を思いだす」

終戦工作に寄与したフィクサーとして、警察や裏社会に多大な影響を与えていた彼女の祖父の姿を見て、彼ら三人も恐れたものである。日本人というのは、その人ではなくその人の歴史を見る。

彼女ではなく、彼女の祖父を知っていた三人は当たり前のように敬意を払ったのだ。もっとも、即座に彼女自身に目を向けざるを得なくなるのだが。

「しかし、加東くんは大事な所で味噌をつけたな。小さな女王陛下に見限られていないか？」

「見限ってはいないさ。山形新幹線などで財政支援をしているからな。ただ、彼女が動くことを予想しなかった。彼女が飾りであると思ったのが彼の失敗だよ。まぁ、俺は直接彼女に会っていたのが大きいがね」

渕上総理がため息をつき泉川副総裁がそれをなだめる。都知事選の失敗で加東元幹事長は面子を潰され、岩沢都知事公認に動いた泉川副総裁は名を上げた。この二人が同じ泉川派であり加東元幹事長が世代交代を名目に泉川派を掌握しようとしていたのは周知の史実なだけに、次期総理の噂もあった加東元幹事長の失敗は立憲政友党党内にかなり大きく波紋を広げる事になる。

「という事は、桂華銀行買収に用意した八千億円は……」

「あの小さな女王陛下御自ら調達したらしい。私はその時点で考えるのを止めたよ」

岩沢都知事が呆れ声を出し、泉川副総裁が投げやり声で苦笑する。そのまま話が金融関連にシフトする。

「不良債権処理用に公的資金を六十兆円用意した。金融持ち株会社も解禁に向けて法整備を進めて今国会で通させる。これらを使って都市銀行に合併をするように推し進めてゆく。彼ら大銀行を合併に走らせる格好の餌が桂華銀行だ」

渕上総理の言葉に岩沢都知事が首をひねる。ただの顔見せならば秘密裏にする必要はないからだ。

「総理と副総裁は僕を呼んで何をさせたいので？」

「桂華院家内部の事という事で表沙汰になってないが、既に彼女は一度誘拐されかかっている。彼女が失われる事があれば国家の損失だ」

その事件に居合わせた泉川副総裁が真顔で言い放つ。都知事の指揮下に警視庁がある。組織的には警視庁の警察権全体を掌握していないという欠陥があるが、無視できるような権力でもない。

「それとなく彼女に護衛をつけておけと？」

「はっきりと彼女に護衛をつけるという事さ。既にＣＩＡも彼女に接触している」

泉川副総裁の断言に、岩沢都知事が納得する。己の勘は間違っていなかったと。

「内調と公安もそれとなく接触させる。彼女の周りに舞う金は最低で八千億、最大で六十兆円だ。バブル華やかなりし頃の紳士達に墓場から這い出てこられたら今度こそ国が滅ぶ。岩沢都知事には東京の大掃除も期待しているんだ」

渕上総理が豪華絢爛な部屋を眺めながら、葱油餅をくわえる。

だからこそ、今回の会合はこの料亭を選んだのだ。文壇を始めとした芸術家達が愛し、多額の金が舞ったこの料亭を。

「総理。それでしたら一人推挙したい人物が居ます。元内閣安全保障室長で、機動隊を率いて極左勢力と対峙した指揮官で……」

岩沢都知事が推挙したい人物の名を聞いて、渕上総理が破顔する。彼が官房長官時代に、この人物を時の総理がえらく評価していた事を思い出したのだ。

「あの人か。あの人は先生も気にかけていたからなぁ。世に出せるならば、応援するよ」

その先生から派閥を譲られた渕上総理は、彼を引き立てるのも師事した先生への恩返しと考えたのだろう。その先生は人付き合いが上手く与野党ともに敵が少なかった事で知られていた。ここで推挙された彼は、副知事として危機管理・安全保障担当として岩沢都知事を支える事になる。

警視庁や内調・公安を取り持って不良債権処理の裏に居た裏社会の紳士たちから小さな女王陛下を守る盾となったのだが、その女王陛下はついにその事を知らなかったという。

同時刻。橘隆二（たちばなりゅうじ）が一条進（いちじょうすすむ）と藤堂長吉（とうどうながよし）を内々で呼び出したのは、目黒明王院竜宮城。元は寺だった敷地からこの名前を使った高級料亭に時間をずらして入った三人はそれぞれ別の席で宴会をする事になっており、さりげなく中座して別でとっていた個室に姿を見せる。

　この料亭を予約した橘は既に座り、このような場所に慣れていた藤堂も先に来てくつろいでいる。日本の政治は夜動くとはよく聞くが、その夜の仕掛けに初めて触れた一条は最後にやってきて汗を拭きながらその感想を漏らした。

「まるで小説か映画のようですな。それを自分が体験しているという実感がまだ湧きませんよ」

「慣れてもらわないと困ります。一条さんはお嬢様の金庫番なのですから。これからこういう席に必ず呼ばれますよ」

「確かにな。まぁ、今回は身内の席だ。酒はともかく、先に仕事の話をしようか」

　藤堂の言葉に橘が横に置いていた書類を一条と藤堂に手渡す。それは、この三人しか知らないお嬢様の金の流れの一覧だった。

「お嬢様の資産は米国のＩＴ株で財を成しているので基本ドル建てです。現在はロシア国債を引き受け、代物弁済で得た原油を国内に運んで販売する事で日本円に換えているのですが、国内の受取口座がないのです」

　これまでのお嬢様こと桂華院瑠奈（るな）の日本国内での企業買収は、日本の金融機関から日本円で借金をして、それをドルで返済する事で成り立っていた。為替リスクもあるが、元が金融機関で焦げ付

いていた不良債権を満額で買い取るのだから、金融機関側もそのリスクを許容したのである。

だが、桂華銀行及び桂華証券をはじめとした金融事業、帝西百貨店グループを管理する事になった赤松商事等の企業グループが形成されるに及んで、このあたりが問題になろうとしていた。

つまり、お嬢様の中枢であるムーンライトファンドにどうやって儲けた金を戻すかという話である。

「桂華院家の口座に振り込めばいいだろうに？」

藤堂の言葉が疑問形なのは、その先をうっすらと感じ取っていたからに他ならない。そして、藤堂の予感どおりの事を橘は口にした。

「その桂華院家が信用できないのです」

押し黙る三人。桂華院瑠奈はかつて誘拐されかかった過去がある。しかも、実行犯が桂華院家関係者だった事をこの沈黙が雄弁にものがたっていた。身内ほど信用できない。

「そういえば、お嬢様は買ったはいいが、損が出ない限り基本放置なんだよな。報告に行った時も『損してないならいいわ』の一言で片づけたし」

藤堂がぼやき一条が続く。似たような経験を彼もしたらしい。

「今国会でおそらく金融持ち株会社が解禁されます。おそらく『桂華金融ホールディングス』と名乗る事になる金融グループ内部の主導権をお嬢様は全くとりませんでしたからね。都市銀行や証券会社、大蔵の天下り組を相手にした魑魅魍魎相手に桂華金融ホールディングスができるのもそのせいだから、私はなんとも言えませんが」

「今はまだいいです。ですが、これからは藤堂さんの所を経由して桂華銀行のお嬢様の口座に莫大な利益が入り込むことになります。このままではそれを守るのは難しいのでこうして集まってもらった次第で」

橘の言葉は穏やかながらも凄味があった。彼がフィクサーとして多くの闇を見てきたというのもあるが、その過程で人というものがどれほど醜く容赦がないかも見てきたし、その醜く容赦がない事をしてきたからに他ならない。一条が呼ばれた理由について察しをつけ、それを口にした。

「信託銀行。あれはいずれ合併される予定ですが、それを使う腹ですね？」

「ええ。お嬢様の了解はとっております」

橘はため息をつく。『儲かっているならいい』なんて言っているお嬢様に信託業務の事を詳しく知るつもりはなく、儲かったお金を入金する口座を作ると聞いて了承したに過ぎない。

この時のお嬢様は、通帳に入っている億の金よりもお財布に入っている数千円こそが大事であり、目下メイドの斉藤桂子に『マンガや小説やお菓子やゲームを買い過ぎです！』と叱られて言い訳する事に必死だったなんてこの三人が知る訳もなく。

「桂華院家がお嬢様の財産を引き出す可能性があると？」

海外のプライベートバンクが中枢であるムーンライトファンドは、橘と一条しか全容を知らないので桂華院家が手を出すことはできないが、国内の口座は別だ。ここに入るだろう桂華金融ホールディングスや赤松商事の利益に手を出す可能性が否定できなかったのである。

藤堂が切り込み、橘が淡々とそれを肯定した。

「この口座に入る予定の現金、一条さんは分かっているでしょう？」

「……今年だけで五百億はくだらないはずです。で、桂華院家が持っていた桂華グループの総利益は百億前後という金額を知っていると、その話の現実味はグッと上がるでしょうね」

　一条は書類をめくり、現在の信託銀行のリストを取り出す。

「現在、設立予定の桂華金融ホールディングス傘下になるだろう信託銀行は、一山信託銀行、長信信託銀行、債権信託銀行の三つですね。これを一つにする形で桂華信託銀行が設立されるのですが、ここにお嬢様の口座を作ると？」

「ええ。同時に、ここの人間だけはきっちりと固めてください。上の椅子取りゲームに参加するつもりはありませんし、この子会社まで重役椅子のお歴々が気にすることはないでしょう」

「でしたら、私の下に居る桂直之（かつらなおゆき）をここに送りましょう。中小企業救済事業も立ち上げが終わっているので他の人間に任せても問題はないでしょう。席を残したまま、できる信託銀行の札幌（さっぽろ）支店に出向させてお嬢様の口座を管理させます。旧極東銀行の口座はそのままにしてある程度の振り込みは続けるので、桂華院家の方々が信託銀行の札幌支店の口座に気づくのは時間がかかると思いますよ」

　桂直之は中小企業救済事業で北海道を奔走していたが、合併した桂華信託銀行のプライベートバンク部門にも席をおいて桂華院瑠奈の口座の管理を行うことになる。

　橘と一条の話に、藤堂が口を挟む。藤堂の顔には、ためらいが少しだけあった。

「ちょっといいか？　あまりというか胸糞（むなくそ）悪い話ではあるが、身内が信用できないならば、外から忠臣を連れてくるしかないだろうよ」

「そんな人材が居るのですか？」

桂華院瑠奈は桂華院家本家の子ではない。あくまで桂華院家の次代は本家御曹司である桂華院仲麻呂であるという姿勢を崩しておらず、だからこそ桂華院家譜代や側近が桂華院瑠奈についていなかった。そういう人材を身内から連れてこられない以上、外から持ってくるしかない。

一条の確認に、藤堂は意を決して口を開く。

「……北日本のパワーエリートたちだ。その実態は、孤児を利用したスパイ養成の洗脳工場」

「北日本政府の最暗部の一つ、『豊原の娘たち』の事ですね？」

日本の総合商社は、日本の諜報機関としての側面がある。人との繋がりが大事なネットワークビジネスから上がる膨大な情報は国家に吸い上げられて、東西冷戦終結時の北日本政府併合の一因にもなっていた。ましてや、極東の石油市場で名を轟かせた藤堂はロシアだけでなく、共産中国、北日本の資源人脈に絶大なコネがあった。元々そういう暗部側に居た橘が確認するように声をかける。

「併合後の樺太統治は政府だけでなく岩崎財閥を筆頭とした財閥の支援の下進められていますが、市場化に伴う失業率の増加と社会不安は完全に払拭できていません。そういう孤児たちをお嬢様につけても大丈夫かどうか……」

「既にお嬢様にはＣＩＡが目をつけているのだろう？　お嬢様の側近団育成は、もう残り時間がないんだ。選別して、教育して、つけるとしたら中学生からだろう。今からですら遅いかもしれんがやらないよりましだ」

「どう考えても、人身売買じゃないですか。それ」

一条の声には躊躇（ためら）いがあった。だが、藤堂は既に腹をくくっていた。

「お嬢様がまた身内から誘拐されないとも限らないだろう？　外からの忠臣は金が払われている限り契約には誠実だ。子供たちだけでなく、大人もこの際だから雇っておいた方がいいのかもしれん」

「旧北日本軍の退役軍人ですか？」

「ああ。お嬢様を信用していない訳じゃないが、ロシアの政情は正直良くない。そこでの国債引き受けは、桂華グループとしては莫大な利益を出す神の一手だろうが、それがロシア国民に与える影響を軽視しているふしがある。北樺太の帰属で日ロが燻（くすぶ）っている現状、生まれを考えたら確実にお嬢様は神輿（みこし）として担がれるぞ」

一条は立ち上がる。それは、彼の忠誠と良心のギリギリの線なのだろう。

「今の話、私は聞かなかったことにします」

一条が去った後に藤堂も立ち上がる。一条が去った扉を眺めながら彼は独り言のようにぼやく。

「そうしてくれ。金庫番は綺麗（きれい）でないとお嬢様にまで累が及ぶ。汚れ仕事は俺と橘さんがするさ」

「わかりました。藤堂さん。この件は私の責任で極秘裏に進めてください」

藤堂が去った後、橘は一人部屋で酒を飲む。不意に障子が開いて泉川副総裁が顔を出した。

「申し訳ない。少し前の席が遅れてしまった」

「構いませんよ。互いに今会うのは憚（はばか）られる関係です」

「昔、若造だった頃に小さな女王様の爺様に呼ばれたのを思い出したよ。あの時のメッセンジャーが今ではこうして席を設けているのだから互いに歳をとったもんだ」

「大蔵省の若手官僚だった人が、今や副総裁ですからね。お互い様という事で」

互いに酒は入っているが頭まで酔っていないし、こうして会う時間も限られているからそのまま本題に入る。

「総理は不良債権処理の為に公的資金を六十兆円用意した。桂華銀行はその先兵となってもらいたい」

「既に桂華金融ホールディングス設立の準備は進めています。その組織の頭ですが、こちらから出しても？」

「もちろんだ。大蔵省は財務省に名前を変えるが、銀行証券をはじめとした金融行政は金融庁に移される。大蔵の天下り連中の顔色は見なくて構わないし、少なくとも文句は言わせない」

「でしたら、できる桂華金融ホールディングスのトップに、うちの一条進を推薦します」

「わかった。総理にも伝えておく」

泉川副総裁はそのまま障子を閉める。橘もしばらくして料亭を去る。彼がお嬢様の屋敷に帰った時、パジャマ姿の彼女は玄関でわざわざ出迎えてくれた。

「遅かったわね。橘。何処に行っていたの？」

「外で食事を。久しぶりに、美食と美酒を堪能させていただきました」

「大人の付き合いかぁ……本当にご苦労様。無理しないでね」

「大丈夫ですよ。お嬢様。さぁ。そろそろ寝てください」

「もぉ。橘はすぐ私を子供扱いするー。私、これでも小学生なんだから夜更かしも平気なのに……ふぁ……」

「目がとろんとしていなければそのお言葉は本当と信じてあげられるのですが」

「うん。おやすみなさい。橘」

「はい。おやすみなさい。お嬢様」

橘はこの口座の事をお嬢様に言わなかったし、お嬢様はそんな口座がある事を知りもしなかった。

そして、桂華金融ホールディングス設立後にできた桂華信託銀行に作られた口座には数百億円単位の入金が行われる事になる。


【用語解説】
・目黒明王院竜宮城……『千と千尋の神隠し』の湯屋のモデルのひとつ。
・某銀行が絡んだ不正経理事件……あまりに複雑怪奇でバブルの紳士達と裏社会の名前の豪華なこと言ったら。その凄(すさ)まじさにこの事件の料亭についたあだ名が『行人坂(ぎょうにんざか)の魔物』。
・ピザ……『冷めたピザ』。なお、それを聞いた彼は外で待っている記者に温かいピザを差し入れたらしい。
・元内閣安全保障室長……元戦国武将の末裔(まつえい)で安田講堂、あさま山荘の警察側総大将。
・先生……経世会の初代ドン。ちなみに、下剋上(げこくじょう)をして経世会を立ち上げる前のボスの事はみんな

『親父（おやじ）』って呼んでいたらしい。

・信託銀行……個人や企業が持つ財産を預かって管理運用する事ができる銀行。破滅時に安心の倒産隔離機能があるが、実際はそこまでうまくいかないらしい。

・パワーエリート……米国の社会学者チャールズ・ライト・ミルズが提唱した概念。ここではその概念で使用された最高支配層である『大会社の経営者』『軍の上層部』『政府の上層部』などを指す。

「位置について。よーい」

ピストルが鳴らされ、私は一気に駆け出した。一応小学生なので、学校イベントというものがある訳でして。秋になったのだからと、文化祭と体育祭のシーズン到来である。

「速い！　速い!!　桂華院選手一着でゴール！！！」

別名、帝都学習館カルテットの悪目立ちの舞台とも言う。チームのみんなに手を振りながら席に戻る。100メートル走、女子障害物レース、女子組対抗リレーのアンカーが私の出番である。

「おつかれ。瑠奈」

「やっぱり速いな。桂華院さんは」

「とはいえ、俺たちのチームの得点は良くはない。みんなやる気がないんだよ」

考えてみればそうで、ここの連中は基本将来が約束されているエリートである。そんな連中が今更走るぐらいで何を熱くなるというのかという訳で。

参加者のほとんどが、義務感とそこそこの気だるさで体育祭に参加している有様だった。

「じゃあやる気を出させるには？」

タオルで汗を拭きながら私が適当に尋ねる。それに答えたのは裕次郎くんだった。

「感動させればいい。勇者が前に出れば、兵士も勇者になる」

「ならばそれは俺の役目だろう」

「帝亜(ていあ)。勝手に決めるな。俺がするから、お前は引っ込んでろ」

「なんだと？」

自然なやり取りに私がたまらずに笑う。何がおかしいのかと視線を向ける三人に私はウインクして言ってのける。

「それこそ、目の前にトラックがあるのだから、走って決めれば？」

と。


「速い！　速い!!　誰も寄せ付けずに帝亜選手一着でゴール！！！」

「二番手が必死に駆けるが追いつけない！　最後は流しながら泉川(いずみかわ)選手一着ゴール!!」

「競った！　競った!!　勝ったのは後藤(ごとう)選手だ！！！」

三人共一着でしたとさ。知っていたけど。

体育祭には色々な競技がある訳で、選手はいくつかの競技を選択する事になっている。私達(たち)カルテットはこのクラスの主力だから、得点確保にエントリーするがそれだけでは勝てないのが体育祭。団体競技やリレー等の得点を積み上げる戦略が実は大事になってくる。体育祭は私達の活躍もあって盛り上がっているのはいいが、そうなると他のクラスも対策を立ててくる訳で。

「やってくれるじゃない……」

タオルで汗を拭きながら、私はスコアボードを眺める。思ったより苦戦でしかも負けている。

「僕らが目立つのを逆手に取って、相手は僕らが出ない競技に主力を集中させたみたいだね。特に全員参加競技の１００メートル競走で差がついてる」

裕次郎くんの指摘は私達と他の生徒の戦力差が露骨に開いているのを指摘していた。なまじ私達が得点を取るから、最後はあいつらに任せてしまえばいいとなって得点を逃しているのだ。おまけに元から上に立つ連中を集めたクラスだから、本気になっても運動に全力をという人間は少なく、他クラスは私達を警戒していた。そういう事が、私の目の前の点数として表に出ているという訳だ。

「泉川に桂華院。トラブルだ。女子が先の競走で足を痛めた」

光也(みつや)くんの報告に私と裕次郎くんはクラス委員の顔になる。互いに頷(うなず)いて行動の確認をする。

「わかった。桂華院さんは保健委員と一緒に彼女を保健室におねがい。僕は体育祭実行委員会に選手変更の登録をしてくる」

「わかったわ。保健委員！　ちょっとこっちに来て頂戴！」

保健委員と共に足を痛めた女子を保健室に送ると、入り口で裕次郎くんが待っていた。

ドアを閉めて保健委員の女子を先に帰らせた後で裕次郎くんが口を開く。

「容体は？」

「軽い捻挫ね。数日は安静にという事だから、この後の競技は無理ね」

報告を聞いて裕次郎くんは頬に手を当ててしゃべる。厄介事とチャンスとが混じった話を。

「ちょっと問題が起きてる。一人男子が風邪で休んでいただろう？　この女子の捻挫で二人欠けたんだけど、二人共二人三脚にエントリーしていてね。それぞれの相手を組ませたのはいいけど、綺(き)麗(れい)に一組空くから代走を認めるらしいんだ」

二人三脚は二人一組でエントリーするので、得点が結構いい。それを欠員という形で失うと、最後のリレーでも逆転が難しくなりかねない。なまじ頭が良くて、その上負けず嫌いだからこその贅沢な問題である。

「僕も後藤くんもこの後の男子障害物リレーに出るから、二人三脚にエントリーできない。けど、桂華院さんと栄一くんは次の競技までまだ時間がある」

「組んで出ろって事？　それはいいけど、欠員の出た組にそれぞれ私達を埋めた方が良くない？」

点数計算を考えると私と栄一くんで一位を取るより、私と栄一くんで欠員を埋めて二位三位狙いの方が点数計算は有利になる。私の指摘に裕次郎くんは視線をそらせて少し言いにくそうに言った。

「桂華院さんと走りたいんだって。栄一くんの奴」

へーほーふーん。何故か顔がにやけてしまう私が居た。二人三脚は相手とどうやってリズムを合わせるかが鍵となる。互いの足を鉢巻きで結んでいる時に、栄一くんが小さくつぶやく。

「勝つぞ」

「もちろん」

「合わせろ。瑠奈」

そう言い切ってゴールを見る栄一くんの顔が眩しくて。

「はいはい。合わせて頂戴。栄一くん」

何かが弾けそうになる心臓を勝負の為と言い聞かせ、スタートのピストルと共に私達は駆け出す。

ビターン！

「帝亜と桂華院なんて最悪の組み合わせじゃないか。互いに唯我独尊の見本みたいなもので、ああなるとは思わなかったのか？」

ゴール後に光也くんのツッコミに何も言い返せない私達が居た。


「で、何でここにいるんですかー。写真家の先生？」

笑顔とは本来攻撃的なものである。もっとも、それを意識していない人間には効かないという欠点もあるのだが。この先生はそんなタイプの人だった。

ぽんと私に箱を投げて、受け取った私が開けるとそこにはシューズが一つ。

「仕事でスニーカーのやつを受けたのだけど、いいモデルが居なくてね。で、ちょうど体育祭やっているって聞いたからお邪魔した訳」

この人の情報網はどうなっているのだろう？　というか通していいのかよ。この人。

「モデルはお断りしますよ」

「スニーカーで澄まし顔されても困るわよ。あげるわ。それを使って走って頂戴。あとは勝手に撮るから」

まったく話を聞いていねえ。これだから芸術家ってのは。多分何を言っても無駄だと思うので、ため息で了承して折角だからと写真家の先生にも聞いてみることにした。

「うちのやる気のない体育祭、やる気を出させるにはどうすればいいと思います？」

写真家の先生はウインクしてあっさりとこう答えた。

「簡単な話よ。私に撮らせれば、来年からみんなのやる気を引き出してあげるわ♪」

「最後の種目、女子組対抗リレーの開始です。さぁ、一斉にスタート……おおっと！　一組転けて出遅れた!!」

私達の組のランナーが転けて大幅に出遅れた。現状のチームのやる気だと、諦めてそのまま最下位って所かな。トータルの点数では優勝を決めているしそのまま流しても……

「諦めるな！　瑠奈ならなんとかするに決まっている!!」

耳に飛び込んできたその声が私のやる気に火をつける。馬鹿だなー。あいつは。この距離をなんとかできると思っているのかしら？

「走って！　少しでもタイムを縮めて!!　三秒縮めれば！　桂華院さんならまくれる！！！」

具体的な指摘ありがとう。裕次郎くん。そういうおだて方で何度私は乗せられたことか。

「桂華院の走りを信じろ！　あいつが人の後ろを走るなんてあるわけないだろうが!!」

光也くんの応援にぽんと手をたたく。言われてみればそうだ。

悪役令嬢に生まれた以上、主人公以外に負けることは許されないのだ。

ちらりと写真家の先生を見たら、カメラを構えてニヤけてやがる。

「あの先生を喜ばせるのは癪だけど、ちょっと悪役令嬢らしくチームの危機を救っちゃいますか」

腕を組み、肩をならして、軽く跳ねる。一人、二人と次々に最終ランナーが出ていって私だけが残っていたのに、すっと私の世界から音が消える。駆けてきたランナーからバトンを受け取って、私は駆ける。強く、速く、風のように。

「追いついた！　桂華院選手ゴール前で追いついた!!　そしてかわしてゴール!!　最下位からのごぼう抜きの大逆転！！！」

クラスからの大歓声に手をふって応える。そんなクラスの中で、三人ばかり『ほらな』顔でドヤっていたので目を合わせないであげた。なお、男子組対抗リレーは当たり前のごとくあの三人のおかげで圧勝だった。


「しっかし、瑠奈も抜け目ないよな。体育祭の時にポスター撮影するなんて」

「あれ勝手にやってきたのよ！」

「けど、桂華院さん、あのスニーカー帝西百貨店グループの独占販売にしたんでしょう？　品切れ続出ってニュースになっていたよ」

「それぐらいしないと割が合わないじゃない!!」

「……で、またあの写真家がやってくるんだろうよ。味をしめて」

「おねがい。いわないで。結構それは私にきくの……」

好き勝手喋り(しゃべ)ながら、私達は帝西百貨店系列のコンビニに貼られた、私のポスターを通り過ぎた。ゴール前でランナーをかわした瞬間の真剣な眼差し(まなざ)の私の姿を見て、あの写真家腕は確かだわと敗北を認めたが、ずるずるとモデル沼に引っ張られそうで苦笑するしかなかった。

文化祭だが小学生では出店などでの参加ではなく、展示参加となる。まぁ、それについては問題がないのだが、古今東西揉めるのは出しものである。

「教室で絵とか展示して済ませない?」

帝都学習館学園はエリート校らしく、小中高大まで一貫教育を売りにしている。このあたり面白いもので、各地の帝国大学系は地方の秀才のために開かれているというのがこの国の建前である。

「あそこは官僚になる連中が行く大学だ」

と言って帝国大学に行かなかった大物政治家が居るぐらい。

ん? では、光也くんはどうしてこっちに来ているのだろう? 聞いてみた。

「俺の所は代々官僚で事務次官を二代出しているからな。事務次官まで行くと、叙爵で一代男爵位を得られるんだ。帝大は成り上がり系が行く場所なんだと」

納得。光也くんのお父さんも事務次官になるから、三代も一代男爵を出せばそれはもう貴族だろう。こういう官僚貴族連中の受け皿としてもこの学園は機能していた。閑話休題。

「折角やるんだからもっと派手なのをしようぜ」

大体こうやって場を動かすのは栄一くんであり、それを裕次郎くんと私が奔走してフォローする。で、この二人が頭を抱えると、光也くんがツッコミという名前の打開策を出してくるという訳。

良くも悪くもチームワークは良いのだろう。多分。

「派手なのってなによ?」

私のツッコミに首をひねる栄一くんを放置して、裕次郎くんが黒板に派手そうなもののリストを出してゆく。なお、この場所は教室で今はクラス会。ついでに言うと、学級委員長は裕次郎くんで私が副委員長である。

「飲食の出店については小学生は校内規定で禁止されているから、演劇、もしくは演奏あたりになるかな。体育館の利用状況だけど、基本中高大のみんなが使うから、こっちにまで空きが回るのは珍しい。ちょっと難しくないかな?」

「待った。確か、中庭については文化祭実行委員会に申請を出せば使えるはずだ。本格的なものをやる必要がなくて、派手な見た目ならばこっちの方がいいんじゃないか?」

ほら。こうやって突っ込んでくれる光也くんに本当に感謝。そうなると、問題は一つに絞られる。

「じゃあ、演劇か演奏かのどっちかだけど、どっちにする?」

いい所の人間が集まっているクラスだから、そこそこ演奏スキルを持っている連中がいるのがこのクラスの特徴である。なんとかなるだろうと思っていたら、栄一くんが私の方を見てにっこりと笑った。あ。これはろくでもない事を考え出したな。こいつ。

「なら、オペラでいいじゃん。瑠奈歌えるだろ?」

「おーけーわかったから、まずその発想に至った理由を説明しなさい」

この間のコンサートの件だなとうっすらと分かっていたが、だからと言ってそれで決まると私のくるから困る。負担が凄いことになる。一応最低限の抵抗を考えるが、栄一くんの発想は私達の発想を軽く越えてくるから困る。

「この間瑠奈とコンサートに行ったんだが、帝亜国際フィルハーモニー管弦楽団の関係者が瑠奈ともう一度何かしたいと言ってきてな」

女子から悲鳴があがるが、栄一くんはお構いなしである。カルテット組んでいる時点である程度の黙認はあるが、女子たちにとって面白い訳がない。なんらかのフォローを考えないとなんて考えていた私を尻目に、栄一くんは話を進める。

「この文化祭にうちのチャリティーコンサートとして出るんだが、それだったら楽団の空いている連中が使えるだろう？　俺たちは劇という事で、演じていればいいし」

「栄一くん。それ桂華院さんの負担が凄いことになると思うんだけど……」

裕次郎くんフォローありがとう。これで見事に没になると思ったが、栄一くんは既に切り札を用意していたのだった。

「そうかな？　瑠奈にはこれを見せると、首を縦に振ると楽団の連中が言っていたぞ♪」

立ち上がった栄一くんは一枚の楽譜を持ってつかつかと教卓に歩いて、机にそれを叩きつける。

それを見た私は、ため息をついてそれを了承したのだった。


「文化祭実行委員会に出し物の書類を提出するように」

「お化け屋敷をするクラスは実行委員会に通路と配置及び配役を書いた書類を提出するように」

「放送委員会です。文化祭時放送規定に関する会議は高等部校舎の会議室にて行われます」

「文化祭実行委員会本部から式典委員会担当者へ。外部団体との会議は17時に変更になります」

「風紀委員会より、校内での作業は19時までとなっているので……」

お祭りというのは準備こそ花。その馬鹿騒ぎの中を私と裕次郎くんは楽しそうに歩く。文化祭実行委員会へ書類を提出した帰りである。

「高等部や中等部になると派手だね」

「そうねぇ。私達もいずれはこんな馬鹿騒ぎをするんでしょうね」

純喫茶『赤い太陽と黒い十字架』の側(そば)を通りながら馬鹿騒ぎを眺めてゆく。

こんな青春を送りたかったという願望は、こんな青春と縁がなかったという裏返しでもある。

「けど、毎回毎回馬鹿騒ぎというのも疲れるものだよ。栄一くんは派手好きだからなぁ」

今回の出し物は、中庭での催し物という事で、中庭の使用許可が必要になったからだ。ゲームエリア『カタン』と書かれた看板を見ながら私はため息をつく。

「一応配慮はしてくれているらしいけど、その配慮はいらないのよねぇ……」

「抜擢(ばってき)なんだから喜ばないの?」

複雑な笑みを浮かべる私だが、抜擢というのはここで行われる帝亜国際フィルハーモニー管弦楽団のチャリティーコンサートにも正式に呼ばれたからだ。演目は『椿姫(つばきひめ)』で、参加するのは『乾杯の歌』である。モブ参加ではあるが、世紀のオペラ歌手達と歌えるというのは嬉(うれ)しくない訳がない。

具の少ないラーメンを三割引で売る予定の『浜茶屋』の隣を歩きながら、もらった『椿姫』の楽譜をペラペラと揺らす。『椿姫』の物語を考えると、素直に喜べないというか、この頃のオペラは大体こんなものである。

「嬉しくはあるけど、その道に進めないのは知っているでしょうに」

個人的には『椿姫』の主人公の生き方に賛同するが、このオペラが出た時代はそれが許されない時代でもあった。主役であるヴィオレッタ・ヴァレリーが高級娼婦という設定のせいか、私を主役に持っていかなかった配慮もそうだが、私の本来の立場は彼女のパトロン側の方だ。なお、このオペラのタイトルの直訳が『道を踏み外した女』なのだから、なんというか……

「それでも、その一流に交じって声を披露できるのは、悪くはないわ。うん」

自分に言い聞かせるように呟いたのを聞かれたらしく裕次郎くんが笑う。大人になれば、必然的に人を使う立場に追いやられる。そして仕事をしながら極められるほどこの世界は甘くはない。写真部展示会『逆光は勝利』の垂れ幕の下を通りながら二人して淡々と歩く。

「僕からすれば羨ましい限りだけどね。極めたものがあるというのは」

「そうかしら？　私からすると、何だか申し訳ないけどね。なんだかずるをしているみたいで」

実際しているだけに、結構罪悪感がある。おくびにも出さないが。

『上海亭』と書かれた中華料理店の準備を横目で見ながら、私達は歩く。

「栄一くん、桂華院さん、後藤くん、三人とも天賦の才を持っているから、僕は努力を続けるしかないからね。それでも、極まった才能には勝てないのだから、世の中は理不尽なものだよ」

ゲーム的な話になるが、栄一くんはメインなだけあって全能力が高く、裕次郎くんは栄一くんより能力が低いが協調性と早熟なのが売りだった。ちなみに、光也くんは協調性がない替わりに、運動及び勉学のステータスが栄一くんより高く、ツンからデレると凄く甘えてくるとかあったりするのだが。

「それ以上に理不尽なのがあるわよ」

私のぼやきに裕次郎くんが首をかしげたので、私は苦笑してそれを告げた。少しだけ茶目っ気をつけて。

「運よ」

「……それはそうだね」

そんなこんなで私達二人は自分のクラスに戻る。オペラの衣装というか、ただのコスプレになっているみんなを見て、私と裕次郎くんは互いを見て、なんとなしに笑った。

「戻ってきたか。こっちの準備は大体終わったな」

声をかけてきた光也くんが私たちに声をかける。

「どうしたんだ?」

自然と笑顔になっていたらしい私の笑顔を見てる栄一くんが声をかけてきたので、私は白々しく笑って一言。

「内緒♪」

「♪～」

中庭に私の声が響く。私の声に周囲の人間の足が止まり、演じているクラスメイト達も私を見て呆然としている。モーツァルト『魔笛』。その有名過ぎる『夜の女王のアリア』。

あのコンサートに居た連中は、私の才能と歌への思いに勘づいていたのだ。

この歌は、コロラトゥーラ・ソプラノの登竜門と呼ばれる曲で、日本では『復讐の炎は地獄のように我が心に燃え』という名よりも『夜の女王のアリア』で知られている。

私の歌をサポートするはずだった帝亜国際フィルハーモニー管弦楽団、メインをこっちに引っ張ってきてんじゃねぇ！

あ、一条発見。そういえば、家族サービスのついでに家族を連れてくるって言っていたな。

橘の隣に居るのは、仲麻呂お兄様!? 秘密にしていたわね!! しかも全員私を見て楽しそうに笑ってやがるし。

「♪♪♪～♪」

永遠にも等しい三分ちょっとの時間が終わると、万雷の拍手が私を出迎える。栄一くんや裕次郎くんや光也くんだけでなく、橘や一条や仲麻呂お兄様まで拍手している。その拍手が眩しくて、自分の知っている人たちが私に向けて称賛している事が嬉しくて。指揮者が私に近づいて、私に囁いた。

「この拍手は、この間のコンサートの時に、君が受けるべきだった称賛の後払いだよ」

何かわからない感情が溢れてドレス姿の私は泣いた。その称賛を前世の私は長いこと忘れていたという事まで思い出してしまったから。


「劇団?」

「はい。パトロンになって頂きたいとの事で」

芸術の秋。名前が売れたこともあって、パトロンにという声が結構やってきていたりする。

そんな連中は私の前の段階で大体お断りしているのだが、それを私の所にまで上げてきたのにはそれなりの理由がある訳で。橘がその理由を告げる。

「帝西百貨店グループは文化戦略を進めていた経緯があって劇場を抱えております。今までは劇団に貸すことで運営していたのですが、不景気の影響で劇団の解散が相次いでおり、運営上劇団を抱えるべきではと。集客の一環として悪くはないと思います」

デパート経営はとにかくお客を呼ばないと始まらない。その為、人通りが多い駅前に出店し、劇場やホールや食堂を上部階に置くことで客をまんべんなくデパートに行き渡らせる事ができた。

もっとも、自動車社会になって駐車場の確保ができないデパートは一気に寂れる事になるのだが、大都市駅前の集客力は未だ侮る事はできない。不採算店舗の閉鎖も進めているが、集客力のありそうな店は周辺に立体駐車場を建設したりして攻めの経営を進めようとしていた。不採算店舗の人員はそのままスーパーやコンビニに回しており、出来る限り雇用の維持を図っていたが、リストラをしないようにするためには売上を上げるしかない訳で。

「北海道の劇団をお嬢様はお好みで、よく贔屓にしているみたいなので。全国規模を考えたらある程度名前の売れた劇団を押さえるのは悪くない選択かと思います」

なお、そんな劇団の俳優は某地方ＴＶ局の黄色いマスコットと一緒に夏野菜を作ったり、皿を焼いたり、パイを焼いたりと大いに笑わせてもらった。深夜番組がゴールデンに出ると企画書を持ってきたので、喜んで冠スポンサーになったのを橘が知ってのこの提案だろう。

「で、どこなのよ？　その劇団は？」

「ＫＤＫ帝都歌劇団」

大阪に路線を持つ関西電鉄の子会社である帝都歌劇団。ＫＤＫは、ＫＡＮＳＡＩ　ＤＥＮＴＥＴＵ　ＫＡＧＥＫＩＤＡＮの頭文字をとっている。関西電鉄はバブル崩壊によりレジャー事業で莫大な赤字を抱えており、そのリストラの一環として歌劇団の解散を決定。劇団員や支援者が存続運動をしていた。

「悪い話ではないけど、関西電鉄が手放すぐらいだから経費もかかるんじゃないの？」

「関西は強力な歌劇団がありますからね。そこに割って入るのはきつかったという事でしょう。お嬢様はムーンライトファンドの縁でハリウッドにもスポンサーとしてそこそこコネがあります。育成まで含めて、芸能関係に食い込むのも悪くない話ではないかと」

橘の淡々とした説明に私は軽口で突っ込む。こういう時の橘は大体何かを隠しているからだ。

「本音は？」

「お嬢様の身の安全を守るために芸能関係に食い込んでおこうかと」

芸能関係と裏社会の関係は結構身近で深い。己の身を守る経費としての日本芸能界へのコネ費用というのが実際の所だろう。

「ずいぶんと警戒するわね」

「都市銀行の大規模合併が始まりましたからね。その台風の目にお嬢様はおります。いくら気をつけても過剰ではないかと」

先ごろ発表されたＤＫ銀行・芙蓉銀行・工業銀行の三行統合は、不良債権処理の遅れとオーバーバンキングで非難を浴びていた銀行業界の生き残りサバイバルレースの号砲でもあった。

ＤＫ銀行・芙蓉銀行・工業銀行の三行統合の衝撃を受けた後、戦前からの大財閥の二木銀行と淀屋橋銀行が合併を発表。他にも尾張名古屋銀行と山中銀行の合併や旭銀行と大阪乃叢銀行の合併と次々と合併を発表。銀行の大合併が始まった以上不良債権処理は最終局面を迎えるからだ。

この発表に政財界は歓迎のコメントを出していたが、彼らの視線は他の銀行の合併や統合、その相手になりかねない桂華銀行に視線が注がれていた。桂華銀行を食べて主導権を握るならば、最低でも食べる方も大きくならないと飲み込まれるからだ。

不良債権を整理回収機構に送り込んで私が買収した桂華銀行は、旧北海道開拓銀行・長信銀行・債権銀行と三行もの都市銀行に旧一山証券を抱えているからこの時点でのトップクラスの優良銀行に化けていたのである。この三行統合は、桂華銀行買収に名乗りを上げたとも取れなくもない。

かくして、電話越しに一条とも打ち合わせである。

「たしか、芙蓉銀行は芙蓉財閥をはじめとした複数財閥の連合体でしたね？」

「はい。ＤＫ銀行が山水財閥等をはじめとした複数財閥の連合体」

「そして帝都岩崎（いわざき）銀行は言わなくてもいいでしょう？　元々財閥としてはうちは中規模だから、食べたいと思っている連中はごろごろ居るわよ」

橘が呟き、電話越しに一条が補足し、私は気にすることもなしに返事をする。銀行のサバイバルレースは、不良債権処理がセットになる。それは、大規模な貸し渋りと貸し剝がしを引き起こすから、ここから一気に企業倒産が顕在化してゆく。

「この三行が組むと圧倒的よねー」

「三行が統合すると多くの企業で融資トップに躍り出ます。不良債権処理は一気に加速しますよ」

日本の銀行の融資は基本横並びである。たとえばある企業が百億を借りた場合、ＡＢＣの都市銀行はそれぞれ三十億を用意して残り十億は他社や地銀から借りるという感じ。

今回発生したＤＫ銀行・芙蓉銀行・工業銀行の三行統合は、先のケースのＡＢＣの都市銀行に当てはまるので、統合銀行は九十億という圧倒的な貸付残高を誇ることになる。

これが好景気ならば利益総取りなのだが、不景気だと貸し倒れの被害を一手に受けるハメになる。とはいえ、圧倒的融資残高を誇るという事はこの統合銀行が腹をくくれば不良債権処理は一気に進むという訳で。

「やばい所が一気に飛ぶわね。一番やばいのはどこだと思う？」

飛ぶとは会社用語の一つで『倒産や破産』を意味する。テーブルの上にはおやつのケーキと紅茶が湯気を立てている。私の質問に一条はあっさりと正解を言い放つ。この瞬間に、私は一条を桂華銀行及び金融持ち株会社のトップに押し上げることを決めた。橘が推薦した事もあったが。

「大手百貨店の総合百貨店でしょう。あの債権を整理回収機構に捨て値で送りつけたお嬢様はこれを見越していたんですか？」

「さあねぇ～♪」

会社が倒産したらそこに貸し付けていた資金は当然回収不能になる。銀行はそういう時に備えて、貸し倒れ引当金というものを用意するのだが、その金額を超える倒産が起こったら当然のことだが銀行の収益にも影響が出て、最悪銀行も破綻する事になる。

桂華銀行はそれらの危ない債権を整理回収機構に捨て値で売却し、莫大な貸し倒れ引当金を用意して巨額の赤字を計上。その穴埋めを日銀特融と逆さ合併による含み益の顕在化で一気に消し去るという帳簿上のウルトラCで乗り切っていた。

その代償だが、現在の桂華銀行のビジネスモデルは債権のほとんどを不良債権として整理回収機構に送りつけた事で、稼ぐ力が歪になっていた。

リテール部門は旧北海道開拓銀行という地盤があるが、吸収した長信銀行と債権銀行はリテールが弱いという弱点があった。だからこそ、米国シリコンバレーと組んで、インターネットバンキングを稼働させるという荒業を通すことができた。

現在の桂華銀行の収益は、国債配当とこのインターネットバンキングと一山証券のホールセール部門、そしてムーンライトファンドで稼ぎ出していた。

「資金繰りがかなり苦しいみたいですね。あそこに卸している業者から相談を受けています」

将来コンビニがメインになって百貨店はいらないもの呼ばわりされる事になるのだが、だからと言って簡単に切れないのがこの手の納入業者の存在である。地方の中小企業の稼ぎの柱になっているから、倒産・閉店がそのまま連鎖倒産に一気に繫がってしまう。

「帝西百貨店との経営統合も視野にいれるべきでしょうね。桂華ルールを適用してくれるならば、うちが救済するってそれとなく整理回収機構に伝えといて」

「という事は、サチイも買いますか？」

「の、つもりなんだけど、資金繰り改善したんでしょ？」

総合百貨店の危機ぶりとくらべて大手スーパーのサチイは抜擢した社長が資金繰りに成功して、ある程度の余裕ができていた。その資金繰り成功が、史実よりはるかに良い株価に助けられたのだから何が働くかわからないものだ。

「証券化で中が伏魔殿になっていて、お嬢様が手を出さなかった時点で駄目でしょう。ＤＫ銀行が統合するならば、生贄として切りますね」

なお、総合百貨店が工業銀行案件で、サチイがＤＫ銀行案件である。

「という訳で、総合百貨店は救済合併で、サチイは法的整理の後で買い取るという事で」

「かしこまりました」

一条が返事をした後で私が付け加える。できるだけあっさりと茶目っ気をこめて。

「あ。あと、来年出来る金融持ち株会社のトップ貴方だから。最低でも五年はその椅子に座ってもらうわよ。自分の派閥の形成と後継者の抜擢を、貴方の手で進めておいて頂戴」

そう言って受話器を置いた。一条の性格だと、喜びと仕事の重さの両方で泣いているんだろうなぁ。そう思ってケーキをぱくりと食べて思い出す。

「あれ？　何の話だっけ？」

「劇団の話だったと思うのですが」

橘のツッコミに私はケーキを食べる事で黙殺する事にした。

大きく話がそれたが億単位、兆単位の金が動く世界である。私を狙う人間は表裏を含めていくらでも居るだろう。

「芸能界とのコネはマスコミ対策でもあります。日本のＴＶは新聞社が親会社になっている所が多く、ＴＶを押さえる事で新聞を押さえることができます。お嬢様の周りに寄る連中の排除に一役買うでしょう」

俳優をＴＶに提供し、その俳優がブレイクしたらＴＶと芸能事務所の関係は逆転する。そして、親会社は新聞社ではあるが、収益はＴＶが稼いでいることが多いのだ。今すぐではないが、マスコミに対してカードとして十分に使えるものになる。

「たしか岩沢(いわさわ)都知事の弟さんが運営していた芸能プロダクションが映画を撮りたがっていたわね。使える連中が居たならば送り込みますか」

私をモデルにした小説の映画化なんてこっ恥ずかしいが、時はちょうど警察ドラマブームが来ていた時期でもあり、金と女性役者を提供できるのは岩沢都知事にいい恩が売れる。私は某北海道の

TV局に電話をかけて、とある番組のプロデューサーに繋いでもらう。

「いいわ。許可を出しましょう。ただ、その劇団の覚悟を私は見たいわね。もしもし？　そちらのスポンサーをしている桂華院と申しますが、ちょっとした企画をしたくてそちらの了解を……」

その後、地方番組の正月ゴールデンスペシャルのレギュラーに交じって、KDK帝都歌劇団のトップスター達がかわいそうにも深夜バスで苦しめられる姿が放送された。

名前を変えたKDK帝都歌劇団こと桂華歌劇団は、都内の劇場だけでなく全国の帝西百貨店のホールで公演を行い、北海道のTV局を中心に活躍の場を広げる事になる。また、都内および全国の帝西百貨店ホールにて、某番組のレギュラー陣が所属する劇団が公演を行い、岩沢プロダクションが主導する刑事アクションドラマにこの二者は役者を供給することになるのだがそれは別の話。


『経営が悪化していた大手百貨店の総合百貨店は帝西百貨店との合併を発表した。帝西百貨店の救済合併と見られる。

バブル期に拡大出店戦略をとっていた総合百貨店はバブル崩壊と共に経営が悪化。旗艦店の神戸店が阪神淡路大震災で被災した事も打撃となり、メインバンクである工業銀行と旧長信銀行から債権を買い取った整理回収機構がこの合併を主導した。総合百貨店のカリスマ会長は経営の責任をとって辞任。銀行側も六千三百億円もの債権放棄で総合百貨店の経営を支援する。

この合併の前にメインバンクの工業銀行は芙蓉銀行とDK銀行との三行統合を発表しており、総合百貨店は工業銀行の最大の不良債権だった事もあり合併前に身綺麗（みぎれい）にしたという風評も業界内で出ている。

帝西百貨店もまたバブル崩壊の経営悪化を受けて桂華グループの赤松商事の下で経営再建を進めており、共倒れにならないよう配慮が求められ……』


十二月二十二日。

世間はクリスマスで浮かれているこの日のお昼。私はアヴァンティの奥の席で、ミルクティーとパステル・デ・ナタを堪能していた。パステル・デ・ナタは日本ではエッグタルトと呼ばれてもうすぐ大流行する事になるのだが、この店はそんな最先端に乗っているのが良い。

「なんだ。桂華院。来ていたのか」

「映画の帰りでね。この後パーティー続きだから、今のうちに気分転換をとね」

クリスマスパーティーともなると、どこの家も権勢を誇るショーでもあるからお邪魔というのが結構難しいのだ。うちはうちでパーティーをするし、栄一くんの所や裕次郎くんの所もパーティーが決まっている。光也くんの所は無理してそんなパーティーをする必要はないが、私達がこんな状況なので参加をしない事を先に告げていた。

「何を見てきたんだ？　カフェラテにチョコレートケーキお願い」

私の向かい側に光也くんが座る。手には大きな書店の袋があるから、本でも買ってきたのだろう。

時間がある時、彼はここで本をよく読んでいる。

「インド映画でね、三時間を超えるのよ。あれ、物語を取っ払えば、一時間半で行けるわよ。光也くんは何の本を買ってきたの？」

「こいつ。桂華院が薦めたジャンルをある程度読んでいるんだが、これが一番流行っているらしい」

たしかに一時代を築いた本だ。そいつは。お返しとばかりに私も買ったばかりの本を見せる。

「知らないノベルだな？」

「そりゃあ少女小説ですから♪」

しばらく互いに言葉を交わすことなくただ本をめくる音だけが聞こえる。そんな静かな空気の中、次の来客が現れた。

「あ。居た居た。二人共探したよ」

「裕次郎くん。こんにちは」

「泉川どうしたんだ？」

そのまま椅子に座った裕次郎くんは、店員を呼んでミルクティーとティラミスを頼んだ。そして、私達に来訪の理由を告げた。

「僕は今日の夜には地元に帰るからね。それまでに挨拶をと思ってさ。今年一年ありがとうございました。来年もよろしくおねがいします」

「こちらこそ」

「同じく」

頭を下げる裕次郎くんに合わせて私達も頭を下げる。日本人らしい挨拶は既に小学生のＤＮＡに装備され……ている訳もなく、この二人が先を進みすぎているだけだろう。多分。

「次に会うのは新学期かぁ。ちょっと寂しいわね」

「桂華院さんは何か用事でもあるの？」

私の言葉に裕次郎くんが質問し、私が何気なしに返事をする。店員が裕次郎くんのミルクティーとティラミスを持ってきたのを確認してから、私はそれを告げる。

「色々目立ったから、あちこちからお誘いが来ているのよ」

「桂華院の目立ち具合は確かに際立っているからな」

帝西百貨店の看板娘としてデビューし、帝亜国際フィルハーモニー管弦楽団から『第九を歌わないか？』なんてお誘いが来ている。かと思えば、裏ではムーンライトファンドのボスとしてこの国の不良債権処理に関わり、泉川副総裁と連携して金融行政のグランドデザインを描く羽目に。

新設された金融再生委員会の柳谷委員長は泉川副総裁の派閥だった事もあり、桂華銀行を使った不良債権処理にも一条と橘を使って関与しているのだから小学生のする仕事ではないと思う。本気で。

「何だ。みんなここに居たのか」

入り口から声がしたので振り向くと、栄一くんが入ってきていた。そしてやってきた店員にいつものと頼んでコーラを持って来させる。

「まあね。栄一くんも今日出発するの？」

「いや。クリスマスイブパーティーの後は中部の家に戻るんで、挨拶をと思ってな」

帝亜グループの本拠は中部に在る。こちらには屋敷こそあるが、栄一くんの本来の家は中部の方になるのだ。繰り返しの会話になるがこの手のは繰り返しこそ大事。裕次郎くんが私達の会話に割り込んでくる。

「僕は今日地元に帰る予定」

「そうか。今年一年ありがとうございました。来年もよろしくおねがいします」

「よろしく」

「よろしくね♪」

「よろしく頼む」

裕次郎くん、私、光也くんの順で挨拶を返す。ふと私は面白くなって笑った。

「何が面白いんだ？　瑠奈？」

「ほら。私達クリスマスに会えそうもないじゃない。きっとこれからも、こうしてこの日この場所で挨拶をしていくのかなって」

栄一くんが私の言葉を聞いて、マスターを呼び寄せる。やって来たマスターに栄一くんはこんな事を言った。

「マスター。この席、予約して欲しいんだが。来年のこの日、再来年のこの日とずっと」

「かしこまりました」

私達が何者なのか知っているマスターはただ一言だけ言って頭を下げて去ってゆく。そんな彼を視線で追っていたら窓の外にちらつくものを見つけた。

「あ。雪……」

積もる雪ではない舞う雪がクリスマスの彩りを飾り付ける。本を読んだり他愛ないおしゃべりをしたり、夕方になるまで私達はそんな貴重で大事な時間を過ごした。

「じゃあ、そろそろ帰るね。また来年」

「またね。裕次郎くん」

店を出ると先に裕次郎くんが手を振って迎えの車に乗り込む。次は光也くんで、手を振ってから地下鉄の駅に向かって歩き出す。

「じゃあまたな。瑠奈」

「またね。栄一くん」

そして、最後まで残った栄一くんが車に乗ろうとして、私の方に戻ってくる。首を傾げる私に、栄一くんはただ一言だけ言い忘れた言葉を私に告げた。

「メリークリスマス。瑠奈」

「……メリークリスマス。栄一くん」

神様。

どうか、私が断罪されても、彼らとのこの時間を忘れないように。

どうか、私が断罪されるまで、彼らとの良い思い出を紡げますように。

「もしもし？　桂華院か。どうした？」

「たいしたことじゃないわよ。今年一年ありがとうございました。来年もよろしくおねがいします」

「律儀だな。桂華院らしいといえばらしいが」

「まぁ、挨拶は半分ぐらいの理由で、もう半分はこの電話かけてみたかったのよね」

「ああ。ＰＨＳか。たしかに気軽に電話がかけられるとは便利になったもんだ」

「その分電話代が怖いけどね」

ＰＨＳは学生には安くて爆発的に広がったが、私達は基本小学生である。家から支払いができるが自前で払うとなるとちょっと厳しい。そんな悩みは他の学生達と一緒だった。

「電話会社に出資している桂華院なら怖くない程度だろうが」

「言うなぁ。あいにくメイン出資じゃないのよ」

「ちなみに、帝亜や泉川の所には繋がるのか？」

「繋げたわよ。天下の帝亜グループの中部本拠でＰＨＳが繋がらなかったなんて笑えないでしょう？　同じく、副総裁の家の近くにもアンテナ局を優先して置きました。まぁ、あの二人にはこれから電話するのだけどね」

「なるほどな。二人には俺からもよろしくと伝えておいてくれ」

「ええ。じゃあ、良いお年を」

「ああ。良いお年を」

「はい。泉川です」

「桂華院です。今大丈夫？」

「まぁね。宴会も飲みに入ったから子どもたちは退室しているよ。何か用があったの？」

「大した用ではないわよ。今年一年ありがとうございました。来年もよろしくおねがいします」

「ああ。同じくこちらこそ一年ありがとうございました。来年もよろしくおねがいします」

「光也くんからもよろしくって」

「先に後藤くんにかけた訳だ。で、栄一くんにはこの後かい？」

「そうよ。裕次郎くんと栄一くんの二人共時間が読めないのが難点なのよね。パーティーや宴会がひっきりなしに入っているから」

「たしかにそうだ。じゃあ栄一くんには僕からもよろしく頼むよ」

「わかったわ。ちなみにそのＰＨＳどう？」

「悪くはないね。繋がるか心配だったけどちゃんと聞こえるし」

「良かった。それを聞いて安心したわ」

「そういえば四人おそろいのＰＨＳにしたんだっけ？」

「ええ。だんだん忙しくなるから、お互い連絡がとれるようにって私が用意したんじゃない」

「それはいいけど、そのために携帯電話会社に出資するかなぁ……」

「お願いを聞いてもらうのは大株主の立場が一番でしょ？　会社ごと買いたかったけど、さすがにお金がなくってさぁ……」

「だって色々企業買収や新規事業に手を出していったら、いくらお金があっても足りないよ」

「たしかに。さてと長話も悪いからそろそろ切るわね。良いお年を」

「うん。良いお年を」

「もしもし？　何だ瑠奈か」

「何だって何よ。わざわざ年末年始の挨拶の為に電話をかけた私に言う台詞がそれですかぁ？」

「たしかにな。今年一年ありがとうございました。来年もよろしくおねがいします」

「……むぅ。先に言われた。今年一年ありがとうございました。来年もよろしくおねがいします」

「ちなみにお前の方はパーティーとか終わったのか？」

「ええ。自分の部屋に戻って、『ゆく年くる年』を見ながら年越しそばを食べている所」

「……お前、よく食べられるな」

「年越しそばは別腹」

「甘いものもだろうが、新年早々体重計に乗って悲鳴をあげない事を祈っているよ」

「おーけーわかった。年始早々に戦争がご所望ですか？」

「悪かった冗談だ。さすがに年越しを電話越しの罵り合いで過ごしたくはない」

「了解。この件はこれでおしまいにしましょう。あ、そうそう。裕次郎くんと光也くんから、それぞれよろしくって言付けを」

「ＰＨＳ用意してくれたのはいいけど、電話代はそれぞれ自腹だからなぁ。普通の小学生にはこの電話代はきついと思うぞ」

「まぁ、会社からすればお金を払ってくれるならば、家族から取るのが一番だろうからね。これ後で問題になるから、何か手を打っておかないと……ちなみに、栄一くんは電話代自腹なの？」

「まぁな。裕次郎と光也の三人でビジネスを立ち上げてそこから賄うことにしてる」

「私も大概だけど、何のビジネス始めたのよ？」

「携帯サイト製作だな。光也が意外にこの手のが好きで、簡単なサイトを作ってＵＰできる所まで作っている。車の評価をユーザーがコメントをつけられるようにして、高速道路の渋滞状況や目的地までの時間が分かるようにしたり、旅行先のホテルや旅先で食べた料理や観光地の評価をユーザーがつけられるサイトを作っている。それに旅行先の天気やニュースなんかも分かるように……」

「栄一くん。それ、本気でするなら私がお金出してシリコンバレーの人間紹介するけど？」

「……つまり、これ当たるんだな？」

「私がお金を出したい程度には当たるんじゃないかしら？　ちゃんとしたプレゼン資料を用意してくれたら、ちゃんと融資案件として処理するわよ」

「小学生がお金を借りてビジネスなんて日本でできるとは思わなかった。ネタだけ身内に売って、それで電話代をと考えていたんだからな」

「帝亜グループのウェブ事業の案件にするつもりだったの？　だったら尚の事絡ませて頂戴」

「おーけー。その話は学校で続きをしよう。時計を見ろよ。せめて年越しだけは、小学生らしくしようじゃないか」

「……あっ！　もうこんな時間か……あと一分、この時間が意外と長いのよねぇ」

「一年はあっという間だった気がするな。思い出しても何だかんだで四人でつるんでた。あと三十秒」

「10……5、4、3、2、1。新年あけましておめでとうございます。今年もよろしくね♪　栄一くん」

「ああ。あけましておめでとうございます。瑠奈。今年もよろしくな」

雪が降っていた。授業を受けている間も雪が降り続いていた。その雪は放課後になってもやまなかった。ならばする事は決まっている。

「雪合戦をしましょう！」

乗ってくれる人はいつもの三人しか居なかった。えー……雪合戦でも危ないのを避けるために、準備は結構する。というか、その準備がなかったらできなかったとも言う。まずは体操服に着替え、手袋、ヘルメットと肘・膝サポーターを着用。更に目を守る為にゴーグルまでつけるという念の入れ様。

「そのあたりの道具は体育委員会から借りました♪」

「お前、そういう時だけ無駄に行動力あるよな」

栄一くんが私を見て突っ込むが、私はブイっと手でVマークを作る。むしろそのあたりの道具がこの学校にあるのがびっくりである。体育祭で使ったのを知っていたからとも言うが。ここまですると、所詮お子様。興味が出てくる連中がわらわらとやってくる。

「この手の勝ち負けってどうするの？」

裕次郎くんが確認すると、光也くんがルールを確認する。あるのだ。雪合戦にもルールが。

「いくつかあるが、今回は一番簡単なやつにしよう。赤と白の旗を持ってきて、その旗を雪玉で倒したら負けというやつだ」

集まったのは私のクラスで数人ずつ。周りで見ているのも十数人ほどで、他のクラスの人間も居る。

「けど、この旗に当てるのは難しくない？」

私の指摘に栄一くんが少し考えて近くにあった板をもってきて刺した旗に立てかける。そしてその板めがけて雪玉を当ててたら、旗はあっさりと倒れた。

「なるほど。面白くなってきた」

「何がだ？　瑠奈？」

私の言葉に栄一くんが反応する。旗と板という二つの要素が出たことで、遊びに戦略性が広がったのだ。

「板は、敵に対峙(たいじ)する方向に置きましょうよ。そうすると、板に当てて旗を倒すという戦略を取る事ができるわ」

「いいなそれ。じゃあ、分かれて始めるか！」

そして二チームに分かれる。じゃんけんによる組分けで私と組んだのは光也くんだった。

「桂華院。お前が指揮を執れ」

「私？」

私の確認に光也くんが説明する。周りの人間もその声を聞いている。

「あいにく俺は指揮する器じゃない。指揮官ってのは、周りを納得させるなにかがないとできんよ」

光也くんの視線の先には、当たり前のように相手チームのリーダーとなった栄一くんがいた。裕次郎くんが後ろにいると、本当に大将と参謀のように見えるから困る。

「まぁ、あれに勝つにはそれ相応の人間が出ないと駄目よね」

「そのそれ相応の人間に当たるのがお前だ。桂華院」

改めて相手チームを見ると、やる気満々である。特に栄一くん。

「策は俺が考える。お前はみんなを鼓舞し続けろ」

「了解」

雪合戦が始まった。

「行け！　つっこめ!!」

「負けないわよ！　押し返しなさい!!」

小学生だからこそ、策も戦術もない雪玉のぶつけ合い。派手に動き、目立ち、みんなを鼓舞する。

策といってもそんな派手なものはできない。私が目立って、光也くんが背後から旗を狙うという奴だ。みんな体操服でかつゴーグルをつけているので誰かわからないからこその作戦。私の場合、金髪が雪に映えるらしい。

「っ！」

ぱぁんと音がして、私が出した手に雪玉があたって砕ける。手の後ろには私達の旗。投げたのはもちろん栄一くんだった。

「旗を狙えるなんてすごいコントロールね。将来はプロ野球選手なんてどう？」

「いいな。それは。だが今は、お前を倒せれば十分だ！」

一撃。二撃。三撃。栄一くんから放たれた雪玉を手と足で砕く。こういう事ができるのもありがとうチートボディという事で。

「はぁはぁ。敵に回った時の瑠奈が鬱陶し過ぎる……っ！」

「ほんっとうにうざいわね！　敵に回った栄一くんは!!」

四発目は互いに投げた雪玉が相殺しあって真ん中で雪が舞う。均衡は意外な所から崩れた。

「光也のやつが後ろから狙うのを待っているんだろう？　既に対処済みだ！」

「ふん！　裕次郎くんが光也くんの相手をしても光也くんなら抜けるわよ!!」

「え？　僕の事呼んだ？」

栄一くんの背後から現れた裕次郎くんが私に向かって雪玉を投げる。それを手で弾いた瞬間雪玉が崩れてゴーグル越しの私の視界を奪った。

「しまった！」

声に出した私の顔の横を雪玉が抜け、振り向いたときには当たった雪玉で旗が倒れるところだった。こうして、私のこの人生初の雪合戦は、敗北に終わった。

「お前が大将で光也が背後から狙うのは分かっていた」

雪合戦をした後、定番のもう一つをという事で雪だるまを作る。これだと見ていた人たちも参加しだして校庭のあちこちに小さな雪だるまが乱立することに。

「光也が背後から来るのが分かれば、瑠奈さえ抑えてしまえば旗は倒せると踏んだ。で、瑠奈に一騎打ちを仕掛けて、背後から裕次郎の助太刀でとどめと」

「卑怯よ！　武士らしく一対一で勝負しなさいよ!!」

ごろごろと大きくなった雪だるまを私と栄一くんの二人で押す。私達が胴体で、前から頭の雪だるまを作っていた裕次郎くんと光也くんがやってくる。

「『武者は犬ともいへ、畜生ともいへ、勝つ事が本にて候』だっけ？」

「朝倉宗滴だな。諦めろ。桂華院。何を言っても負けは負けだ。すまん。背後の警戒の排除に時間を取られた」

まぁ、本気で怒っているわけではない。とはいえ拗ねるのも女の子の仕事である。そして女の子の機嫌を直すのは男の子の特権だ。

「ふんだ。次は負けないんだから！」

「また機会があったらやろうぜ!!」

特権である。義務ではない。そして気づかないのならば、それはそれでよし。最後は四人で頭を持ち上げて雪だるまの完成である。できあがった瞬間にみんなで拍手をすると、周りの人達も拍手の輪に加わる。

「みんなお疲れ様！　着替えたら学食によって頂戴。体を温めるホットココアを用意させたわ♪」

栄一くんが近づいてきて耳元でささやく。特権を見逃す男ではなかったらしい。

「瑠奈。よかったら、学食の後『アヴァンティ』によらないか？　奢るよ」

「……生チョコのチョコレートケーキ」

こういう事ができるのは子供の時だけ。きっと人生で片手の回数ぐらいしかしなかった雪合戦と雪だるまは、こんな形で私の記憶に刻まれた。

翌日。雪だるまは溶けてなくなっていた。


駅を降りると、そこは一面の銀世界。私達はスキーウェアで白銀の大地に降り立つ。

「さあ滑りましょう♪」

その後、ボーゲンでコースを滑る私の姿があった。まぁみんな同じだからいいか。

帝都学習館学園冬の名物であるスキー合宿。週末を使った二泊三日でスキーを楽しむ事を名目にしているのだが、その実態は冬場のスポーツに触れてほしいという企業側の売り込みが最初と聞いている。某帝西鉄道あたりが黒幕なのは言うまでもない。そんな訳で、新幹線で便利になった冬の軽井沢に来た私達は、駅前のホテルに宿泊してスキーやスケートを楽しむことに。

なお、この時期の軽井沢は洒落でなく寒い。

「絶景かな。絶景かな」

「待てよ！　瑠奈!!　先に行くんじゃねぇ！」

「栄一くん先にパラレルを習得しようとするから……」

「自業自得だな」

この手のスポーツは最初に学ぶのはコケ方でその次は歩き方である。そのあたりを知ってやっと滑りに行くのだが、私はありがたい前世知識を元にそのあたりをパスしてさっさとボーゲンで滑る事にしたのだ。で、完全初心者の栄一くんがパラレルターンに悪戦苦闘する間に、つらつらと白銀の斜面を堪能する。大音量で流れるスキー場定番の曲もリフトで頂上に行くと聞こえなくなる。

舞う雪と澄んだ青空が実に眩しい。

「ほら見ろ。瑠奈。パラレルできたぞ！」

「栄一くん要領はいいからね」

「さっきまで散々悪戦苦闘していたがな」

数時間後、そこにはかっこよくパラレルターンで白銀を駆ける三人の姿が。今度は立場が逆になって、三人から強引にパラレルを教えられる私の姿があった事を記しておこう。あいつら、教えるのもうまいなんてずるくない？

「なぁ。瑠奈……」

「桂華院さん？　これは……」

「よく食べれるな……」

「ん？　何が？」

団体客でしかも良い所の連中だからホテル側もそれ相応の準備をしているのだが、小腹は結構空(す)

く。で、貸切コースではなく一般開放コースは普通のスキー客も滑っている訳で、自由時間をいいことに迷い込んだふりをしてレストランでの食事と洒落込むことにした。私の前に置かれているのは、この手の施設の名物である、具の少ない小さなカレー。値段もお高いがよく見るとみんなこの手のカレーを食べているのが三人には不思議で仕方ないらしい。

「カレーって当たり外れが少ないのよ。ラーメンだと時々大外れがあるからね」

「いやそれにしてもその価格はないだろう……」

突っ込む栄一くんだが、彼が飲んでいるコーラがスキー場価格で割高になっているのに気づいてないのがおかしい。一方の裕次郎くんと光也くんはラーメンの方に興味が出たらしい。

「桂華院さんの言う大外れのラーメンってどんなものなんだろう?」

「やめとけ。わざわざ金を払ってまずいものを食べる事もないだろう」

「ちなみに、私が食べた過去最低のラーメンは醤油味のラーメンなんだけど、スープがお湯だったのよ。で、薄い人は出し汁を足してくれって瓶がテーブルに置かれていて、それで足すと醤油味のラーメンにというやつだったわよ」

絶句する三人を前に私は具の少ないカレーをパクリ。当たりでも外れでもなく、市販のレトルトカレーの味がした。

スキー場で食べたのとは違う格式張ってかつ美味しい夕食の後は自由時間。みんなが集まって話したり遊んだりする中、私は大量の百円玉を持ってホテルのゲームセンターへ。ぼったくり価格なのだが、なぜかしたくなるのだ。

「何やってんだ？」

「っ!?　なんだ栄一くんたちか。脅かさないでよ」

私は見た目の派手なシューティングゲームの台に座って百円玉を入れてガチャガチャ。当然三人もそれを見る訳で。

「２２１９年？　ずいぶん近未来のゲームだな？」

「普通の弾と地上の敵を倒す弾は違うみたいだね」

「ロックオンばかりに集中すると上空の敵の弾が……」

「うるさいわねぇ！　きゃー！！！」

見事にやられてゲームオーバー。そうなると、この三人にも同じ目にあってもらわないと気がすまない。

「じゃあやってみなさいよ！　おごってあげるわ」

「安心しろ。百円は既に用意してある」

そう言って栄一くんが始めて、めでたく一面ボスで死亡。ちなみに私が死んだのは三面ボスである。なお、裕次郎くんが二面途中で死亡。光也くんは、四面途中だった。

「せっかく四人いるんだから、対戦格闘ゲームでもしない？」

「なんだそれは？」

私の説明でそのまま対戦格闘ゲームに。もちろん三人とも初体験だから、まずはストーリーモードで練習してそれから対戦。総当たりのリーグ戦の結果、少しとはいえ技が出せる私が三連勝し、栄一くんが二位、裕次郎くん、光也くんの順だった。

「あー。楽しかった。そろそろ戻りましょうか」

「まだだ。あと一回！　あと一回!!」

「そろそろ自由時間終わるから無理だって」

「完全にはまったな。帝亜のやつ」

そんな事を言いながら、私達はゲーセンを出る。出る前に端のゲーム機をちらり。電源が切られて『故障中』の張り紙を貼られていた脱衣麻雀（マージャン）のゲーム機にホテル側の配慮を感じた。


「生徒会統合委員会が始まります。高等部・中等部・初等部の生徒会執行部及び、各クラス委員は集合してください」

「もうこんな時間なのね」

「栄一くん。光也くん。先に帰っていてくれ」

「ああ。瑠奈に裕次郎。また明日な」

「大名行列か。誰が考え出したんだか。あの時代錯誤を……」

新学期となり華族や財閥一族が学ぶ帝都学習館学園には、強大な自治権が与えられている。親が親だけあって逆らえないというのもあるが、そんな親たちの寄付でこの学園の運営が賄われているのだから、ある意味当然とも言える。権力があって、その椅子が少ないのならば必然的に起こる権力争いというのはどこも一緒で、その権勢の誇示の場がこの統合委員会である。面白いのがそれぞれの等部が対等ではなく、高等部を頂点に中等部がその下請けに、初等部は孫請けという形で序列ができている点。

考えてみれば当然で、ここに学びに来ている連中のほとんどが将来は人を使う連中になるからで、その社会の仕組みを徹底的に教えるという意味合いがあるとかなんとか。逆に、私みたいな高位の華族子女だと、唯一無視できないというか無視するのが難しい年功序列に組み込まれる事で、己の権力の立ち位置と制御を学べという事なのだろう。こういう箱庭的権力でボロを出して転落する人間は結構多い。

なお、大学部の自治会がこれに組み込まれていないのは、大学からは一般入学者が大量に入る事と、かつて猛威を奮った学生運動から切り離す事が目的とか言われている。

「ごきげんよう。遅くなりました」

「ごきげんよう。気にしなくていいわよ。桂華院さん。じゃあ、行きましょうか」

敷香(しずか)リディア先輩は私の一つ上で樺太(からふと)出身の侯爵令嬢である。クラス委員で凛(りん)として恨まれる理由も背景もあるという見事な悪役令嬢の見本として私はひそかに尊敬していたり。

「ごきげんよう。敷香先輩。桂華院さん。泉川くん」

(ぺこり)

当然のように明日香(あすか)ちゃんや蛍(ほたる)ちゃんもクラス委員として居たりする。

今、この場の私たちの立ち位置は、初等部のクラス委員という最底辺のぺーぺーである。それが列を組んで中等部に行って中等部生徒会と合流して高等部にという訳で、ついたあだ名が『大名行列』。誰がつけたか知らないが、上手（うま）いことを言うものだと感心する。

「けど、桂華院さんがこの行列に参加するなんて思わなかったよ」

「どうして？」

最後尾を気楽に歩きながら、裕次郎くんとお喋り。あまり大声でなければそれぐらいは許される。

周囲の人間は土下座はしないが端に寄ってくれるので、それ相応の権力に酔えるのは悪くはない。酔い過ぎて毒にならなければだが。

「華族の人はこの最後尾が嫌だから、出ないって人が多いんだよ。で、中等部や高等部から参加してという感じで」

「分からなくはないけれども、下っ端を体験する貴重な機会よ。逃したらもったいないじゃない♪」

初等部と違って権限と予算が格段に上がる中等部や高等部は、そんな殿上人たちが権力を奪取しようと親の権力と財力まで使って骨肉の争いに。伏魔殿も真っ青な権力闘争を勝ち残ってきっちりと生徒会を運営した連中は、大企業や財閥や政府高官として大活躍するという形でバランスがとられていた。このあたりを解決しようとして改革運動の旗頭になってしまったのが、ゲームの主人公であり、一応私は彼女と高等部生徒会を争うというのがゲームの趣旨だったりする。

「そうよ。下っ端を経験しておいて損はないわよ。上を目指すならね」

（こくこく）

当たり前のように明日香ちゃんが話に加わるが、初等部低学年のクラス委員の取りまとめ役が裕次郎くんと明日香ちゃんなのは政治家の家出身なだけに納得というか。なお、蛍ちゃんは黙っているだけで仕事はする。できれば報連相もしてくれると助かるのだが。

「そういえば、桂華院さんは雲客会には入らないのですか？」

別のクラス委員の子が私に話を振り、周囲の耳が一斉に私の言葉を聞き漏らすまいと注目するのが分かる。雲客会というのは華族で高位の家格を持つ家の集まりで、帝都学習館学園を牛耳る一大派閥で、その名前の由来は殿上人の類語の『雲客』から来ているから本物のハイソサエティクラブである。こういう華族閥があるのだから当然財閥閥や普通学生閥もある訳で。

私の場合は、雲客会の他に当然財閥系からのお誘いも来ていた。

「まだ若輩の身なので、色々と見て回り修行をしようかなと」

絶対小学生じゃない言い回しでそれとなく拒否したのだが、そんな気遣いを容赦なく突っ込んできた朗らかな声が私の耳に届く。

「あら？　私は入ってくれると嬉しいのだけど？」

見事な大和撫子(なでしこ)な小学生がそこに居た。着物が似合う黒髪美人で、同じ大名行列の中を歩いているのだから、彼女もクラス委員なのだろう。ゆっくりと彼女は私に頭を下げて挨拶をした。

「自己紹介が遅れましたわ。私は朝霧(あさぎり)侯爵家次女の朝霧薫(かおる)と申します。どうぞよしなに」

「こちらこそ挨拶が遅れましたわ。わたくし、桂華院公爵家の桂華院瑠奈と申します。よろしくおねがいいたしますわ」

こちらも頭を下げて挨拶をする。私の場合は本家子女ではないのでこんな名乗り方になる。特に両親がやらかした事は華族社会にしっかり伝わっているだろうから、爵位的にはこちらが上なのだが立ち位置的には同格か私が下がる形になる事が多い。とはいえ、学内に家格や財力は関係がないというのが一応の建前。今の私と朝霧さんはともに対等な立場という事を互いに認識した。

にっこり。

にっこり。

互いの笑顔に明日香ちゃんや裕次郎くんやリディア先輩を含めた周囲が一歩引いた。これは喧嘩（けんか）を売っているのか？　味方に取り込みたいのか？　どっちだ？

（きょとん？）

蛍ちゃんが分かっていないのが癒しになるとは。そんな私の内心を知らない彼女は理由を告げた。

「桜子お姉さまがお見合いなさった殿方がいつも、瑠奈様の名前を出しておりましたのよ。桜子お姉さまが食事の席で苦笑するぐらいなのですから、一度お知り合いにと思いまして」

あ。仲麻呂お兄様の婚約者の妹という縁か。

帝都学習館学園の生徒会及び委員会は以下の組織になっている。高等部生徒会を頂点に中等部生徒会が、その下に初等部の生徒会がある。

また、委員会にはこんなのがある。

風紀委員会
　学校の風紀を取り締まる。
　自治権の強みがあるので、『生徒のことは生徒で』という原則で権限はかなり強い。
体育委員会
　体育授業の補佐及び、体育系部活の管理と体育祭の運営担当。
　業者が入る利権の巣でもある。
文化委員会
　音楽・美術系授業の補佐及び、文化系部活の管理と文化祭の運営担当。
　同じく金が絡む利権の巣である。
保健委員会
　身体検査の補佐や保健室への付き添い等で仕事が多い。
　合法的に保健室に行けるというメリットの為人気の委員会ではある。
放送委員会
　放送室を拠点に校内放送や壁新聞の発行などで仕事が多い。
　マスコミ対策は理事会及び職員室と共にこの放送委員会が学生代表として出ることが決まっている。
図書委員会

図書館管理運営の補佐。

司書の下につき、そのまま図書館に就職というコースもあったりする。

また図書館図書購入の決定権がある程度渡されている。

ただし、中央図書館館長の指導・監督が優先される。

美化委員会
校内掃除の担当だけでなく校内庭園等の管理も行う。

実態は業者がするのだが、その決定権はこの委員会が握っているのでここも利権がある。

式典委員会
入学式・卒業式の他に体育祭や文化祭の運営にも参加する。

校内の全イベントの管理運営はここが行っている。


これらの委員会には各クラス一人から二人委員が割り振られ、委員長の下でお仕事をする事になる。で、委員会も縦割り組織で高等部の下に中等部が、その下に初等部がつく。

だんだんこのあたりから話がややこしくなってくるが、各等部の執行部の下にその等部の委員会がつく形になる。つまり、命令系統が二重になっているのだ。

高等部委員会委員長の命令と中等部執行部の命令はどっちが上か？

何も知らないと委員は混乱することこの上ないが、日本の会社組織においては年功序列と現場主義から明確で、高等部委員会委員長の命令に従うのが筋だったりする。もちろん、中等部執行部は面白くない訳で、そんな彼らにはクラス委員という己の手駒がある。クラスの中での指揮系統はクラス委員が優先される。

まずこれを小学生で理解しろというのが無理だと思うのだが、そこはお子様。誰かが手を上げたなら、それについて行けばいいのだ。クラス委員とはつまりそういう役職である。

あと、生徒会執行部はクラス委員からの立候補とクラス委員による投票によって決められる。委員会と執行部の同一化を避けるための対策だろう。もう一つあったな。職員室や理事会相手の折衝は執行部が基本行うので先生や理事会のご機嫌取りという役目が。

「いや。地味に、このシステムエグいよ」

つらつらと委員会の組織図を眺めていた私の耳に裕次郎くんが苦笑するが顔は青ざめている。裕次郎くんの隣にいる明日香ちゃんも顔が強張っていた。何がエグいのかよく分からない私に裕次郎くんはあっさりとそのエグさを言う。

「これ、父さんが居る党の族議員形成システムまんま」

「あ。納得」

要するに、これは族議員の育成システムの応用なのだ。誰に付けばいいかはその所属と年功序列で決まり、椅子取りゲームから外れると陣笠委員としてクラス委員に落ちぶれるか、派閥の力で復権を目指すかだ。

「ちなみに、裕次郎くんだったら、どういう感じでキャリアを積むの？」

「そうだね……」

少し考えてから裕次郎くんはそのキャリア希望を告げる。

「この生徒会には大蔵委員会がないからね。予算は執行部の切り札だから何処（どこ）かで就かないとキャリア的にはまずいかな？　だったら式典委員からスタートするさ」

「式典委員会？　体育委員会や文化委員会じゃなくて？」

「うん。学校行事の全スケジュールを握れるのは大きい」

一条もそうだったが、出来る人間は金よりも時間を気にする。これは面白いなと思ったので心にメモしておこう。なお、裕次郎くんはゲーム内では主人公の選挙参謀として政争で容赦なく私を追い詰めてゆくのだが。

「次にどこかで執行部入りを目指す。生徒会執行部は会長選挙があって、副会長・会計・書記はその会長の指名によって選ばれるからその時に指名されて会計に。あとは実力を見せれば人はついてくるさ」

「またずいぶん楽観的なキャリアプランね……」

「そりゃそうさ。僕が指名されるのは確定事項だもの。栄一くんが立候補するならね」

あ。納得。そのまま裕次郎くんは楽しそうに笑って、ぽんと私の肩を叩（たた）く。

「その時は間違いなく桂華院さんは副会長だから。よろしくね♪」

待てよ。おい。私、巻き込まれ前提ですか？　そんな事を突っ込む前に第三者の楽しそうな笑い声に邪魔される。

「面白い人達ですね。私、興味が湧いてきましたわ」

私の隣に座っている朝霧さんがくすくすと笑っているのを見て、私達は一度会話を収める。

悪い人ではなさそうなのだが、堂々と華族閥を名乗って接近してきたのだから、警戒するに越したことはない。

「前々からカルテットの噂は聞いておりましたのよ。皆様のご活躍、色々と耳に入っておりまして」

「なかなか恥ずかしいですね」

「ですから話題になっていましたのよ。皆様は何処に入るのかしらと」

朝霧さんとの会話に私は気付かされる。考えてみると、私達は華族・財閥・政治家・官僚とそれぞれ出身が違う。それはそのままこの手の派閥で分かれる事を意味する。

「栄一くんも光也くんも多分派閥には入らないんじゃないかなぁ」

「え？　そうなの？」

裕次郎くんの言葉に私が突っ込む。それ初耳だからだ。

「聞いてない」

「言ってないからね」

まるで何かのコントのようなやりとりに朝霧さんがたまらず笑い出す。そんな事におかまいなく裕次郎くんはあっさりと種をバラす。

「絶対に派閥からのお誘いが来るから、断るために天下取るって栄一くん言ってたし」

なお、この時の栄一くんは式典委員、光也くんは風紀委員だったりする。こいつら、流される前に流れをコントロールする為に既に動いていたとは……

「本当に桂華院さんとそのお友達は仲が良いのですね」

朝霧さんの何気ない一言に何も言い返せずにただ頬を赤らめる私が居た。

その後の委員会は何をやったかまったく覚えていなかった。


春と言えば桜というのが今の日本人の感覚だろう。桜といえばお花見という訳で、親しい人たちに声をかけて学校内でお花見をする事にした。

場所は帝都学習館学園の中央図書館の敷地内。中央図書館は華族や財閥関係者の社交場としての機能もあったりする。華族や財閥関係者ともなると気軽にお花見というのも難しいので、こういう四季のイベントができるのはとてもありがたい。休日の午後の穏やかな晴れの日。高宮晴香(たかみやはるか)館長に許可を頂いてささやかなお花見はこうして始まった。

「瑠奈ちゃん。来たわよー」

（うんうん）

「瑠奈おねーちゃん。来ました！」

まずは幼稚園からの付き合いの明日香ちゃんと蛍ちゃんと澪(みお)ちゃんの三人をご招待。

テーブルとか料理は家からの持ち込みで、メイドの斉藤桂子(さいとうけいこ)さんと桂直美(かつらなおみ)さんの二人が腕によりをかけて作ってくれた重箱である。桜の木の下にブルーシートを敷いて、お菓子とジュースも完備。

「いらっしゃいませ。お嬢様がた。どうか瑠奈さまをこれからもよろしくお願いしますね」

メイド姿の時任亜紀さんがメイドらしくご挨拶。胸元にコンパクトカメラが揺れているのがご愛敬。準備は私も手伝うと言ったのだが、執事の橘とメイドの亜紀さんと運転手の茜沢三郎さんがやってしまい私はホステスとしてお客をもてなす役目を。あれ？　何だか丸め込まれてない？

「瑠奈。来たぞ」

「こんにちは。桂華院さん」

「お邪魔する。桂華院」

今度は男子三人がやってくる。先に呼んだ女子たちもそうだが、手ぶらでやってこないあたりが良い所の出というのがなんとなく分かる。

「お花見か。悪くないな」

栄一くんが近くの桜の木を見上げると裕次郎くんが呟く。

「ここでこれだけ咲くのならば、うちの所はそろそろかな」

「そうか。桜前線で咲く時期がずれるんだよな」

光也くんの言葉に明日香ちゃんが乗っかる。

「うちの所は四国だからもう葉桜になっているのよね」

（うんうん）

「蛍おねーちゃんもそうだって言っています！」

ゆらゆらと花びらが舞う中、こんな感じで男女わいわいやれるのは子供の特権だろう。

「あ。ここだ。ここ」

「高橋さん。ちょっと待って！　まだちゃんと身だしなみが……」

「こんにちは。桂華院さん。ご招待ありがとうございます」

次にやってきたのは、高橋鑑子さん・栗森志津香さん・華月詩織さんの三人である。話してみて馬が合ったのでお花見にご招待したのだが、やってきてくれたのは嬉しいことである。

「いらっしゃい。三人とも今日は楽しんでいってね」

私が三人に挨拶を返してブルーシートの方に送り出す。それを待っていたかのように次のお客様が私の前にやってきた。

「こんにちは。桂華院さん。ご招待ありがとうございます」

「いらっしゃい。朝霧さん。そちらの方はどなた？」

朝霧さんの隣に居た少女が私に挨拶をする。

「はじめまして。桂華院さん。自己紹介が遅れましたわ。私は待宵伯爵家長女の待宵早苗と申します。文化祭での桂華院さんの歌声を聞いて、ファンになりました！」

「ありがとうございます。わたくし、桂華院公爵家の桂華院瑠奈と申します。よろしくおねがいいたしますね」

まさか、中庭のオペラでファンができようとは。嬉しくもあり恥ずかしくもあり。

「あらあら。楽しそうね」

そんな声と共に高宮館長もこちらにやってくる。許可を出したので見に来てくれたらしい。

「高宮館長。今日は使用許可を頂きありがとうございます」

「もう一人、お花見に参加したい人がいるみたいよ」

高宮館長の視線の先に慌てて隠れる生徒が一人。このシチュエーション、前にあった記憶が。というか、その金髪は誰だかわかるのですが。敷香リディア先輩。この人、プライベートになるとポンコツになるんだなというのがだんだん分かってきた。

「席空いていますから、よかったら来ませんか?」

「か、勘違いしないでよね。ちょっと何かしているなぁって見ていただけだから……空いているなら仕方ないわね」

見事なツンデレありがとうございます。そんなやり取りに楽しそうに高宮館長が微笑(ほほえ)んでいるので、高宮館長にも声をかける。

「折角ですから、高宮館長もいかがです?」

「ええ。お邪魔するわ」

そして、みんなそろった中で私が挨拶をして皆が乾杯を唱和した。

「今日は集まっていただいてありがとう。これを機会にもっとお互い仲良くなりましょう。乾杯!」

「「乾杯!」」

「雨ねぇ……」

放課後のいつもの図書室で、私達はいつものように駄弁っている。四人の目の前に置かれているのは、一枚ずつ配布された短冊。七夕である。

「いざ願いって言われてもなぁ。思いつかないんだよ」

栄一くんが短冊を前に悪戦苦闘している。かと思えば、裕次郎くんは短冊を手にとって裏表をひらひらと眺めている。光也くんはさっさと『次のテストで一番が取れますように』と書いて放置していた。

「別に叶うわけでもないのだからさっさと書いてしまえばいいだろうに」

光也くんに私は乙女チックに指を振って大げさに告げる。私の短冊にも何も書かれていなかった。

「駄目よ！　こういうのは、あれこれ考えているのが楽しいんだから」

「で、考えすぎて、ドツボにハマると」

「裕次郎くん。しゃらっぷ！」

実に可愛らしい和製発音で裕次郎くんのツッコミを封じた後、私は栄一くんに話を振る。

たしかあそこの一族には、ちょうどいいルールがあったはずだ。

「栄一くんは例のルールでもそろそろ書けばいいじゃない。『一代一事業』だっけ？　何をするにしても、大まかな目標ってそろそろ決めてもいいと思うし」

「……既にその事業をやっている瑠奈が言うと嫌味に聞こえるんだが」

ジト目で私を見つめる栄一くんに光也くんが続く。その手には経済新聞が握られていた。

「時価総額三兆円を超える銀行を牛耳る大株主が何を言っているんだ？」

「帝西百貨店と赤松商事もあるから、時価総額は五兆を超えるんじゃないかな」

さらに追撃をかける裕次郎くんにまるで国会答弁のように私が煙に巻く。もちろん突っ込まれること前提でだ。

「私一人で何かしている訳じゃないわよ。ただ、株式を保有しているだけ」

つくづく思うが小学生の会話じゃないな。これ。そんな事を思って苦笑していたら、栄一くんが真顔で言い放つ。

「瑠奈。俺は、お前を越えたい」

「……身長？」

「この間越えただろうが!!」

怒り気味に突っ込む栄一くんだが、地味にトラウマだったらしい。最終的に高身長のイケメンになるからいいじゃないかといじっていたから気にしていたらしい。

「事業家としてだ」

「私、投資家で事業家じゃないわよ」

栄一くんの宣言に私が訂正を求めるが、男子三人共そろって首を横に振りやがった。なんでだ。

「瑠奈。突っ込んでやるが、その短冊の横に置かれている設計図とイラストは何だ？」

私は短冊の横にあった設計図とイラストを見せて微笑む。場所は九段下で、元債権銀行があった場所だ。

「今度建てるビルの設計図とイメージイラスト。順調に行けば２００１年にはできるんじゃないかな。地下二階で地下鉄と直通させて、一階はコンビニとかカフェを置いて、半分はオフィスでうちのファンドの本部が入る予定。残りは桂華ホテルの高級スィートホテルとして使う予定。最上階は私のオフィス兼屋敷ね。屋上は緑地庭園にして、私の独り占めって素敵仕様なの。ここに屋敷を移す予定だから、完成したらパーティーを開きましょう♪」

こっちはイメージを語っただけだが、いい感じに建築会社が設計してくれて大満足である。で、そんな私に今度は裕次郎くんが突っ込む。

「これ、事業主体が桂華グループじゃなくて、ムーンライトファンドなんだ？」

「ええ。私の家だから、私が責任を持たないと駄目でしょう？」

で、最後のツッコミは光也くん。設計見積りにあるゼロの数を数えながら一言。

「で、総事業費数百億円は誰が払うんだ？　ムーンライトファンドの実質的所有者の桂華院よ？」

君達のような勘の……いかん。まだ世に出ていないな。この言葉は。

という訳で、女の武器である笑顔で三人を黙らせる。

「なぁ。帝亜。これを越えるのか？」

「僕はちょっときついと思うな」

「瑠奈でもできた事だ。俺にできない訳がないだろう？」

うん。その心意気は買おう。けど、これ呼ばわりはひどいと思う。そんな私の内心など気にせずに、短冊に『瑠奈を越える』と堂々と書こうとする栄一くんの短冊を取り上げる。

「何をするんだ！　瑠奈！」

「一応名前は秘密に願います。女の子の世界って嫉妬が激しいんだから」

私の注意に裕次郎くんがぽんと手をたたいて栄一くんの気がそれる。彼のこの気遣いは本当にありがたい。

「たしかに、最近は桂華院さんも女子とよく話しているみたいだし、気をつけた方がいいのかもしれないね。『企業人として先達を越えたい』あたりでいいんじゃないかな?」

「なるほどな。それにするか」

納得した栄一くんは、私が返した短冊に裕次郎くんが言った文句を書いてゆく。それを確認した私は今度は裕次郎くんの方の短冊に目をやる。

「で、裕次郎くんは何を書くの?」

「ありきたりだけど、『家族が仲良く過ごせますように』にするよ」

既にゲームのシナリオから変わっている裕次郎くんの所は、兄弟間の骨肉のお家争いが発生していない。彼がこのままどう変わってゆくのか私にも分からない。

「結局、桂華院は何を書くことにしたんだ?」

光也くんの質問に、少しだけ天井を見上げて私はこう書くことにした。叶わないからこそ、夢を見たいと願って。

『この四人で、楽しく過ごせますように』

と。

【用語解説】
・カタン……ボードゲーム『カタンの開拓者たち』。サイコロ二個の出た目で収穫が決まるので、6と8の収穫地より、3や10の収穫地が大フィーバーというのが稀によくある。
・リテールとホールセール……個人中小企業向けがリテール、大企業や公的機関向けがホールセール。
・インド映画……『ムトゥ 踊るマハラジャ』。
・光也くんの本……『ブギーポップは笑わない』上遠野浩平 KADOKAWA。
・瑠奈の本……『マリア様がみてる』今野緒雪 集英社。
・第九……ベートーヴェン作曲、交響曲第9番第四楽章『歓喜の歌』。年末になるとよく聞く事ができる。
・ゆく年くる年……NHKで23時45分から始まる番組。紅白を見てそのままTVをつけ続けると、必然的に見る事になる。
・シューティングゲーム……『レイストーム』。
・格闘ゲーム……『ストリートファイター』。
・脱衣麻雀ゲーム……『スーパーリアル麻雀PV』長く稼働した名機ではあるのだが、その容赦のなさでも有名。
・族議員……特定の省庁と利益団体の間を取り持つ議員の事。官僚とためを張る専門知識を有するが同時に癒着の温床にもなった。

「〜♪」

ベートーヴェンの交響曲第9番。日本では第九と呼ばれて年末に親しまれているこの曲を私はコンサートホールの中央で歌う。世界でも通用する日本でもトップクラスの指揮者に口説かれたので断れなかったとも言う。そんな私の檜舞台を特等席で渕上総理が鑑賞していた。年末の資金繰りに行き詰まった旧DK銀行案件の総合スーパーの肥前屋救済のお礼だそうだ。

買うつもりはなかったのだが、三行統合前の不良債権処理加速の生贄に選ばれたのがこの肥前屋で、店舗が残っていた北海道経済界からの要望も無視したくなかったというのもある。内容はDK銀行をはじめとした銀行団が債権放棄とつなぎ融資を入れておよそ四千億円の不良債権処理をした上で帝西百貨店グループに入り、店舗の再編とコンビニ側への人員配置によるリストラで再建を目指すことになる。

「〜♪」

曲が終わりスタンディングオベーションの中、渕上総理がゆっくりと立ち上がろうとしてよろける。おどけたふりをして、手を振りながらゆっくりと拍手をする渕上総理の姿を見て私は未来を思い出す。幕が下りた後でその後の打ち上げを断った私は橘の耳元で囁く。

「至急、泉川副総裁に連絡をとって頂戴」

このままだと、渕上総理の命が危ないという事を私は知っていた。

正月二日。ミレニアム問題で全世界のコンピューター関係者が安堵した翌日に泉川副総裁から連絡が入り、私は受話器を取った。

「あけましておめでとうございます。泉川副総裁」

「あけましておめでとう。女王陛下。とりあえず本題から話そう。君が頼み込んだ事だが、彼を検査入院させせた結果ドクターストップが出た。脳梗塞らしい」

助かったことを喜ぶべきか、政権がこういう形で終わることを悲しむべきか。私はしばらく言葉に詰まる。

「奴はお礼が言いたいらしいから、よければ病院に見舞いに行ってくれないか？　そこでしたい話もある」

おそらくは次期政権の生臭い話だろう。そんな話に小学生の私を呼ぶ時点でどうかとも思ったが、少なくとも私は泉川副総裁を作り出した人間としての責任がある。

「わかりました。お話は向こうで」

政治家にとって健康問題は致命傷だ。そのため、この病院に呼ばれた人間は渕上政権の最重要人物という事になる。マスコミの目を警戒しての病院入りはスパイ小説のようだと思ったのは内緒。

「よく来てくれた。君が一番最後だよ」

泉川副総裁は待合室でそう告げ、他の先生たちが一斉に私と橘の方を見る。林幹事長、鶴井政調会長、村下参議院議員会長、乃奈賀幹事長代理、赤城官房長官の六人。後にうちの橘を入れた『七家老』と叩かれる面々が値踏みをするように私を見る。まぁ、このあたりの面子は私の正体を知っているだろうし。

「じゃあ、総理の病室に彼女を連れてゆくよ」

「橘はここに残って頂戴」

「かしこまりました」

私は泉川副総裁の後に続いて病室に入る。政局等の生臭い話は橘に任せる事にしよう。病室で寝ていた渕上総理は起きていて思ったより大丈夫そうに見えた。

「よく来たね。小さな女王陛下。とりあえずかけたまえ。備え付けの冷蔵庫には君の好きなグレープジュースを用意しているんだ」

「ありがとうございます。思ったよりお元気そうで何よりです」

私は冷蔵庫からグレープジュースを取り出して口をつける。それを見ていた渕上総理が口を開いた。

「君には色々と世話になっているが、今回の件では少し恨み言も言いたくなるよ」

冗談ぽく言う渕上総理だが、その目が本音である事を物語っていた。元々渕上総理には心臓病の持病もある上に、総理総裁の激務が彼の体を蝕んでいた。コンサートの席でのよろめきは一過性脳虚血発作というもので、脳梗塞の危険信号だったという。だが、治療入院は確定の上に心臓病の持病もある。とてもじゃないが、政権を運営できるとは思えなかった。

「とはいいますけど、私は総理のそれを見つけるために肥前屋を買ったのですわ。高い買い物と思っていましたが、総理の命を救えるならば、安い買い物ですわ♪」

私の茶目っ気ある物言いに渕上総理と一緒に居た泉川副総裁が笑う。きちんと養生するならば、死亡率は一気に低下するのだ。それを渕上総理は命を削って激務を行い続けた。

「やめとけ。口と準備とかわいさで女に勝てるものか」

「たしかにそうだな。だが、後少しだったんだ。それが水の泡になるのが悔しくてな……」

泉川副総裁が茶化し、渕上総理がため息をつく。参議院選挙大敗からの急遽登板だった渕上総理はこの年の秋の総裁選の激闘に勝利したばかりだったのだ。

相手は加東一弘元幹事長と山口卓巳元政調会長で、次期総理を臭わせての懐柔工作を振り切っての総力戦は党内に深刻な亀裂を残すことになったが、支持率も上昇傾向にあって長期政権も視野に入ろうとしていた。

おまけに、参議院の過半数確保を目的とした連立交渉もめどが付いてこれからという矢先に、その渕上総理が退場するのだ。その心中を察するに忍びない。

「小さな女王陛下を君が呼んだという事は今後の事なのだろうが、とりあえずは政府は副総理、党は君で回してくれ。後継については……総理の椅子。いるか？」

泉川副総裁を就けた際に大蔵大臣を副総理として指名している。現大蔵大臣が元総理という事での待遇なのだが、こういう時に党も政府も混乱が起きないという事で、後々副総裁と副総理職は正式化されてゆく。それはさておき、何でＪＳを前に超弩級に生臭い話をしているのでしょうか。この人達は。今からでは部屋を出ることすらできやしない。

「欲しくないと言ったら嘘になる。だが、選挙管理内閣になるな」

そのまま泉川副総裁は私を見つめる。今までやりまくったつけとして、泉川副総裁も渕上総理も私を同志の一人として扱った。

「君を呼んだのはその為だ。小さなキングメイカー。私は、総理の椅子に座っていいのかな？」

「それは待合室に居た皆様でお決めになられたらいいのでは？」

「政治というのは綺麗事で済まないし、角が立たないように決めるならば密室はなくならないよ。そして、密室で物を言うのは金を持っている奴だ。だったら、君の一存を確認しないと彼らも後継を立てられないという訳さ」

渕上総理は自虐気味に笑う。

「汚れ仕事と分かっていながら、親父も先生も金についてはどうしようもなかった。この国が、多くの国民が幸せに暮らせるようにと頑張った仕打ちがあれだと浮かばれない。それだけは君に伝えたかった」

私は黙って頷く。角を立たせないように金や利権で丸く収める。東側社会主義陣営という敵が居て経済成長が続く限りは機能していたのだ。だが、バブルが崩壊して皆が満足するだけの金を回せなくなった。渕上総理と彼の派閥の将来における凋落の根本的な理由はそこにある。

「私は君を利用した。だが、君が証人喚問の席に座る事を望んでは居ないんだ。君がお爺様と似たような道を進むならば、それだけは覚えておいてくれ」

仲麻呂お兄様が参議院参考人招致でマスコミに晒された事を言っているのだろう。私は言葉に詰

まる。

「まるで遺言だな」

「似たようなものだ。政治家としてはこれで『上がり』だからな」

泉川副総裁が茶化し、渕上総理が笑ってやっと空気が和らぐ。私をこの場所に呼んだのはこれが理由だろう。大人の配慮がありがたい。そして、途中で降りざるを得なかった大人の無念が切ない。

「さてと、話を戻そう。桂華院瑠奈くん。私を、泉川辰ノ助を引き続き支援してくれるのかな？」

泉川副総裁がまっすぐ私を見つめる。その視線は政治家としての凄みがあった。

案にこの二人は言っているのだ。『ここで降りるならば引き返せる』と。渕上総理は言ったではないか。『利用した』と。被害者でいられるのだ。ここまでは。

だが、ここからは別だ。もはや被害者ではいられない。場合によっては証人喚問の席に呼ばれて犯罪者もありうると言っている。目を閉じて私は選ぶ。私の前世が、過去が、それを選ばせる。

「今更ですよ。私、そんなに薄情に見えますか？」

不良債権処理の過程で大蔵省に睨みが利かせられる泉川副総裁がいた事で、不良債権処理は現実よりも楽に進められている。株価が現実より高い所にあって含み益を出せるからこそ、まだ数千億や兆の不良債権処理を史実より楽に進められるのだ。ここから先は、地図のない海を手探りで進むようなもの。それでも、前世という最悪を知っている私は、迷わず前に進む。

「今年の七月に総選挙。おそらくは、そこまでの命です。大蔵省の不祥事をまだ国民は忘れていないし、不良債権処理でどうしても銀行は叩かれるから監督官庁の大蔵省は更に傷を負います。それでもその椅子に座りたいのでしたら、私は今までどおりに陰からお支えしましょう」

「その前にあるだろう総裁選は？」

「勝ち抜くのは無理です。野党が内閣不信任案を出した時に、反主流派が同調する可能性もあります。総辞職後の首班指名で野党に一本釣りされないためにも、選挙管理内閣である事を宣言して総選挙前の総裁選には立候補しない方が半年無事に務められますよ」

先の総裁選で渕上総理は立候補した反主流派を徹底的に干していた。その反主流派がどう動くか分からないのだ。だからこそ、半年後の総選挙という爆弾を見せつけて、時間を稼ぐ。

「主流派を固めたら、再選は難しくないと思うが？」

横で聞いていた渕上総理が意外そうな声を出すが、私はその声を切って捨てた。

「その主流派は割れますよ。というか、こんなチャンスをあの人が見逃すとお思いで？」

その声に渕上総理と泉川副総裁が黙り込む。あの人とは渕上総理にとっては連立相手であり、かつての同志であり、裏切り者の名前だった。この時期の彼は豪腕と謳われるほど選挙と政局については恐ろしいぐらい強い。そんな人が、この天佑を見逃すわけがない。

二人の前では言えないが、既に失脚していた泉川副総裁が未だ権力と影響力を持っていた事で、総理の椅子に座る席順が一つずれる事を知っているのは私しか居ない。その不確定要因を私は読み切れない。

「折角だから聞いておくか。何で加東くんにつかなかったんだ？」

渕上総理が一番厳しい顔で私を見つめて尋ねる。なお、このあたりの話は私はまったくタッチしていない。橘に丸投げしていたのだ。

「私は動いていないですよ。ただ、加東さんもこちらに顔を出しませんでしたけど」

考えられる事と言ったら桂華院家の報復だろう。私の父の事で頭を下げて私に詫びたとしても、それで許せるかどうかは別問題である。私に話が来なかったのか通さなかったのか知らないが、桂華院家は総裁選という一番大事な所で加東議員に肩入れしなかった。

「あと、副総裁が渕上総理を支えたのも大きいですよ。おかげで不良債権処理が進められましたし」

党副総裁という役職に就いていたので、ある種の人質に取られていたというのがあった。総裁選で渕上総理が負けたら、必然的に泉川副総裁もその役職を辞めざるをえなかったからだ。同時に、加東と泉川の両天秤をかけられたので、動く必要がなかったとも言える。

「なるほどな。我らが小さな女王様にとっては不良債権処理が大事であって、それを進められるならば誰でもいいという訳だ」

冗談ぽく渕上総理が茶化す。私も冗談として突っ込んだ。

「ええ。だからこそ、次の総選挙は勝ってくださいね」

三人とも笑い、泉川副総裁はパンと手を叩く。それは貧乏くじをひく覚悟と政治家としての決意。

「わかった。総理の椅子に座ろう。半年の命だ。箔付けに大臣の椅子に座りたい連中に座らせてやるか」

泉川副総裁は腹をくくって渕上総理の方を向く。二人の会話がなんとなくかっこいいなと思ったのは内緒だ。

「今までご苦労だった。ゆっくり休んで体をなおしてくれ」

「その台詞をそっくりそのまま半年後に言うから楽しみに待っていろ」

その日の午後、病気を理由に渕上政権の総辞職が発表。首班指名選挙が開かれる臨時国会までの一週間は副総裁と副総理が大過なく党と政府をまとめ、首班指名選挙で泉川総理が誕生する。その日の記者会見で、泉川総理は通常国会終了後の七月に総選挙を行うことを予告。選挙管理内閣である事を内外に宣言。政界再編の嵐が吹き荒れようとしていた。


『選挙管理内閣であると宣言した泉川内閣だがサプライズ人事が飛び出した。立憲政友党幹事長に恋住総一郎元厚相が就任したのだ。これは、渕上政権時冷遇されていた反主流派へのサインと見られている。

渕上元総理と加東元幹事長は先の総裁選で激しく争ったが、恋住元厚相は所属派閥の林派に配慮して加東元幹事長に同調しなかった。その論功行賞であると同時に加東元幹事長との分断を画策したものだと関係者は噂している。

また、泉川内閣の閣僚の多くは大臣待機組から選ばれ、夏の総選挙に向けての挙国一致ぶりをアピールする事が狙いだろう。

既に永田町は総選挙の後の次を見ており、泉川総理は公平を期すために派閥会長を辞任し自動的に泉川派を継承する事になった加東一弘元幹事長と、渕上元総理が肩入れしている林派会長である林楽斗前幹事長の一騎討ちと見られて……』

「うちが全額出すから進めてくれませんか？」

「わかった。どうせ半年ばかりの総理の椅子だ。好きに使い給え」

選挙管理内閣である泉川内閣の下、全ての政策がストップしたように見えるのだが、これ幸いと進めた外交案件が一つある。期限が切れる湾岸の日の丸油田の契約更新である。この期限延長条件にサウジアラビア政府は二千億円の鉱山鉄道の建設を求めていた。それを日本側が拒否していたのである。

「しかし、元は取れるのかね？」

泉川総理は電話口の私に確認をとる。既にロシア産原油の輸入を桂華グループ傘下の赤松商事が仕切りだしており、日本の原油輸入の10％がロシア産になろうとしていた。同時に、安すぎるロシア産原油に依存しているという欠点があったのである。権限が切れる日の丸油田は中東資源確保の切込みになるだろうと思っていた。

「難しいところですけど、ある事に意味があるかと。ロシア政情はまだ安心できるものではありませんから」

硫黄分が多い重質油だが、日の丸油田としての象徴でもある。権益を消すよりも、資源プレイヤーとしての名の方が大事というのが、話を持ってきた藤堂の言い分である。

「いちおう、今回の出資を前提として、開発会社を赤松商事傘下に収めたいと思っています。外務省および、通産省の調整の方をお願いできないでしょうか？」

「わかった。具体的な交渉はそちらの赤松商事の藤堂君にまかせるよ。その後の体裁は外務省と通産省に指示しておく。何もできない内閣だと思ったが、何か残せるとはな」

「それも時代というものでしょう。短いですが、良い内閣だったと言われる努力をともにしましょう。では」

電話を置いて、私は藤堂と橘と一条の三人を見つめる。既にＩＴ投資は莫大に膨れ上がり、ロシア国債がらみの儲けも積み上がっていた。二千億円ならば、構わない投資額である。

「総理の了解は取ったわ。この案件、うちが丸抱えするわよ」

「そりゃまあ、やればとは言いましたけど、即断即決で決めましたね。お嬢様……」

提案者の藤堂が呆れ顔で言う。私は腰に手を当てながら言い返す。

「時間がなかったんだから仕方ないじゃない！」

クウェートとサウジアラビアの間にあるこの日の丸油田の権益は、２０００年2月に半分消えてしまうのだ。時間があるなら色々できるのだが、ここはもう値切る時間もないので丸呑みしかないだろう。

「ムーンライトファンドの方から支払いお願いね♪」

「はいはい。この悪巧みに関わってから、このぐらいのお買い物に驚かなくなった自分にびっくりしていますよ」

私の言葉に一条がぼやく。買うことは決めるとして、その交渉は橘なり藤堂なりに丸投げ。支払いは一条が居なければできないのだから、文字通り子供がおもちゃをねだるようなものである。

ただ他所の子供と違うのは、その金額が莫大でその金を稼いだのが私であるという事。

「そういえば、春にできる桂華金融ホールディングスだけど、一条のトップは決めたけど、下の役職はいらなかったの？」

長く懸案事項だった金融持ち株会社が解禁されたことで、桂華金融ホールディングスが解禁第一号としてついに発足する。それはいいのだが、持ち株会社の下に銀行・証券・保険・損保とあるのにそれらの役職に一条はタッチしなかったのだ。

「椅子取りゲームになったら、第二地銀出身の私は押し出されて負けます。持ち株会社という屋上屋を重ねたので、スムーズに就任できたんですよ」

一条は苦笑しながらそのあたりを私に話してくれた。大蔵省天下りや都市銀行のエリートが多くいる場所で、第二地銀出身の一条がいくら私の一存とはいえ一気にトップに座るのだ。嫉妬と不満が出ない訳がない。

「よくわからずに、気づいてみたら金融持ち株会社なんてものを持つことになったけど、これ何ができるの？」

「再編とリストラですね」

私のぼやきに一条が的確に突っ込む。

「桂華銀行も桂華証券も合併後のリストラが急務だったじゃないですか。それに保険や損保等の事業も管理する事で、人事異動や拠点整理が格段にやりやすくなります。後は他の金融機関が破綻する前に駆けこんだ時に助けやすくなりますね」

納得してぽんと手を叩く私を一条だけでなく橘や藤堂まで苦笑する。

「やっぱり、危ない所を助けようと考えていましたね？　お嬢様」

「もちろんよ。これで終わるんじゃなくて、これから始まるのよ。不良債権処理は」

私の断言に橘・一条・藤堂の三人の顔も引き締まる。

「その為にも、この中東の案件はきっと大事なものになるわ。そう心得て頂戴」

三人が頷くのを確認して私は笑顔で付け足す。

「政府との確認は橘お願いね。藤堂はサウジに飛んで、さっさと話をまとめて頂戴。……あ、そうだ」

私は、ぽんと手を叩いて、さもついでのように本命を口にする。

「作る鉄道だけど、管理と運営はうちが握って頂戴。金を出す以上、二・三年である程度の鉄路はできるようにしておくこと。いいわね！」

サウジアラビアが要求していた鉱山鉄道。その貨物路線はイラク国境線南方を走っていた。いずれ起きるイラクとの戦争において、鉄道輸送による連絡線は建設の赤字など吹き飛ばす黒字を叩き出してくれるだろう。起きなければと思いつつ、最悪に備えようと手を打つ私は自己嫌悪に陥りそうだった。

『政府はサウジアラビア政府との間で日の丸油田の権益の三十年延長に合意した事を発表した。権益切れ目前の急転直下の合意に関係者は驚きを隠せない。サウジアラビア政府との交渉の焦点は二千億円にのぼる鉱山鉄道の建設費用の供出であり、それを渋って暗礁に乗り上げていた。この費用を桂華グループ傘下の赤松商事が全額出資すると表明したため、急転直下の合意と相成った。

選挙管理内閣である泉川政権下では交渉はまとまらないと諦めていたところの合意で、政府関係者は「選挙管理内閣ではあるが、その選挙後も政権を運営する意思表示だ」という声……』

『湾岸石油開発は第三者割当増資を行い、桂華グループ傘下の赤松商事の傘下に入ることを発表した。湾岸石油開発は、クウェートとサウジアラビア国境線上に油田権益を保持していたが、サウジアラビア政府との交渉が難航していた。今回、交渉成立の条件だった二千億円のサウジアラビア鉱山鉄道の費用を赤松商事が出すことになり、経営の一体化を目的として赤松商事傘下に入る事を選択した訳だが、金を出した赤松商事に対してのお礼であるという話が関係者から出ている。

また、赤松商事はサウジアラビア政府との間でサウジアラビア鉱山鉄道株式会社を設立し、建設と運営を行う事になり、ダンマームとハフル　アル　バティン間の鉄道建設を開始すると共に、キング・ハリド軍事都市に繋(つな)がる支線の建設を発表……』

『この春、金融持ち株会社第一号として桂華金融ホールディングスが発足する事になり、役員人事が公表された。持ち株会社の代表取締役に就任した一条進(すすむ)ＣＥＯの人事に関係者の間で衝撃が走っている。一条ＣＥＯは第二地銀だった旧極東銀行出身であり、桂華銀行では執行役員だった事から大抜擢(だいばってき)された事になる。関係者の話ではオーナーである桂華院家の意向が強く働いたと言われており……』

世間が２０００年に浮かれている中、政治は混乱しているが時間は待ってくれない訳で。バブルの清算についに大手銀行が乗り出している中、私はこっそりと買い物をする。私がＴＶをつけると、ちょうどその件のニュースになっていた。

『……共鳴銀行が桂華金融ホールディングス入りを宣言し、救済される事が決定されました。共鳴銀行役員は全員退職、不正行為をしていた者は刑事訴追されましたが、自首と捜査協力により在宅起訴と罰金等で済まされる模様です。なお、この買収に関して桂華金融ホールディングスはムーンライトファンド保有のハイテク株売却を資金源としているため、公的資金の投入はしないとのことで……』

「ご苦労様、一条」
「ありがとうございます、お嬢様。しかしハイテク株をあんなにお売りになってよろしかったのですか？」
「いいのよ。そろそろＩＴバブルもはじけそうだし売ったほうがいいわ。はじけたら空売りでさらに利益を出すわよ」

一条の顔が若干引きつる。もっと儲けられるのですかとでも思っているのかな？　ＴＶは次の話題に移ったがこれも桂華グループ関連である。

「では確かに、購入いたします」

こちらの弁護士と自治体首長が握手をし、カメラのフラッシュがたかれる。


『関東の第三セクター鉄道の京勝高速鉄道をムーンライトファンドが一千億円で購入しました。この鉄道は首都圏と千葉県の間を繋ぎ……』


京勝高速鉄道は都内地下鉄と直通しており、収益は悪いものではない。だが、バブル期に高騰した土地・人件費・建材費等の建設費用を全部借金で賄ったために、莫大な金利（バブル期の金利なので超高率）で赤字を出し続けていたのである。その借金を肩代わりする形で全株を購入し、豊富な現金で一括処理した為に利益が出しやすくなっていた。

怪しげなファンドが鉄道を持つことに自治体が不安を隠さなかったので、わざわざ桂華の名前をつけた桂華鉄道を立ち上げる事になったが問題はそれぐらいで、一千億の借金が消えるのだからと皆喜んで株を手放した。更に金利支払いの為に高かった運賃も値下げする事を発表したので、利用者の支持もとりつけ乗り入れ先の地下鉄とも今までどおりの契約をという事で話がついている。

現状利用者は年々増え続けており、設備投資を入れても年数十億の安定的収入が手に入るのは大きい。

「あと、総合百貨店対策もあるのよね。この買収」

「？」

総合百貨店との買収交渉を仲介している一条が首を傾(かし)げるので、私が種明かしをする。私も某北海道の番組で四国八十八ヶ所巡りを見ていなかったら気づかなかった事だ。

「四国の香川鉄道の収入ってメインターミナルに入っていた総合百貨店頼みで、そのために総合百貨店の債務保証までしているのよ。ここ」

地方の鉄道はそのまま地方経済の要になっている事が多く、それが破綻なんてしようものならば、その地方にどれぐらい連鎖倒産が広がるかわからない。まさか、うまそうにうどんを食べているから行きたいなと香川県の地図を眺めて、そこに総合百貨店を見つけたからではない。ということにしてほしい。

「で、香川鉄道の救済はするつもりだけど、その時に鉄道を持っているのと持っていないのでは、社会的信用度が違うのよ」

経営危機の総合百貨店救済の為に桂華金融ホールディングスは帝西百貨店との救済合併で内々に交渉を進めていたが、そのまま合併すると総合百貨店の莫大な債務で帝西百貨店も潰れるので総合百貨店に貸し付けている銀行団は債権放棄で救済の方向に進んでいた。で、できるだけ債権放棄をしたくない銀行団が総合百貨店の債務の一部を香川鉄道に請求しかねず、そうなったら香川鉄道も破綻しかねないという訳だ。

つまり、総合百貨店救済と香川鉄道救済は同時に行う必要があり、それは京勝高速鉄道の時と同じく怪しげなファンドが鉄道を買収する事になる訳で、そんな面倒事を避けるために桂華鉄道が香川鉄道を買収するという訳だ。

　モータリゼーション華やかなりしとはいえ、戦前戦後においての財閥の形成に鉄道は欠かせない。桂華の名前をつけて鉄道を持つという事は、桂華グループが岩崎財閥を始めとした他財閥に吸収された時に私直轄の事業を守るという意味合いがあった。

「ああ。だから桂華鉄道の社長に橘さんが就くことになった訳ですか」

「鉄道を買うって言った時に橘が志願したのよね。多分そういう事なんでしょうね」

　一条の納得した声に私も苦笑して返す。今のままだと遠からず桂華グループの中核企業である桂華製薬と桂華化学工業は岩崎財閥に吸収合併されて、桂華金融ホールディングスは株式公開という形で手放す事になる。

　その前に、ムーンライトファンドという怪しげなファンド主体から、桂華ホテルや桂華鉄道を中心とした地に足がついた事業主体に転身する必要があった。

　それらの事業に信用という保証をつけるならば、鉄道ほど便利なものはない。

「けど、一千億ならばお嬢様のファンドから金を出すより、桂華金融ホールディングスから出せばよかったのでは？」

「借金については本命があるのよ」

　一条の質問に私は一つの地図を見せる。その地図を見た一条が苦笑するというか呆れた声をだす。

「新常磐鉄道ですか」

「その東京延伸の金を出すつもり。地下鉄を使って、この二つを繋げられたらいいと思わない？」

建設途中で一兆円を超える工事費を投じている新常磐鉄道は、その資金不足から暫定ターミナル駅である秋葉原から本来のターミナルである東京までの建設ができなかった。

さすがに全額負担はきついが、東京までの費用負担で路線を繋げられるならば、利便性がぐっと楽になる。なお、東京延伸費用はおよそ一千億、地下鉄との乗り入れまで視野に入れると、三千億の投資案件である。

鉄道はとにかく、初期投資が洒落にならない。

「そういえば、うちの会社で会社更生法を申請したのがなかったたっけ？」

「極東土地開発ですな。地方のリゾート開発を手がけていたデベロッパーで、現在再生手続中です」

「それに会社更生中のゼネコンをくっつけて、事業を再生させましょう」

日本の鉄道事業は、都心から郊外に路線を引くと同時にその郊外駅を宅地化する事で収益を上げていた。その為、日本の私鉄は必ず不動産事業を抱えており、バブル崩壊で各私鉄が尋常でない痛手を受けながらも耐えきったのは、満員以上の鉄道が日銭を稼いでいたからに他ならない。

鉄道事業を買ったのならば駅前にスーパーを含む大型複合施設を用意し、パークアンドライドに対応する大型駐車場も完備。もちろん入るスーパーは帝西百貨店のスーパー部門で、シネマコンプレックス対応済みである。話がそれた。

「で、そちらは？」

「計画してあまりのリスクに尻込みしている案件。新幹線よ」

巨額の建設費用から確実に政治案件になる整備新幹線は、中央から地方まで魔物うごめく伏魔殿だった。それゆえに、政治の季節に突入している現在これを打ち上げる事で、泉川政権への援護射撃となる。地方での公共事業ほど、金を落とすものはないからだ。

「岡山から高松までの新幹線。瀬戸大橋は新幹線用の用地を作ってあるので、岡山までの新幹線と高松までの新幹線建設がメイン。費用は一応四千億を考えているわ。自前で建設系ゼネコンを抱えて工事費を回収しようかしら？」

これも香川鉄道救済が背景にある。地方都市は少子高齢化と過疎化で経営が苦しくなる。だったら、東京や大阪に直で繋がる新幹線という選択は悪くない。

どうせ会社更生中のデベロッパー系ゼネコンを買うのは決めている。新幹線という高度建設技術を抱えるゼネコンもバブルで土地取引に手を出して破綻している所があったのである。どうせお金を払うならば、グループ企業に払って内製化した方が、後々の他の工事も自前で行える。

「この四国新幹線は収益はでるのでしょうか？」

「飛行機相手ならば勝てるはず」

東京から高松の時間を考えると、四時間を切るから飛行機には勝てる。飛行機が移動時間の他に空港に行く時間と到着してから目的地に行く時間を足して四時間以上だと、都市部中心にある駅に直(じか)に行ける鉄道の方が強いと言われているからだ。東京乗り入れは無理だろうから新大阪始発になるだろうし、新大阪駅にホームを増設して委託してもいい。

問題は並行在来線で、最悪抱え込んでもいいかと考えている。香川鉄道も手に入るし、貨物運用から貨物鉄道とのコネを持つのは悪くないからだ。赤字ではあるが民営化された四国の国鉄を買い取ることまで視野に入れると、得られる信用は悪くないものになる。

「こっちは……すごいですね。これ」

「でしょう？　本命だけど、投資額がすごいのよ。こいつ」

一条が唖然とし、私が苦笑したのは北海道新幹線で旭川から札幌を経由して函館までを作るというやつで、想定予算が二兆円を超えていた。さすがにこれは私単体では作れない。

「失礼します。お嬢様。例の会社の買収について合意が成立しました」

私達の会話に割り込んできた橘が報告書を手渡し、一条が確認のために尋ねる。

「何を買ったんですか？」

「ドッグエクスプレス。千四百億円ね。藤堂の赤松商事に管理させるわ。百貨店・スーパー・コンビニの物流事業の強化にはどうしても大手の運輸会社が欲しかったのよ」

運送会社大手で過剰投資で経営が悪化していたドッグエクスプレスの買収は、北海道の新鮮な食料品を全国の百貨店やスーパーに自前で届ける事を意図した物流の強化を目指した買収だった。

まぁ、このあたりはまだ安い買い物である。総合百貨店は合併、サチイは法的整理後に救済。その後に大物案件が待ちかねている。物流トップ企業で三兆円ちかい負債を抱えている大手全国スーパーの太永である。

「こいつがあるから、新幹線に手が出せないのよね」

我ながら凄いことを言っているなと思うが、一条も橘も突っ込んでくれなかった。

シャッター街。日本の地方の各地でよく見かける光景である。

「……という訳で、地方商店街と大規模スーパーや百貨店の立ち位置はこういう風に違っているんです。これがまた、帝西百貨店のリストラと絡んで火を吹きかねないんです」

一条の説明に頭を抱える私。その背景には、モータリゼーションによる都市構造の変化がある。百貨店というのは都市にあり、流行と文化の発信地としての側面がある。スーパーマーケットはその地区の生活の拠点であり、衣食の購入はここでする事になる。では、商店街というのはどことかち合うかというと、このスーパーマーケットである。

都市部の駅前に巨大な店舗を建てて集客するのが百貨店であり、そこから家路に向かう間に商店が軒を連ねて途中で買い物をというのが昭和時の光景だったのだ。

それが自動車の普及によって変わってくる。地方では駅通いができる本数が少なくて自動車で通勤という流れになり、そうなると間の商店街が使われなくなる訳で。そして、車で買い物に行くのならば、駐車場の確保ができる都市部郊外に大規模スーパーマーケットを作った方がよくねという流れになり、綺麗にハブられた商店街がシャッター街化してゆく事になる。

同時に、電車通勤が車通勤となって、デパートもハブられて閉店という流れが地方で起ころうとしていた。

「分かってはいたけど、きっついわねー。これ」

「そのまま街づくりが絡むから地元自治体と商工会議所に話を通さないと進みませんよ」

一条のつっこみに頭を抱える私。大量仕入による薄利多売戦略がとれるスーパー側に対して個人商売の集合体の商店街だと仕入単価で勝てない。

「それ以上に厄介な問題があるんですよ」

「まだあるの？」

なければここまでひどくはならない。そんなことをぼんやりと思っていたのだが、出てきた言葉はちょっと意外だった。

「商店街はほとんどの場合、住人が住んでいる。これが問題なんです」

「？　それの何が問題なの？」

一条は説明を続ける。聞いてゆく私は、理解すると同時に顔を覆った。

「商店街の商店はその店の自宅を兼ねている事が多いです。つまり、その店が儲からないから店を閉めたとしても、住宅としてその店の住人は住み続けるんですよ。そんな状況で空き店舗を貸せると思いますか？」

横で聞いていた橘がとどめの一言を。致命傷で、私は机に頭をぶつけて手で覆うしかない。

「駅前商店街はバブルの時に強烈な地上げにあっていますから、残っている方々がこちらの話を聞くとは……」

あ。これどうにもならんわ。とはいえ、手を打たないわけには行かない。

「帝西百貨店のコンビニ転換事業の進捗は？」

「拡大傾向ではありますが、配置転換形式で進めているので、他社より遅いのが問題です。コンビニの肝である物流網がトラック主体なので、ここの構築が遅れているのも痛いですね」

「数を確保することで、単価を下げる。まとまった数を押さえる必要がありますが……」

一条と橘の言葉に考える私。帝西百貨店グループのスーパーとコンビニの物流網に乗せることで、単価については下げられる。そうなると問題は、駐車場と商店街という『住宅地』だけになる。

「商店街の入り口近くに駐車場とコンビニを建設しましょう。この店舗は商店街共同オーナーという形で。それに合わせて近くに駐車場を確保すること」

「商店街の建て替えがあるのならば、マンションを建設することで住民の集約と駐車場の確保に努めること。これはその街の再開発が絡むから、自治体と商工会議所にはきっちり根回しするように」

「帝国貨物鉄道と業務提携して、貨物駅の拡大を進めます。トラックが便利すぎるのは分かるけど、地方のインフラと地元零細貨物会社と提携する事で地元に利益を落とします」

ただ、ここまでするとなると、どうしても政治が必要になる。橘がその政治の結果を一つ口にした。

「大店法の改正で郊外店舗がこれからどんどん建っていきますが、勝てるのでしょうか？」

「無理ね。精緻な小技は、所詮わかりやすい大技には勝てないのよ」

それでもこの方針を取るのは、これが帝西百貨店の撤退戦だからである。コンビニに主力を集めるためには百貨店やスーパーに注いでいる赤字リソースを処分しなければならないが、それで安易に切り捨てるようなことはしたくなかったからだ。それは、切り捨てられた前世の私が一番良く分かっている。

「いずれ、環境問題と通販の拡大で、トラックだけでは追いつかない状況になるわ。そうなった時、日本に張り巡らされた鉄道網をうまく使えば、色々と有利になるわ。二十年。それだけ撤退戦を続けられるなら問題はないわよ」

ただ、それを言った私自身、その二十年後を知らないのだが。それは言わずに、凜々しく私ははったりを言い切った。

「……なるほどね。話については分かった」

泉川総理は、私のレポート（書いたのは一条と橘だが）を机において私を見る。陳情に来た私に対する彼の目は私を子供として見ていない。

「だが、分かっているのかい？　地方都市の駅前再開発のモデルケース事業だ。巨額の金が動くぞ」

「こっちの取り分は少なくていいですよ。残りのパイについては、お好きにどうぞ」

「それを言ったお子様相手に『はいそうですか』と言えるほど、多くの人間は恥知らずではないよ」

「けど、しないと公共事業で食っている地方は死にますよ？」

その通りだった。地方都市の公共事業は文字通りその都市の生命線である。そして、彼らもまたバブルに踊って致命傷を受けていたのである。放置できる訳もない。

「分かった。うまく党の部会にかけて、なんとかしてみよう」

　持つべきものはコネである。それを使えるならば、こういう事もできるのだ。


　香川県高松市。四国の玄関口を自任しているうどんの国だが、そこの大企業が経営危機に苦しんでいた。それを救ったのはいいが、救った以上は再建しなければならない。

「創業者一族の追放は仕方ないわね。同時に、社員教育は徹底させるように！」

　香川鉄道。高松の総合百貨店の債務保証に絡んで、総合百貨店の経営危機が飛び火したこの会社。殿様商売でも有名で『鉄道は要るが会社はいらん』なんて声が出てくる始末。会社内部の教育と体制改革は急務だった。

「駅のリニューアル、新車の導入、安全関係への投資はケチらないように。子会社のバスとの乗り継ぎはきっちり整理すること」

　地方はこの時期道路の拡張が進み、地方中心都市へダイレクトに行くバスがどんどん出てきた時期でもあった。結果、鉄道の隣の国道を鉄道会社のバスが走るなんて本末転倒な事態が頻発するのである。そんな間抜けな事態を避けるため、鉄道の駅を拠点として周辺にバスを走らせ、乗り継ぎの利便性と乗継割引で客をそちらに向けるように対策を取る。

「お嬢様。四国帝国鉄道の役員が『四国新幹線について話を伺いたい』と接触してきたのですが？」

桂華鉄道社長である橘隆二の報告に私は来たかと顔を引き締める。金がない四国帝国鉄道にとって瀬戸大橋線は金づるであり、金はあるがノウハウはない桂華グループは向こうから見たら鴨が葱を背負ってきたようにしか見えないだろう。

「いいじゃない。運営は向こうに押し付けちゃいましょう。その代わり、大株主として経営側に入らせてもらいましょうか」

もともと香川鉄道を救済したのは総合百貨店救済のついでである。そこから四国新幹線に繋がっているので、適正価格で渡してもいいと思っていたのである。桂華グループが作ろうとしている四国新幹線は、その所有が香川鉄道になる予定だ。その線路の上を西日本帝国鉄道が新幹線を走らせるという訳だ。

それだけではこっちの利は薄いので、稼ぎは新大阪駅の増設ホーム使用料で賄うという訳。

「四国帝国鉄道も、高速道路が延びてくるとバスに負けるしね。稼ぐならば、外で稼がないと」

最終的には香川鉄道と四国帝国鉄道の業務提携が成立して、四国帝国鉄道の経営安定に寄与する事になる。そして、総合百貨店のリストラに話が戻ってくる。財務状況を確認した一条がため息をつく。

「借金については現段階で清算できますが、今後の赤字についてはかなり厳しいと言わざるを得ないですね」

メインターミナルの前に建ったデパートは、地方のモータリゼーションで郊外型ショッピングセンターに客を食われていた。さらに、総合百貨店も帝西百貨店も百貨店のブランドとしては弱く、車で行ける都市部の一流百貨店と比べられることになった結果負けるという問題が丁度この頃、バブル崩壊と共に噴出してきたのである。救済に伴ってコンビニへ配置転換することが既に決まっているが、それがなくともこれらの店の閉店はほぼ必然と言えた。

「松山は生き残り確定。高知は閉店でしょうね。徳島は一応残します。で、高松は……」

バブル期にできた事もあって見積もりが甘く、かといって建物がいいから潰すにはもったいない。

駅前という事を利用して、上層階をイベントホールやオフィス化する事でごまかすことにする。

「一条。厳しく見て、生き残るのは何店舗ぐらい？」

「地方は半分残れば御の字でしょう」

地方に活路を求めた百貨店は、地方とともに沈むことになる。都会のおしゃれなブランドを欲しがった地方の客は直に都会に行く事を望み、地方の百貨店を見捨てることになる。

「付き合いから、百貨店の紙袋は必要なのかもしれませんが、その中身は何でも良いのですよ」

お中元にお歳暮、冠婚葬祭の品々など、まだこの時期の地方にはそれらの風習が残っていた。

その為、体裁を整えるために百貨店の紙袋が必要となるのだが、中身については……という色々頭を抱えそうになる笑い話がこの頃から発生する。

「え？　という事は、リサイクルショップで売っている贈答品を中古価格で買って、地元百貨店の紙袋で包装してなんてのもありなの？」

私の驚きの質問に、あいまいな笑みで肯定する一条。地方百貨店のアンテナショップなるものの一番の売れ筋商品は紙袋である、という笑えないジョークもあるらしい。

「そうなるとどうやって地方の店を維持するべきかしら？」

「TVとのタイアップでしょうね。そこでの通販のセールと、百貨店からの配送ネットワークで翌日にはその商品が届くようにして客をつなぎ止め、その売り上げで穴を埋めるしかないでしょう。あとは、イベントで客を呼び寄せるぐらいでしょうか」

「イベントねぇ……」


後日談。

「♪〜」

旧総合百貨店高松店イベントホール。超満員の観客——それでも数百人規模でしかないのだが——の中で私は歌い終わり、拍手とともにスタッフや地元吹奏楽部員たちと共に舞台裏に引き上げる。

徳島スタートで、高知、松山、高松とまわり、神戸と大阪心斎橋をゴールとするお遍路コンサート、別名『生き地獄ツアー』である。四国新幹線とAIRHOを使ってもらうために、一番楽なスターである私を起用するというか私で赤字が減るのならばやるしかないわよねというか。他にも、地域へのホール貸し出しやこちらが抱える劇団のショーの開催、さらには大衆演劇等にも舞台を貸すことでとにかく人を店に集める事を目的にしている。

「お疲れ様でした。お嬢様」

「ありがとう。このあと飛行機で東京でしょう？　結構疲れるのよねー」

「でしたら、お泊りになりますか？」

スタッフの気遣いに私は苦笑して、正論を言った。そのための東京帰還である。

「一応私、学生ですよ。学校にはちゃんと出ておかないと♪」


「お嬢様。準備できましたか？」

メイドの亜紀さんの声に、私は鏡の前から振り向く。

桂子さんによって着せられた浴衣が己の金髪と相まってミステリアスな雰囲気を醸し出す。

「はーい。似合うかな？」

私の言葉にただ黙ってビデオカメラを回す亜紀さん。それが答えらしい。そんな亜紀さんと同じく浴衣姿の桂子さんが微笑んでいた。なお、亜紀さんも浴衣姿。今日はこの三人で、夜市に行くのである。

「しかし、また何で夜市に？」

車の中で、亜紀さんの質問に私は答える。今回の夜市は私の発案ではなく、商店街からのお礼である。

「商店街再生プロジェクトの一つで、うまく進んでいる所があってね。そこからのお誘いなのよ」

商店街と帝西百貨店系列のスーパーによって形成されていた商店街再生プロジェクトは、いくつか成功と言えるモデルができつつあった。

商店街入り口のコンビニとその前に用意された巨大な立体駐車場。スーパーの空きスペースを利用した商店街用のバックヤードに、再開発として建てられたマンション。その上で、商店街の廃業した店舗が閉まったままとならないように低家賃で貸し出し、イベント広場を設置。実現に伴う諸問題を泉川総理の鶴の一声で強引に片づけた事で泉川政権の功績として評価されるかもしれない。

で、今回呼ばれた商店街の夜市である。

「おーっ！　賑わっていますねー！」

「駅前商店街の再開発で、地元行政と提携したのも大きいのかな。やっぱり、駐車場があるのとないのでは違うわ」

京勝高速鉄道沿線の商店街で、駅近くに巨大な駐車場を用意し、商店街での買い物で駐車料金を割り引く。パークアンドライドを前提とした駅前の街づくりであり、その為には大量に車を収容できる立体駐車場の存在は欠かせない。そして、その収益はコンビニと同じく商店街に落ちるようにして、費用については高層マンションを建ててカバーする。住民の移転費用とかを、マンションの余った部屋を売ることで捻出するのだ。もちろん、立体駐車場との提携は済ませている。

不景気だから成立しないと考えたそこのあなた。私鉄で都心に繋がる駅前で、買い物に便利な商店街やコンビニがある状況で、買い手がつかない訳がない。この手の駅前一等地は、ちゃんと手当をして適切な価格を用意できるならば、まだ売れるのだ。

うっすらと茜色から夜の闇に移りつつある景色の中にそびえるタワーマンションの建設現場。これが可能になったのは97年の建築基準法と都市計画法の改正が大きい。

「で、この夜市は自治体協賛の地元商店街の主催ですか」

運転していた曽根さんが懐かしそうに出店を眺める。新旧の住人の一体化にはこの手のお祭りは欠かせない。マンション住人希望者にはこの手のコミュニティがある事を先に提示している。

こういう風に成功したのも、鉄道、不動産、銀行という全てを桂華グループ主導で抱えていたのが大きい。それに地元自治体は遠慮なく乗った。

「いいじゃない！　金魚すくいにお菓子の出店、お面屋さんに、かき氷屋、わたあめ屋。こういうのでいいのよ♪」

祭囃子が聞こえ、浴衣姿の人々が祭りという非日常を楽しむ。この国には四季があり、それに応じたイベントがある。少なくとも、桂華グループは地域再生としてはこの手のイベントに関与し続けるつもりである。そんな風景を目で楽しんでいたら、少し違和感を覚えた。私達みたいなお客様意識というか、故郷がここにないようなそんな感じ。

「彼らにとって故郷はここしかないのがまだ認められないのでしょうな」

お偉いさんとの話し合いから帰ってきた橘が私の隣でつぶやく。浴衣姿ではなくスーツ姿なのがちょっと残念。その言葉に私が耳を傾けるのを見て、橘は淡々とその続きを話した。

「東京の歴史は、出稼ぎの歴史でもあります。地方の次男坊、三男坊が出稼ぎに来て、ここに根付いてという第一世代。大学進学で故郷を離れて、ここで生活をする事にした第二世代。彼らをまとめあげる郷土的風習が関東には少ないのですよ」

ニュータウンは特にその傾向が強いという。古い町ならば寺社というコミュニティの中心があり、祭りというハレ舞台があってそのあたりの交流の窓口になっていた。

　今回のプロジェクトが成功しつつある要因として、この手のハレイベントを提案し、それを自治体が受け入れることで交流が活性化していったという点も大きい。その上で、先の世代間断絶の上に更なる第三世代が流入してくることを見越し、彼らを交流させる必要が出てきたという訳だ。

「第三世代？　あったっけ？　そんなの？」

「旧北日本政府の市民たちですよ。いずれ、彼らはここに入ってきます」

　橘の言葉に納得する私。こういう所で前世の歴史と違うから、微妙に困る。よく見ると、日本人ぽくない方々とお子様が浴衣を着てこの夜市を堪能している。この街は、いや、この東京はいずれいやでもインターナショナルになってゆくのだろう。

「何をやっているんですか！　お嬢様！　せっかくの夜市なんですから、遊びましょうよ♪」

　カメラ片手にノリノリである亜紀さん。

　それを微笑んで止めようとしない桂子さんを見て、私は苦笑して頭をお祭りモードに切り替えた。

「言ったわね！　だったら、徹底的に遊ぼうじゃないの!!」

　いつか、この場所が彼らの故郷になりますように。そんなことを思いながら、私達は大人と子供として夜市を堪能したのだった。


　米国テキサス州ダラス。そこの高級ホテルのパーティー会場にて、私と橘はのんびりと壁の花になっていた。なんというか、アメリカの上流階級は欧州の上流階級や日本の華族とも違う雰囲気が漂っている。そのあたりうまいことを言っている人がいて。

「あの国の上流階級はまだ武士なんだよ」

だそうで妙に納得した覚えがある。開拓者精神と己の農地の死守はたしかに武士に近いとは言えなくもない。武士じゃなかった、カウボーイたちは刀を銃に持ち替えてはいるが。さしあたって、今のカウボーイたちは金でこの世界をぶん殴っている。

「あら。お久しぶりね」

流暢(りゅうちょう)な英語で私が挨拶をするとアンジェラ情報分析官は業務用スマイルで日本語で挨拶をし返す。なお、おしゃれな会場に高級料理ではあるのだが、肉肉肉のオンパレード。テキサス州は畜産も盛んな州なのでそういうアピールなのだろう。私のグレープジュースに合わせているのか、彼女のグラスは赤ワインらしい。

「今度はドレスが無駄にならずに済みそうです。けど、珍しいですね。シリコンバレーは民主党支持が多いのですが、どうして共和党に?」

「逆張りは総取りできるでしょう?」

「……勝てればですが」

淡々と語るアンジェラを見て、なんとなく悟る。多分この人民主党支持だ。考えてみると、まだ民主党政権だから、そういう意味合いからも目をつけられていたのかもしれん。今の大統領対日政策厳しかったからなぁ。それが仕事とはいえ、私の付き添いみたいな感じで出向いているのだからかわいそうに。

「で、キングメイカーになった気分はいかがですか？」

日本の政変はちゃんとチェックしているらしく、私が泉川政権の生みの親であるとちゃんと見抜いているらしい。このあたり、米国というのは侮れない。日本では未だマスコットガール扱いが多くの人間の感想である。感づいているやつは感づいてはいるが。

「いい気分だから、こっちでもキングメイカーになろうと思ってね♪」

露骨に嫌な顔をするアンジェラの顔を見て私が笑う。現在の大統領選は史上最も激しい選挙戦を繰り広げていたからだ。

「再度繰り返しになりますが、なぜ共和党に？」

真顔で尋ねてきたので私も真顔で答える。なお互いに日本語だから、周りを気にしなくていいというのも素敵だ。

「ムーンライトファンドがＩＴから資源ビジネスに軸を移しているのは知っているでしょう？　環境保護主義者が多い民主党系よりもこっちにつきたいという訳。ここに来たのも、目の前がメキシコ湾だから」

メキシコ湾の海底油田は米国経済を支える一大産業であり、テキサス州というのはその石油産業の拠点でもあった。そして、現在の共和党大統領候補者は石油会社出身でもあった。ロシア経済危機以後どん底に落ちた原油価格は上昇に転じており、その恩恵を私はちゃっかりと受け取っていた。

「おや？　こんな所にレディがいらっしゃるな」

噂をすればその候補者が日本政府ヒューストン総領事を連れて私に声をかけてくれる。泉川総理の命令が外務省に届いたらしく、こうしてヒューストン総領事の紹介でコネを繋げられるのが良い。私はちょこんと可愛いお人形よろしく挨拶をする。

「日本からやってまいりました。私、かの国では勝利の女神と呼ばれておりますのよ♪」

もちろん自称である。女王陛下の次は女神であるから、この次は何になろうか。そんなお子様ジョークに候補者はウインクしてくれた。

「これは嬉しいな。こんな小さな勝利の女神に微笑まれたら、我々の勝利は間違いないじゃないか」

場が盛り上がったのを確認して、私は橘に目配せして小学生では無理な金額の書かれた小切手を候補者のスタッフに手渡す。その金額を確認したスタッフが候補者に耳打ちして、候補者が手を差し出した。

「我々は極東の同盟国を無下にはしないよ」

「こちらこそ、長く続く友情を信じておりますわ」

「橘。なんでもいいから、会社を買って大統領選挙に協力するわよ」

帰りの車で私は橘に命じる。大接戦になるからこそ、この歴史のちょっとした狂いで壊れる可能性があった。橘への命令は、会社を買ってその土地の人間に選挙運動をさせる事で、票を押さえるという簡単な策である。なお、大統領選後にその会社を売り払う予定なので、そのあたりが気楽にできるアメリカというのはありがたいというかショービジネス化が進んでいるというか。

「それで、どこの会社を買うのですか？」

私はダラスの夜景を眺めながら、はるか先の地名を告げた。

「フロリダ州」

わずか数百票で世界が変わるのだ。だからこそ、この世界でも勝てる方に賭けさせてもらおう。

　で、民主党候補が勝ったら頭を抱えるのだが。


『泉川内閣は選挙管理内閣です。七月末の総選挙を宣言しており、そのために六月末に与党は総裁選を実施。泉川総理は総裁選に出馬せず、新しい総裁を選ぶことを決めています。今日のニュースの焦点は、この総裁選と総選挙を詳しく見ていこうと思います』

『まずは総裁選から。党内の候補者は総理総裁候補と呼ばれながら去年の総裁選に出馬して反主流派に回ってしまった加東元幹事長に、今回が顔見世の阿蘇経済企画庁長官、鶴井元政調会長に、林元幹事長の四人が立候補を表明。ここから第一の篩である二十人の推薦人集めがあります。国会議員二十人の推薦人を集められるかで、ハードルがあるのです。与党の派閥が世論に叩かれながらも維持されているのはこの二十人の推薦人の為とも言ってもいいでしょう。もちろん、戦の帰趨を決めるまえに候補者に賭けるのだから、総裁になれば総理になった時に大臣の椅子が約束されているなんて事も考えられます』

『……立憲政友党総裁選は各候補者がそれぞれ二十人の推薦人を集めた模様です。国会議員票及び地方票を足した514票の過半数を取った者が総理総裁になる訳ですが、解説の……さん。現在の各候補者票読みはどのようなものでしょうか？』

『現在の所、林元幹事長がリードしているみたいですね。林元幹事長には自分の派閥の他に渕上前総理の派閥が支持しており、その次が加東元幹事長、鶴井元政調会長に、阿蘇経済企画庁長官の順になっています。渕上前総理の派閥は、先の総裁選で加東元幹事長の派閥を徹底的に干したので、加東元幹事長が総裁になったらその報復を恐れているという事なのでしょう。

とはいえ、地方票はネットでの人気もあって加東元幹事長の方が優勢であり、まだ予断を許さない状況になっております』

『そのためなのでしょうか、泉川総理は中立を宣言していますね』

『ええ。泉川総理の動向はこの総裁選で決定的な影響力を持つだろうと言われています。総理総裁になった事で自身の派閥を加東元幹事長に譲りましたが、加東派内での影響力は侮れないものがあります。

また、暫定政権にもかかわらず桂華鉄道が全額負担を宣言した四国新幹線の建設許可を出した事で、四国の地方票も泉川総理につく事を決めたそうです。

ただ、四国新幹線は公共事業批判も大きい中で決まった事もあり、泉川総理はこの四国新幹線工事の円滑な進行を支持条件にしたと言われています。彼が何処(どこ)につくかで総裁が決まるとも言われる所以(ゆえん)です』

『泉川総理は林元幹事長と加東元幹事長のどちらにつくと思われますか？』

『選挙管理内閣とはいえ自派閥を考えたら加東元幹事長につくのが自然なのですが、泉川総理は未だ中立を崩そうとしていません。これは、派閥継承において加東元幹事長が下剋上をしようとした経緯があるからだろうと言われています。

　そして、泉川総理は渕上前総理から禅譲された恩があるので渕上前総理が支持している林元幹事長につくのではという噂が永田町で流れています。

　ですが、渕上前総理もそうなのですが、総理に『上がった』為にかえって派閥の締め付けが弱くなる可能性があり予断を許しません。連立与党や野党からも切り崩しが考えられる現状で、どこまで中立を維持できるかという所でしょうか』

『その後に行われる総選挙の状況についてはどうなっているでしょうか？』

『与党総裁選の陰に隠れて、野党の話題が隠れている為か、全体的に連立与党優勢で進んでいるみたいです。選挙を取り仕切る恋住幹事長の下で組織票を手堅くまとめており、現在の所与党の過半数確保は堅いだろうと言われています。ただ、その状況も波乱要因がない訳ではありません』

『と、申しますと？』

『現在の三党連立は火種を抱えており、立憲政友党帰参を狙っていた連立与党の一党との協議が宙に浮いたままなのです。彼らは選挙資格がないのにもかかわらず公然と加東元幹事長を支援しており、加東元幹事長の地方票の優勢はネットの支持の他にこれが原因だと言われています。

　更に、野党ともパイプを有しており、総選挙の動向次第では野党と手を組んで首班指名選挙で強引に総理を狙うなんて噂も永田町では飛び交っています。泉川総理が中立姿勢を崩さず林元幹事長につくかもという噂が消えないのは、加東元幹事長と野党と一部連立与党の連携を牽制しているからでしょう』

『泉川内閣の内閣支持率と与党立憲政友党の支持率を足しても、政権が倒れる目安である50には届かずに低迷しています』

『内閣支持率は選挙管理内閣だけに低迷は仕方ないとしても政党支持率が伸び悩み、野党の支持が伸びている所が気になります。彼らは『財閥解体・不良債権処理・政財官の癒着一掃』を合言葉に無党派層に支持を広げていますね』

『それでも、与党が過半数を確保する勢いですか？』

『小選挙区の怖い所で、野党が分裂しているから一議席の勝ち抜きである小選挙区で与党が優勢になるのです。野党の勢力拡大は比例代表で伸びてくるでしょうね』

『ありがとうございました。

続きましては経済ニュースです。本日大手スーパーのサチイが東京地裁に民事再生法の適用を申請。負債総額は一兆を超える大型倒産になる……』


仲麻呂お兄様が私の屋敷にやってきたのは六月の雨の降る日だった。そのまま夕食となったのだが、仲麻呂お兄様は食後にやってきた理由を告げた。

「瑠奈。父は正式に瑠奈を父の娘として迎える事を決めたよ」

予想はしていた事だ。むしろゲーム設定上だと悪役令嬢をする為にも桂華院公爵家という名前は必須なのだから。そのまま仲麻呂お兄様は、食後のコーヒーをたしなみながらその言葉を告げた。

「桂華グループの中核企業が岩崎財閥に吸収される事が決まった。桂華製薬が岩崎製薬、桂華化学工業が岩崎化学、桂華商船が帝国郵船、桂華倉庫が岩崎倉庫とそれぞれ合併される。基本、岩崎が経営を握るが、創業である桂華製薬は6対4でうちが握れるらしい」

桂華製薬は桂華岩崎製薬に、桂華化学工業が桂華岩崎化学に、残りは吸収合併という形で名前が残らない。桂華製薬の主導権をこちらに残してくれたのは、日本有数の大財閥たる岩崎財閥からしたらこれでも十分に温情なのだろう。

「そういえば、朝霧侯爵の娘さんが学園で接触してきましたわ。どのような方ですか？」

私の質問に仲麻呂お兄様は笑顔で首を縦に振った。

「ああ。桜子さんと言ってね。笑顔が可愛らしい人だった。今度瑠奈にも紹介してあげよう」

上流階級ともなると基本恋愛結婚より家同士の都合での結婚となる。それを笑顔で受け入れた仲麻呂お兄様にふと聞いてみた。

「恋愛はしたいと思わないのですか？」

「したくないと言えば嘘になるが、やっぱりこの家を大事にしたいんだよ。瑠奈も居るからね」

その言葉と笑顔に嘘はないように見えた。けど、それはこのお見合いが先ほどの岩崎財閥との合併と関係があるという事になる訳で。

「朝霧侯爵家は岩崎家と関係があるのですか？」

私の確認に仲麻呂お兄様は笑顔を引き締めた。こういう所は華族だなと感心する。

「ああ。朝霧侯爵家は岩崎財閥の支援を受けている」

そういう縁か。となると狙いは……

「やはり狙いは桂華金融ホールディングスですか？」

グレープジュースを堪能しながら自然と口に出した私に、仲麻呂お兄様は苦笑するだけで答えた。当たりらしい。

「まったく瑠奈が自重しなかったからね。泉川総理の下で派手に遊んだそうじゃないか。あれで他の財閥が危機感を持ったらしい」

今年に入って共鳴銀行が桂華金融ホールディングスに救済される為に傘下に入り、帝西百貨店と総合百貨店の合併に越後重工の救済と四洋電機のリストラ推進に桂華鉄道を立ち上げての新幹線建設とそりゃ派手に動いているからなぁ。

そういえば、越後重工の救済後にえらく接触してきて売却しないかと声をかけたのが岩崎重工だったな。プラント事業の強化なのかと条件を詰めさせていたが裏はこれか。

待てよ？　鮎河自動車救済の話し合いで好感触だったのが岩崎自動車で、四洋電機救済で主導しているうちと帝都岩崎銀行で岩崎電機に救済をというプランが帝都岩崎銀行から出ていた気が。

「朝霧侯爵夫人はね、元々は岩崎男爵家のご息女なんだよ」

なるほどと私は手をぽんと叩く。岩崎財閥の総本家は叙爵されて男爵位をもらっていた。侯爵と男爵の結婚では家格が合わないが、そこは抜け道があり今の私のように、どこか別の侯爵家の養女となって朝霧侯爵と結ばれたと。こういう婚姻で閨閥を広げて岩崎財閥は日本の政財界の中枢にあり続けている。

「やりすぎましたか？」

「ああ。あまりにも政治に関与し過ぎた。やっている事がお国のためと分かってはいるが、渕上前総理に泉川総理と二代に渡って影響力を行使し過ぎた。この次の総理にも影響力が及ぶのだけは避けたいのだろう。きっちりと首輪をはめろというのが、岩崎財閥の、いや日本の財閥の総意なのだろうな」

仲麻呂お兄様がＴＶをつけると、この日行われた与党総裁選の結果を流していた。その激しかった与党総裁選はギリギリにて旗幟を鮮明にした泉川総理によって勝者が決まる結果となった。

『与党総裁選は、泉川総理および渕上派の支援を受けた林楽斗元幹事長が当選しました。

二番手には加東元幹事長が予想以上の票を集め、鶴井元政調会長、阿蘇経済企画庁長官の順となりました。

加東元幹事長は泉川総理の林総裁の支持に激怒。泉川総理に同調した議員共々派閥からの除名を発表し、加東派の分裂は決定的になりました。

林総裁は党役員人事に着手し、村下参議院議員を副総裁に指名。幹事長は渕上派、総務会長が加東派、政調会長に鶴井元政調会長が指名され、泉川総理を大蔵大臣兼副総理に指名すると記者会見で発表しました。ただ、この後行われる解散総選挙前に自派の恋住幹事長を交代させるのは選挙に影響が出るので、幹事長交代は総選挙後の特別国会の後になります。

解散総選挙の情勢ですが、立憲政友党を中心とした連立与党が過半数を確保する勢いで……』

今回私は表立っては何も動いてはいない。とはいえ、党内の敵を作らずに総裁まで上り詰めた林新総裁は、決定機についた泉川総理の恩に報いたという所だろうか。それは泉川総理が新政権後もバックアップするから、私に不良債権処理を進めろという事なのだろう。それを快く思わない連中が、家がらみで動きを封じに来たと。

実際、不良債権処理は道半ばだが、かなりうまく進んでいた。流通系においては最大手で最大の有利子負債を抱えるスーパー太永を残すのみで、次はゼネコンが抱える不良債権に焦点が移ろうとしていた。

私が桂華鉄道を通じて新幹線建設をぶち上げた事で数千億の真水の公共工事が発生し、ゼネコンの収益が改善する事も期待していた。これらゼネコンは、与党立憲政友党の貴重な票田の一つだ。やっている事はお国のためだが、たしかに政商と呼ばれても仕方ないな。これは。

「『鳥風会』の席次は桂華岩崎製薬がつき、その次に桂華金融ホールディングスが来る。切り崩しは激しくなるだろうから、備えておきなさい」

仲麻呂お兄様の言い方にひっかかりを覚えた私は、あえて尋ねてみることにした。

「仲麻呂お兄様。仲麻呂お兄様にとって、私は敵になりますか？」

そんな私の踏み込んだ質問に仲麻呂お兄様は笑って私をたしなめたのだった。仲麻呂お兄様の笑顔から私は真意を探ることはできなかったが、その声は信じたいと思った。

「馬鹿を言ってはいけないよ。瑠奈。お前は私の大事な妹なのだから」

その言葉が嬉しかったのは間違いない。だからこそ、その御礼にと仲麻呂お兄様を誘ってみた。

「仲麻呂お兄様。桂華金融ホールディングスの社外取締役の席に座っていただけませんか？」

岩崎財閥が狙っている桂華金融ホールディングスに席があるのとないのでは、岩崎家から見た桂華院家の扱いが格段に違う。仲麻呂お兄様はただ私の頭に手を当てて、それを受け入れてくれた。

米国共和党全国大会というのは、大統領選挙に向けて共和党が候補者を最終決定する一種のお祭りである。今年はペンシルベニア州フィラデルフィアで開催され、三日間ほど大騒ぎをして一体感を演出する訳で、ライバルの民主党も曜日をずらしてだがこの時期に同じ事をして盛り上げている。

ここからが大統領選挙本選という訳だ。共和党の大口献金者になった私は当然のようにＶＩＰ待遇で招待状を頂いた訳で、こうしたお祭り騒ぎを楽しそうにかつ内心醒めた目で見ていた。

「公爵令嬢。どうなさいましたか？」

もはや付き添いのようにやってきては私以上に醒めた目で見ているアンジェラ情報分析官が日本語で尋ねる。ここに来る前に、正式に桂華院清麻呂の養女になった事が発表されたので、アンジェラを含めたこちらの要人達は皆私の事を公爵令嬢と呼ぶ。もちろん、桂華院公爵家の血ではなく、ロマノフ家の高位貴族としての公爵令嬢というダブルミーニングつきだ。

「なんか退屈だなぁと思っただけ」

「だから民主党にしておけばよろしかったのです。あちらはハリウッド総動員ですわよ」

「ちょっと考えておくわ」

ハリウッドというか、シリコンバレーも含めたカリフォルニア州そのものが民主党が強い地区で、ここと二ューヨーク州をはじめとした東海岸と西海岸を握っている事は基本民主党が選挙で有利に進める要因の一つである。なお、私達が出ている共和党の基盤はテキサス州と中西部の広大な領域で、近年の大統領選挙は海岸部と内陸部の戦いとも言われていた。

「はじめまして。公爵令嬢。貴方(あなた)の合衆国における貢献は知っておりますぞ」

なお、大統領選挙時に米国議会下院選挙も行われるので、カリフォルニア州の共和党議員がぞくぞくと私の所に挨拶に。彼らの狙いは私の金と広告塔としての私自身だ。笑顔で握手し、お澄まし顔で写真に撮られる。今回は日本から来たという事で着物姿での登場だから、なおの事皆のおもちゃになっていた。これで容姿は3／4スラブ系なのだから目立つ事目立つ事。

「公爵令嬢。よろしければ、貴方のビジネスに我らも加えていただけないだろうか？」

続いてやってくるのが、共和党を支持する企業家達の挨拶攻勢。私が抱えるムーンライトファンドは、ＩＴと資源というバブルに踊っている分野の重点投資で莫大な富を生み出し続けている。そのおこぼれをと群がるのはある意味当然と言えよう。

「そうですね。今は実家の方の不良債権処理が忙しいのでまた今度」

嘘は言っていない。このムーンライトファンドの莫大な富を使って、私は日本の不良債権処理を必死で進めていた。それが特にウォール街あたりの住人には理解できないらしい。

「彼女はなんであんな無駄なことを必死にし続けているんだ？　さっさと潰して新しいのを立ち上げるなり、もっと儲かる分野に投資すればいいのに」

強欲であるが同時に彼らはお人よしでもある。それが正しいと信じているからこそ、彼らの正義をこちらの都合なんて考えずに押し付けるのである。たとえば、今目の前にいる人物のように。

「公爵令嬢。貴方の投資の才能はすばらしいものがある。だが、その利益をどぶに捨てる行為は頂けない。マネーはマネーを生む為にあるのです。我々に投資して頂ければ、それを証明して見せましょう」

ゼネラル・エネルギー・オンライン。全米7位の大企業ＣＥＯの熱弁に私は苦笑するしかない。この会社の末路も知っているだけに、お前の所に投資する事自体が金をどぶに捨てるようなもんだと言いたいのをぐっと我慢する。何しろ今でも経済誌に数年連続で『米国で最も革新的な企業』の名前をもらっている企業トップからのビジネスのお誘いである。普通は断らない。「お断りです」と全力でＮＯを叩き付けたいがぐっと我慢。公爵令嬢はスマートに相手の提案をかわすのだ。

「そうですね。カリフォルニアで新しいビジネスをと考えていたのですよ」

「ちなみにそのビジネスとは？」

何しろこの党大会で選出される大統領候補とも仲の良い人だ。餌に食いついたと見た彼の問いかけに、私は日本ではただと信じられている物を告げた。

「水ですわ」

日本での淡水化事業の英文資料を見せる。ただの水ではなく、ひと手間をかけた水である。

「桂華製薬は海洋深層水の効能について論文を学会に提出しております。その汲み上げに桂華化学工業と越後重工の合弁事業で淡水化プラントを用意して、日本の高知県で海洋深層水の汲み上げを始めようと思っていますのよ」

英文の海洋深層水の論文と淡水化プラントの資料を黙って見ている彼の目には、これらが札束に見えているのだろう。水というのはそれぐらいの戦略資源なのだ。

何しろ我々は水なくして生きてはいけないのだから。

「我々はこれを汲み上げて、大型タンカーで運び、東京・香港・上海・大連にて販売しようと考えています」

大陸では億万長者達が派手な生活を送ろうとしている矢先のことである。確実に食いつく自信はあったのだが、その桂華製薬や桂華化学工業が岩崎財閥に吸収されるのでお蔵入りになった案だ。

「こちらの海洋深層水うんぬんはひとまずおいておいて、カリフォルニア州の水不足は私の耳にも届いておりますので」

何しろムーンライトファンドの活動拠点があるのは米国シリコンバレーなのだ。あそこの水不足の深刻化は政治問題になっているのに、環境保護意識が強い州の住民によって水資源の開発等に制約がかかってまったく先に進んでいなかった。なお、淡水化プラントを稼働させるためにはそれ相応の発電所が必要になり、発電所建設までがセットになっている。

「淡水化プラントの建設と巨大タンカーによる水の運搬、大都市に水を流すインフラの建設。大きなビジネスになるとは思うのですが、現在私達は本国に集中投資しているので、これに手が回らないのですよ」

このネタは私にとっては香川県の水不足対策が元になっている。あそこの水不足は慢性的だが、コンビナートを擁しているので工業用水の確保に頭を痛め、だったらそこに入るタンカーに水汲んで運んでくれればよくね？　で、売るネタとして海洋深層水をアピールすれば付加価値もつくしなんて考えた甘いものであるが、それでも高値で買わないといけなくなるぐらいカリフォルニア州が水不足になるのを私は知っていた。

ちなみに中東から日本に向かうタンカーの主流が15万トンから30万トンなので、油臭さをなんとかできるならば十二分に売り物にはなるだろう。ここでにっこりと私は笑顔を作る。

「それ、差し上げます。お好きなように」

「ただより高いものはない。公爵令嬢。つまりカリフォルニア州での水事業参入に手を貸す代わりに、日本での発電および水事業に手を貸せと？」

「解釈はおまかせします。日本の総合商社の赤松商事が窓口になりますからあとはそちらとお話しください。では、失礼いたしますわ」

事業規模は一千億円スタートだが、確実に失敗するので赤松商事の藤堂にはハードルを上げて失敗するように指示を出しておこう。なお、翌日にはこの話が全米のマスコミに流れて、ゼネラル・エネルギー・オンライン株が急騰。私を呆れさせたのは言うまでもない。

お祭り騒ぎなので、私は橘と監視のアンジェラを引き連れてあっちをうろうろこっちをうろうろ。

そんな一つのお祭り広場に私はふらふらと誘われる。民主党全国大会とは違うとは言え、共和党全国大会でもステージがあって歌手が歌っていたりする。それも広大なアメリカ中西部を地盤にしているだけあって、カントリーが主体になっている。のどかで牧歌的で懐かしさを感じる音楽を聞きながら、拍手をすればその姿で皆の目を引く。

「嬢ちゃん。中々奇抜な格好だな」

「東の果てから来たのよ。よろしくね♪」

リズムをとりながら音楽を聞いていたので、周りの顔が期待しているのが分かる。こういう所では、みんなで歌い騒ぐのがマナーという訳だ。

「じゃあ一曲お願いしたいのだけどいい?」

「どうぞ。お嬢さん。で、リクエストは?」

私が曲名を言い、ギターが鳴らされて、皆と共に大合唱。こういうのも悪くない。

「♪~」

忘れていたのは、このお祭りは全米三大ネットワークが中継するぐらいのお祭りという事で、そんな場所でコスプレ美声をして目立たない訳がなく。果たして私はノリノリで美声を披露するロシア系和服美少女という属性てんこ盛りで、全米デビューを知らない内に果たしてしまったという。

**野党ですが与党に勝てません。**

1：名無しさん：00/07/23 20:01 ID:lunakeikain
勝てると思ったのに、連立与党が過半数をとってしまいそうです。
( σ ﾟ∀ﾟ ) σエークセレント!!

---

2：名無しさん：00/07/23 20:02 ID:???
2げと出遅れた

---

3：名無しさん：00/07/23 20:03 ID:???
政権交代すると思っていたのにまさかの連立与党勝利とか

---

4：名無しさん：00/07/23 20:04 ID:???
素直に笑っちゃった

---

10：名無しさん：00/07/23 20:14 ID:???
>>1
やっぱり野党の分裂は痛かったよな。
予想だと立憲政友党だけで単独過半数届くかもしれんとか。参院があるから連立は維持するみたいだが。

---

11：名無しさん：00/07/23 20:15 ID:???
>>10
野党連立政権時の大野党構想が空中分解しなかったら　orz

---

13：名無しさん：00/07/23 20:16 ID:???
恋住幹事長会心の勝利だよな
泉川政権の内閣支持率と立憲政友党の支持率でよく勝利にまで持っていけたよな

---

15：名無しさん：00/07/23 20:17 ID:???

クソスレ立てるな氏ね

---

**18：名無しさん：00/07/23 20:21 ID:???**
総裁選で分裂した加東派が離党しなかったのも大きいよな
あれ離党をさせないようにしたのが公認権握っていた恋住幹事長だろう？
離党していたらネットの支持は加東さんにあったから勝てたのかもしれんと思うと……

---

**20：名無しさん：00/07/23 20:23 ID:???**
それでもこの選挙の後恋住幹事長は乃奈賀幹事長代理に幹事長を譲るそうだぞ
この勝利で留任もありえたのにインタビューで飄々と辞表を林総裁に出してきたと開票速報のインタビューで言っていたし

---

**23：名無しさん：00/07/23 20:34 ID:???**
やっぱ宗教票が偉大だよ。
あれ手放したのは野党最大のミスだな。

---

**29：名無しさん：00/07/23 20:47 ID:???**
>>23
孔明のwa・・・うわなにをするやめr

---

**30：名無しさん：00/07/23 20:50 ID:???**
大体の情勢が見えてきた
あれだけ政権欲しがっといてコロッと負けちゃう

愚かといえば　愚かなり
あはれといえば　あはれなり

でも野党らしいと言えば　野党らしい

---

**32：名無しさん：00/07/23 21:01 ID:???**
開票が本格的に始まりだしたな
あと参議院補選は与党の２勝１敗
戦い方考えれば野党にも勝利の目があったというのに……

---

**33：名無しさん：00/07/23 21:04 ID:lunakeikain**
これでもまだ第二ラウンドってんだから永田町の闇は深いわ

---

**34：名無しさん：00/07/23 21:10 ID:???**
このスレおもろいｗ

---

**35：名無しさん：00/07/23 21:11 ID:???**
>>33
第一ラウンドは？

---

**36：名無しさん：00/07/23 21:14 ID:lunakeikain**
>>35
与党総裁選が第一ラウンド
あれで林総理と加東元幹事長の対立が決定的になって加東元幹事長を野党が担ごうとしているのよ
だからここが第二ラウンドで最終ラウンドが臨時国会の首班指名選挙
この政争を煽(あお)っているのが連立与党を組んでいる日本自由同盟の大沢代表で、この動きに乃奈賀次期幹事長が大激怒
「絶対にアイツラを潰す」って息巻いているとか

---

**40：名無しさん：00/07/23 21:20 ID:???**
>>36

なにそれ怖い

---

**48：名無しさん：00/07/23 21:26 ID:???**
当選した連中今頃誰に投票するかで色々大変なんだろうなぁ

---

**68：名無しさん：00/07/23 21:59 ID:???**
しかし野党も結構通っているな
都市部や各県の一区で次々に当確出してる

---

**69：名無しさん：00/07/23 22:01 ID:???**
野党党首の強気なことと言ったら。
「加東元幹事長と政策が一致するなら、首班指名選挙で名前を書いていい」

---

**70：名無しさん：00/07/23 22:04 ID:lunakeikain**
問題なのは参院で、あそこは連立与党がいないと過半数を確保できていない
首班指名選挙は、投票総数の過半数を得た議員なんだけど、それは一回の投票で過半数に届かなかったら決選投票になるって訳
その決選投票時に野党が一致して加東元幹事長を押したら、加東元幹事長が自派と野党票で過半数に届きかねない
双方とも必死に切り崩しをやってんじゃないの

---

**71：名無しさん：00/07/23 22:07 ID:???**
>>70
四十日戦争再びかよ。

---

**72：名無しさん：00/07/23 22:09 ID:???**
>>71
今回は最初から加東元幹事長に入れるみたいだし、たしかに大逆転あ

るかもしれんな

---

**86：名無しさん：00/07/23 22:33 ID:???**
連立与党過半数確保速報キターーー！！

---

**87：名無しさん：00/07/23 22:37 ID:???**
四国と岡山立憲政友党が軒並み取っているな。
やっぱり新幹線だろうなぁ。
地方は公共事業を持ってこれるやつが強い。

---

**88：名無しさん：00/07/23 22:40 ID:???**
北海道もそこそこ頑張ってる
あの赤い大地が苦戦するとは

---

**89：名無しさん：00/07/23 22:42 ID:???**
そりゃ、桂華グループのお膝元だからな
桂華グループに北海道開拓銀行を助けてもらわなかったらと思うとゾッとする
で、その桂華グループが四国に新幹線を敷くなんて言い出したら「次はうち？」なんて期待するしかないだろJK
野党が「財閥解体」を政策の中に入れるのは間違いじゃない

---

**90：名無しさん：00/07/23 22:46 ID:lunakeikain**
それは否定しないけど今の野党連中がやったら酷いことになると思うんだな私は

---

**野党ですが立憲政友党が一枚岩で崩せません。**
**1：名無しさん：00/08/01 22:46 ID:lunakeikain**
むしろ逆で、私達が崩されてしまいました。
(σﾟ∀ﾟ)σエークセレント！！

【用語解説】

・選挙管理内閣……国政選挙が行われるまでの間暫定的に組閣される内閣の事。

・豪腕な政治家……彼が元々経世会分裂の引き金を引いて55年体制が終わった。

・第二地銀……第二地方銀行の略。そのほとんどが相互銀行出身で中小企業を顧客としていた。

・キング・ハリド軍事都市……湾岸戦争を契機に米軍が駐留する軍事都市。

・紙袋……まず、百貨店で大きくて安い箱商品を買いその商品を梱包(こんぽう)してもらう。梱包を剥がす時は丁寧に。次にリサイクルショップの中古贈答品を買い、百貨店の梱包紙を使って梱包する。正規品を百貨店で買うとえらく高いのでこういう裏技が駆使される。

・四国ジョーク……「四県のみんなで落ち合おう。どこが良い?」「「「東京」」」

・2000年大統領選……法廷闘争にまでもつれ込んだ世紀の接戦。競ったフロリダ州の票差はわずか327票。この327票が歴史を変えた。

・淡水化事業……基本は海水を淡水化して塩を海に返す。渇水で苦しんだ福岡市等が事業化しているが、香川県の場合捨てる塩で海水濃度が狂って別の害が出るとかで事業化が見送られた経緯がある。

・瑠奈が歌った歌……『カントリー・ロード』。

・ですがスレ……2ch軍事板の雑談スレみたいなものだが、元々は野党のブーメランぶりを軍事にたとえて笑うスレ。

・四十日戦争……四十日抗争とも呼ばれる自民党内部で行われた壮絶な党内抗争。

「桂華院さん。ごきげんよう」

「ごきげんよう」

一応私にも挨拶をする女子達というのは居る。このあたりが女性特有のグループ化というか上流階級の足の引っ張りあいというか難しい所だが、とにかく派閥みたいなものができつつある。

「瑠奈ちゃん！　おはよう!!」

（笑顔で手を振る）

「おねーちゃんたちにおはようございます！」

こういう時に幼稚園からの付き合いはありがたい。明日香ちゃん、蛍ちゃん、澪ちゃんの三人と校門前で合流して校内へ。

明日香ちゃんはクラス内外に友達が多いので、途中でも挨拶をしたり挨拶されたりと忙しい。

最近はこの輪に他の人も入るようになってきた。

「おはよう」

「おはよう。高橋さん。朝練？」

「そう。道場のつきあいから剣道部の朝練に自主参加しているの」

竹刀の入った袋を軽く振りながら走ってきたのが高橋鑑子さん。家が道場という剣道少女である。

シャワーを浴びたのか石鹸とシャンプーの香りが私にまで届く。

「おはようございます。みなさま」

「おはよう。栗森さん」

「あ。栗森さん。ちょっとお願いがあるんだけど、宿題のノート写させてくれない？」

「お断りと言いたい所ですけど、貸しですわよ。というか、何で私にいつも写させてと言うのですか？」

「いや。他の人に貸しを作ると、私で返せなそうで」

栗森さんはこの面子の中で一番一般人に近い感覚を持っている人だ。そんな彼女に高橋さんがノートを写させてくれと交渉するのも何度か見る日常になっていた。

「私は簡単よ。選挙の時にパパの党を思い出してくれたら」

「清々しいほど政治家の娘だよね。明日香ちゃん」

「そういう瑠奈ちゃんはどうなのよ？」

明日香ちゃんの返しで首を傾げる私。お金には困っていないし、宿題は今はやっているし。

「代返？」

「何それ？」

明日香ちゃんに呆れられるが、たしかに小学校に代返はないわな。反省。

（ぶんっ！　ぶんっ！）

「蛍おねーちゃんが『私は？』って言ってます」

蛍ちゃんが手を振り、それを澪ちゃんが翻訳する。

「……」

(にこにこ)

「ごめん。一番何か貸しを作ったらまずそうな気がするの」

(がーん!)

「あはははは……」

そんな事をやっていると最後の一人がやってくる。

「おはようございます。桂華院さま。みなさん」

凜とした空気をまとって華月詩織さんがやってくる。

これが最近の私の朝である。

「お昼はどうしますの? みなさんで食べるのでしたら席をご用意いたしますわ」

「はい。お願いします。桂華院さま」

女子たちの間で少しずつ広がる『さん』と『さま』の違い。グループ外だったり、対等な家などは私を『さん』と呼び、私に媚びる連中が『さま』と呼ぶ。

こう媚びるのは私の財力だったり、権力だったり、そのあたりを親から教えられた連中だろう。

こういう連中がゲーム時に私の後ろについていたのだろう。破滅時に誰も残っていなかったが。

そんな彼女たちも敵に回らぬようにこうして昼食をという訳だ。もう一つあって、私がつるむ栄一くんたちに憧れる女子たちというのもある。

「おい。瑠奈。昼食はどうする？」

「ごめんなさい。栄一くん。今日は女子のみんなと取るからパス」

「わかった。じゃあ」

そんなやり取りに憧れ、それを近くで見たい。できるならば、そんな関係になりたい連中である。

もちろん、昼食時はそんな恋バナに花を咲かせる。なお、昼食のデザートは私が食べたいスイーツ懐柔を兼ねてみんなに奢っていたり。それでも明日香ちゃんや蛍ちゃんの空気より硬い。

「桂華院さまはあの三人の内、誰が好きなんですか？」

当然出てくる質問に、場の空気が緊張する。私とブッキングしないようにという配慮が露骨に見えるから私は苦笑しながらその答えを告げる。

「まだわかんないなぁ。正直、恋とか置いといて、あいつらと遊んでいる方が楽しいのよ」

ませた子ならば恋にも浮かれるお年頃。とはいえ私は恋に浮かれるにはちと長く生き過ぎた。

前世の記憶もこうなると邪魔でしかない。

「じゃあ、告白とかしてもいいんですか？」

中々攻めてくるな。今日は。グレープジュースを飲みながら私はあっさりと手を振る。

「別に構わないわよ。私ぐらいの家だと、ぶっちゃけると家で決まっちゃうからね」

上流階級ともなるとそのあたりが厳格に決められている。特に日本はその家の影響力が未だ強かったりするから困る。その分、後継者を残した後ならば不倫容認という所もあったり。バブル後から世の女子が強くなってはいるが、いまだ上流階級というのはそんな場所だった。

『三人に告白して相手がOKするならいいんじゃない。それでも正妻は私が持ってゆくけど』

こう言っているように聞こえるのだがあながち間違いではないし、ここにいる女子達はそれを容認できる上流階級の子達だった。中等部から特待生が入りだし、その世界がおかしいと叫んだのが高等部の特待生として入った我らが主人公小鳥遊瑞穂である。

「じゃあ、私、恋文書こうかしら?」

「私、告白しようかしら?」

「思いを伝えたいですわ」

きゃいきゃい騒ぐみんなのBGMに流行曲のバラードがなんとなく流れる。世はまさに恋愛で浮かれていた。


ぱらりと下駄箱から封筒が落ちる。蝶のように舞うそれをいつもの三人と眺めながら、地面に落ちたそれを拾った。

「瑠奈。それは?」

「果たし状じゃあないでしょうねぇ」

中身を見ずに鞄の中に入れる。嬉しくはないのだが、男子三人の顔が緊張しているのが分かる。彼らも恋を知り、憧れる歳になったか。

「気になる?」

「まぁな」

こういう時の栄一くんは結構素直だったりする。なお、顔が平静を装っているようだが、眉間に皺がよっている。

「安心しなさいな。私ぐらいのいい女だと、家の方からちゃんと良い相手を見つけてくれるわよ」

「いい女って自分で言うか。桂華院よ」

光也くんのつっこみを私は聞かなかった事にする。その家の方からの相手に自分たちが入っている事は三人共分かっているからこその落ち着きだろう。

「こういう時に家ってありがたいけど、迷惑でもあるんだよね」

この面子で現在進行形で縁談がやってきている裕次郎くんが苦笑する。半年とはいえ総理になれば退いた後に伯爵として叙爵されるのだ。地方の有力者が箔付けとして殺到しているに違いない。

「週末は何か予定はあるの？」

「僕は地元に張り付き」

「俺はないからいつものように一人で過ごすさ」

私の振った話に裕次郎くんと光也くんが返し、栄一くんがなぜか黙る。ついでに言うと、なぜか目もそらすので突っ込んでみる。

「さてはデートなのね。栄一くん」

「ちっ、違うぞ!!」

いや。その反応当たりなんだが。ほほう。栄一くんもデートするお年頃ですか。……なんか面白くないので意地悪してやろう。

「女の子はデリケートなんですから、ちゃんと大事にしないと失敗するわよ♪」

「安心しろ。そのあたりの配慮はまったく気にしなくてもいい女だ」

「そーいう事を言っていると、大失敗するわよ。栄一くんはそのあたり抜けているんだから」

指を宙で振りながら実にわざとらしいお説教をしていたら、栄一くんがこっちを向いて一言。

「週末だが、うちの爺様がお前に会いたがっている。時間作れるか?」

はい?


東海地方。帝亜市。その敷地の大部分がテイア自動車とその関連企業で占められる企業城下町。

そんな街の帝亜家にお邪魔する事になったのだが……

「ここが俺の家だ。ゆっくりしていってくれ」

立派なお屋敷を見て、ここはゲーム設定なのねと妙な納得をしていた私を栄一くんは不思議そうな顔で見ていた。

「やあ。お嬢さん。無理を言ってすまなかったね」

「桂華院瑠奈と申します。今回はお招きに与り感謝いたしますわ」

レディらしい挨拶のあと私と栄一くんは席を勧められる。テイア自動車相談役。帝亜貴一。帝亜グループをここまで大きくした人物である。栄一くんの祖父である帝亜貴一は好々爺の笑みで私を出迎えるが、目はまったく笑っていない。栄一くんが緊張しているという事は、少なくともラブではなくビジネスの方と見た。

「第一線を退いて暇になると、ついつい若い者に忠告をしたくなる。悪い癖だと思うが、少しだけ老人の戯言（たわごと）に付き合ってくれると嬉しい」

貴一氏の前に私達が座り、目の前のテーブルにメイドがグレープジュースとコーラを置いてゆく。

それに手をつけた所で、貴一氏が穏やかに語りだす。

「物を作るというのは人を作るという事だ。会社を買ってすぐに利益があがるものではないよ」

忠告とも警告ともとれる貴一氏の言葉に栄一くんが私を見て首をかしげる。彼とて馬鹿ではないから、この場が私に対する色恋沙汰ではないのを察したらしい。

「瑠奈。お前お爺様を怒らせるような何かをしたか？」

「いいえ。私が派手に買い物しているのは物流方面だし、越後重工の救済はしたけどあれは鉄道車両と産業プラントがメインだし……」

越後重工は新潟県にある鉄道車両製造メーカーの一つで、海外での産業プラント部門の大規模赤字で経営危機に陥っていた。医療系プラントと化学系プラントを作っていたから、桂華製薬と桂華化学工業の二社の取引先でもあり急場しのぎでうちが助けたという経緯がある。なお、負債総額は二千三百億円なり。これじゃないだろうとかなり本気で考えて、ふと思いつく。

「鮎河（あゆかわ）自動車の四次や五次企業の町工場を集めて、ＯＥＭ用のサプライヤーを作った事？」

「……そんな事やっていたのか。お前」

手を叩いた私に栄一くんが呆れるが、あれとてまだ企画がスタートしたばかりだ。

ボロい町工場の商売下手な社長技術者さんたちを集めて、過剰投資で苦しむ鮎河自動車の二次や三次企業の工場を買収して、最先端の部品製造ラインを構築集約。財布の紐は桂華金融ホールディングスからの出向組が見張り、営業は赤松商事に委託。良い部品の安定供給を全国規模でという事で、大量受注能力を確保して各自動車メーカーの三次下請けとして売り込みをかけていた。

日本の自動車企業はこのテイア自動車をはじめとして、ジャスト・イン・タイム方式を徹底しており極力在庫を持たないようにしている。その在庫管理と部品発送までのロスを最先端のＩＴ技術で補い、大手運送企業のドッグエクスプレスを優先的に使えるから、急遽穴の開いた部品調達先として注目を集めていた。

名前は桂華部品製作所で、越後重工の救済ついでにまとめるかと考えていた矢先のことである。

「たしかテイア自動車の下請けにも営業かけていたと思ったけど、それで何か失礼な事を言ったならば謝ります」

ぺこりと頭を下げる私だが、貴一氏は軽く首を横に振って正解を告げた。

「四洋電機」

「……電池かぁ」

正解を告げた貴一氏の目が細くなる。私が核心を突いたからだ。

石油ファンヒーターのリコールとソーラーパネルの不正販売で社長が替わったばかりの四洋電機は、大規模投資をぶち上げて心機一転を図ろうとしていた。だが、その投資に桂華金融ホールディングスが待ったをかけただけでなく、帳簿に隠れた飛ばし損失を指摘した上で創業者一族の追放を主張し、激しく対立していたのだ。そんな四洋電機の強みの一つに電池部門がある。

「なるほどな。うちのハイブリッド車に瑠奈がちょっかいをかけていると爺様は考えた訳だ」

栄一くんが納得するが、彼の額に汗が浮いている事が深刻さを物語っていた。テイア自動車が先行販売したハイブリッド車は技術的な問題点をほぼ解消して、これから大量生産と販売という所に移ろうとしていた。そのハイブリッド車の一番要の部品が電池である。

私が四洋電機を手に入れて電池部門を桂華部品製作所に渡し、ハイブリッド車用電池を他社向けにOEM供給すると考えた訳だ。そりゃ、うまくいかないよと警告したくもなる。

「栄一くんと喧嘩したくありません。けど、四洋電機はこの時点で一千億近い飛ばし損失があります。ばらした以上、最後まで四洋電機には付き合いますが、桂華ルールには従ってもらいます」

「だそうだ。栄一。いい機会だ。この件、お前がやってみなさい」

え？　栄一くん小学生ですけど？　自分のことは棚に上げまくりますが、早くないですか？　その判断。

「期間は瑠奈さんがこちらに滞在しているまでの間。秀一にプランを作らせるが、そのたたき台は栄一。お前が考えなさい。このお嬢さんは手強いぞ」

「ええ。知っていますよ。お爺様」

そう言った栄一くんの横顔がかっこいいと思ったのは内緒にしておこうと思い、私はグレープジュースを飲み干しコップを置いて気づく。あれ？　これお泊まり確定？

その日の夜。豪華な食事を帝亜家迎賓館で食べた後、のんびりしていたら栄一くんのお父さんである秀一氏がやってくる。簡単な雑談の後で私達は本題に入った。

「あの人がなんか無茶を言ったみたいで済まないね。瑠奈くん」

「構いませんよ。向こうからすれば、孫の気になる娘を見てやろうという程度の話でしょうから。それに、無茶ならばこうしてフォローを入れてくる秀一さんが居るからこその遊びでしょう」

少し間を置いて、私は秀一氏に尋ねる。

「で、栄一くんへの問題の答えは何だと思います？」

あっさりと秀一さんが正解を言い、私も頷(うなず)いてそれを認めた。1+1=2にならないのが会社合併であり、特に技術系はそれが顕著に出る。

自動車の部品を作れる優れた技術者達が、ハイブリッド車用の電池を作れないとは言っていない。が、それはうちの電池技術者が四洋電機の電池部門の技術者と技術交流して、さらに試行錯誤をした後にやっとできる事だ。

これから始まるテイア自動車のハイブリッド車は、全部品を内製化して特許で固めているテイア自動車の決戦兵器だった。直(す)ぐに生産流通ができない以上、恐れる必要はないという訳だ。

「他の自動車会社が、二番煎じを狙ってきませんか？」

「それは歓迎するべき事だね。ハイブリッド車そのものが市場で拡大する事になるのだから。二番煎じを狙うならば、関連の特許は全部押さえている。何を作ろうとしても必ずひっかかるさ」

なるほどなぁ。後追いされたとしても特許料で価格的優位を作れると。技術的に絶対の自信を持っているからこその発言である。

「次善が四洋電機の電池部門の買収。ただ、これをすると瑠奈くんと争うことになるね。四洋電機の優れた部門だし、瑠奈くんが作ろうとしている桂華部品製作所の目玉が消える事になる。それをするならば、四洋電機の電池部門を加えた桂華部品製作所と業務提携まで踏み込んで系列化させるべきだろうね」

四洋電機は家電メーカーとして白物家電だけでなく、電池や半導体製造や携帯電話製造や有機ELにまで手を出していた。その過剰投資が最終的に四洋電機を破滅に追い込んでゆく。だからこそ、その過剰投資にストップをかけた今ならば、バラ売りが可能なのだ。

「四洋電機本体の買収には踏み込まないのですか?」

私の誘い水に秀一氏は首を横にふる。

「うちもそこそこ金はあるが、四洋全体の救済となると数千億単位、下手すれば兆の金がかかる巨大案件だ。いくら瑠奈くんがお金持ちだからと言って、肥前屋の救済に、総合百貨店と帝西百貨店の合併に、京勝高速鉄道の買収、越後重工の救済に、四国新幹線建設を公言している中、四洋電機救済はきついのではないかな?」

「……だから今のうちに処理したいんですよ。今だったら、まだ数千億の処理で片付きますから」

この会話の前に橘からの連絡で、四洋電機銀行団からまとまった報告が入っていた。これで、創業者一族の追放は決定的になる。秀一さんには言えないが、創業者一族の追放後に一つだけ四洋電機に集中投資を決定している部門がある。これから需要が大爆発する携帯電話の小型液晶だ。それで負債を一掃した後で、おそらく家電メーカーに売りつける事になるだろう。

「前々から聞きたかったのだが、瑠奈くんは政府に頼まれて不良債権処理を代行しているのかい？」

「否定はしませんよ。元々桂華金融ホールディングスはそのために作られましたからね。私はそんな政府の操り人形という事で」

「永田町では、総理が操られているなんて言われているみたいだよ」

「まぁ。だれがそんな嘘を？」

話がそれてきたので、私は笑いながら話をもとに戻す。今の永田町は魑魅魍魎が蠢いているのであまり触りたくないのだ。

「という事は、最悪が四洋電機全体の買収という事ですか？」

「ああ。そういう事を言い出さないようには、栄一はしつけてきたつもりだ」

親の贔屓目なのかハイブリッド車と同じように絶対な自信があるのか。秀一氏はきっぱりと断言してみせたのだった。

翌日。帝亜一族の皆様と交じっての朝食の席で栄一くんはこんな事をおっしゃってくださいました。よりにもよって、私がグレープジュースを飲んでいる時に。

「なあ。瑠奈。俺と結婚しないか?」

私がレディにあるまじきグレープジュース吹き出し芸を見せてしまうのに、栄一くんはさして気にせずその考えを告げる。自信満々に言っているあたり、恋愛感情は別に答えを導き出したらしい。

「どう考えても瑠奈を敵に回すのはろくでもないし、瑠奈だったら大体解決策は先に考えているだろう? だったら、瑠奈の答えと帝亜の利益を一致させるにはこれが一番だと思ってな」

唖然(あぜん)とする他の人達を尻目に、貴一氏と秀一氏は自慢の栄一くんの右斜め上な考えに大爆笑中である。口元を拭いてわなわなしている私にやっと栄一くんが気づく。

「どうした? 瑠奈? 何か問題点でもあったか?」

乙女心がまったく分かっていない栄一くんに、私はこれから何度も何度も言う事になる台詞(せりふ)をはっきりと自覚して叩きつけた。


「栄一くんのバカぁ!!!」


「何で!?」

なお、うやむやの内に終わったが、栄一くんは最良の答えである『何もしない』をちゃんと選んだらしい。だから腹立たしいというかなんというか……

ドアを開けるとカランカランと喫茶店特有の鐘の音が店内に響く。夕方から夜に移ろうかという所で、お店の方もカフェからダイニングバーに変わろうかという時間。いつもの席に向かったら、そこには先客がいた。

「あ。光也くん発見。相席いいかしら？」

「どうせ座るだろうが。どうぞ」

米国からの長距離移動を果たした後、気分転換にとそのまま『アヴァンティ』に来たら、光也くんが本を読んでいた。タイトルを見てああと納得する。

「読んでたのか？」

「ええ。ラストの切れたような余韻がいいのよね。この作者の他の本も一応おすすめ」

「一応ってなんだよ」

まさか続きが出なくなるとか言えるわけないよなぁ。笑顔でごまかしながら生チョコとカフェラテを注文する。

「で、今回は長く休んだが、何処に行ってきたんだ？」

「米国。ちょっといろいろとね」

私も鞄から本を取り出して読む。そんな静かな時間にポツポツと会話が紡がれる。

「桂華院。お前、何を生き急いでいるんだ？」

光也くんへの返事を私は本のページをめくる事で返す。光也くんが次に言葉を発するまでに数ページ本がめくれる音がした。

「全力で学び、全力で遊び、全力で仕事に取り組む。それはもう子供じゃない。大人だ。二十四時間戦える時代はもう十年前に終わっているぞ」

「……そうよね。それで体壊したら世話ないわよ」

苦苦しい顔をしてカフェラテを飲む。甘いのに、前世が苦い。

「桂華院。俺たちが思っているお前の一番イヤな所、何だか知っているか？」

「可愛くてお金持ちで高貴な所？」

「そんなものでお前を嫌えるならとっくにやっているよ。お前が俺たちより先に、大人になっている事だ」

真顔で言い切る光也くんが私は少しだけおかしくて、笑みが顔に出てしまう。

何がおかしいと光也くんが顔で言っているので、私は使い古された言葉を光也くんに捧げた。

「女は生まれたときから女なのよ。少年から男になるそっちと違って、進化が完成しているのよ。けど、心配してくれるのは感謝しているわ。ありがと」

「……そういう所が女のずるい所だ」

少し頬を赤らめている光也くんをにやにや眺めて、私はテーブルの上で手を組んで微笑む。こういうやりとりが何でかしたかったのだが学校が終わった時間だったので、この店に来たのだった。実に満足。

「よく分かっているじゃない♪　世の女子ならば、ここでカフェの代金をおごらせているわよ」

「では、奢らせていただきますか？　お嬢様？」

「結構。それぐらい払えない私ではなくってよ♪」

そんな小芝居で互いに笑顔になってこの話はおしまい。

こんな距離感が私には心地よい。そのまま話を変える。

「そういえば、栄一くんと裕次郎くんは？」

「帝亜のやつは委員会の仕事で遅れるって言っていたな。泉川(いずみかわ)は、あれだ。下手すりゃお前より忙しいぞ。今のあいつ」

「あー」

前総理大臣の息子となると色々と来客をさばかないといけないか。今頃選挙区の実家で来客の相手におおわらわという所か。堂々と選挙管理内閣と公言しているのに、それだけ来客があるのも総理の力だろう。けど、この天佑(てんゆう)を遠慮なく使うしかないと考えている私もいる。

「やっぱり泉川総理の時に色々したいのよねー」

「一応聞くが、何をするつもりだ。おい」

ジト目で光也くんが睨(にら)むので、私はあっさりとその色々を言う。なお、私達は小学生。小学生なのだと強調しておこう。

「いや、ちょっと四国に新幹線通そうと思って」

「おい。小学生。小学生で言っていい色々じゃないぞ。それは」

光也くんたちには結構身バレしているのでこれ幸いと計画書を光也くんに手渡す。喫茶店で小学生達が語る四千億円プロジェクト。実に滑稽なことこの上ない。

「四国に通すって言っても、高松までだけどね。そこから先は向こうの政治に任せるわよ」

「採算は？」

「飛行機には勝てるけど、ギリ黒字という所かな？　稼ぐのは新幹線じゃないし」

そのまま別の計画書を見せる。新大阪駅新幹線ホーム増設計画と書かれたそれを指でつついた。

「メインの稼ぎはこの新大阪駅増設ホームよ。一応第三種鉄道事業者で山陽新幹線側に委託するつもりだけどね。それに、本音を言うと新幹線を作る事が目的で、そこから先はどうでもいいのよ」

「どういうつもりだ？」

ジト目で睨む光也くんに私はネタバラシをする。多分今の私の顔はきっと悪役令嬢にふさわしい笑みだろう。うん。

「与党総裁選。あそこの四国票」

「……えげつねー」

人口が少ない割に県が四つもある四国は、長く保守勢力の金城湯池の一つだった。ここの票を四国新幹線という公共事業でまとめ上げられるならば、その後の総裁選で色々と恩が売れる。

「遅くなった。マスター。いつものコーラ一つ。なんだ。瑠奈帰ってきていたのか」

「うん。ただいま。栄一くん」

こんなやり取りが私にはとても愛(いと)おしい。

「おまたせ」

浴衣姿の私を見て男子三人が褒める。このあたりはちゃんとしているのが素敵。

「似合っているじゃないか。瑠奈。紺地に月と色とりどりの花柄って家の家紋のアレンジか」

「そうよ。なかなか似合っているでしょう？」

栄一くんの前でくるりと回ってみせる。浴衣は京都の着物メーカーの特注品である。

「その簪（かんざし）も似合っているよ。その緑の宝石は何？」

「エメラルドね。良い原石が出たからって簪にしてもらったのよ」

金髪の髪に映える緑色の飾り玉がついた簪を私は手で触る。これも京都の職人の特注品である。

「で、桂華院よ。歩く看板ご苦労さま」

「……本当にありがとうね。帝西百貨店の外商部から土下座されてさぁ……」

「瑠奈ちゃん、笑って笑って！」

私の護衛たちが作る人垣を背景に、カメラを持った写真家の先生が盛大にフラッシュをたきながら飛び回る。鬱陶しい事この上ない。

ちなみに、護衛たちが着ている夏服（全員別コンセプト）も帝西百貨店の商品である。

すでに夏物なんてバーゲンの時期じゃないかと思うのだけど効果はあるのだろうか？

「問題ございません。公爵家の姫君が御贔屓（ごひいき）にしてくださっているという事実が大事なのです。まあ、できればシーズン前の撮影に積極的にご協力いただきたいところではありますが」

私の内心が顔に出ていたらしく、ついてきた帝西百貨店外商部の担当が営業スマイルで私に説明する。そう、何も好き好んでお洒落(しゃれ)している訳ではない。

北海道の新鮮な生鮮食料品で立て直しを図ろうとするスーパー部門と、消費者の近場にあるからこそ売上が急拡大しているコンビニ部門に比べて、バブル崩壊で売上が落ち込んだ百貨店部門は立て直しが遅れていた。そのためにあの手この手で客を呼び戻そうとしており、広告塔である私に白羽の矢が立った訳で。

華族社会および財閥社会が生き残っているこの世界では、こういう上流階級の広告塔が居るのと居ないのでは売上が大幅に違う。

「花火大会が始まるまで少し時間があるわね。せっかくだから、出店を見て回りましょうか♪」

ここは隅田川花火大会の会場。今日はその花火大会の開催日なのである。それぞれの護衛を立たせてのお祭り見物なのだ。

「しかし、まだ夕方なのに集合は少し早くないか？」

「あら？　花火を見ながら出店を楽しんだら、私達囲まれてどうにもならなくなるわよ」

栄一くんのぼやきに私も汗をハンカチで拭きながら、東京の茜空(あかねぞら)を眺める。

東京でも屈指のお祭りの一つで早くから出店が開いているからこそ、こうして護衛を引き連れての買い物なんてのができるのだ。上流階級になるとお祭り見物も一苦労である。

「じゃあ、とりあえず出店を片っ端から見て回りましょうか♪」

私が腕を上げて叫ぶと追随する三人だが、その視線は屋台に既に向かっていた。

「焼き鳥ねぇ。こんな所で食べなくても家で食べればもっと良い……うめぇ！」

「ははは。坊っちゃん。こんな所が何だって？」

「……謝罪する。すまない」

食べ物屋につっかかって即落ち二コマ芸を披露する栄一くんに屋台の親父が破顔する。こういう華族や財閥のボンボンがやってきては、驚くのを楽しみにしているらしい元板長の人らしい。

こういうのが居るから祭りは止められないのだ。

「金魚釣りじゃなくてヨーヨー釣りなんだ？」

「金魚は庭の池に放つと鯉に食べられるからね。けど、思ったより難し……あっ！」

「はい。残念賞。一つどうぞ」

「次、私！　私!!」

ヨーヨー釣りで盛り上がる私達だが、それぞれ数個のヨーヨーを抱えて『これどうするんだろう？』と我に返る数分前の事である。あの魔力は一体何なのだろうか？

「凄い！　はいった!!」

「光也にこんな特技があるとはな」

「たいしたことじゃないさ。帝亜」

「あ。栄一くんのはまた外れたー」

「次だ！　次!!　次の輪投げをもってこい！！！」

栄一くんは輪投げは下手らしい。大物ばかり狙って、しくじって更に輪投げを購入する悪循環。

光也くんは上手いというよりも大物を狙わずに確実に取りに行くスタイルみたいだ。

お菓子とか小さな玩具とかそこそこ取れたものを紙袋に入れると結構な量になった。

「次はかき氷に行こう！　かき氷!!」

「おう。俺はメロン」

「え？　レモンでしょう？」

「ミルク金時だろう？」

そんな事を言いながらかき氷屋で騒いでいると、すっと護衛の人が私達を守る姿勢になる。マスコミに勘付かれたらしい。

「あーあ。ここまでかぁ……」

「まぁ、仕方ないか。瑠奈。かき氷は後で執事にとどけさせよう」

「急ごう。マスコミが騒いで周囲の人が騒ぎ出してる」

「これだから、好きにはなれないんだよなぁ。あいつら」

護衛に先導されて退路を進むと後ろから記者の声が響く。彼らも仕事なんだろうが、もう少し配慮して欲しい所なんだが。

「桂華院さん！　一言……」

彼らの声に応えずに車に乗って目的地に。

「お嬢様。到着いたしました」

車が止まりドアが開くと目の前には屋形船。こんな状況なので花火見物は屋形船でと洒落込んだのである。料理も飲み物も出るのがいいし、万一があったらそのまま川を下れば桂華証券本社ビルに逃げ込める。

「とりあえずこの話はここまで！　屋形船に乗り込んで花火見物と洒落込みましょう」

すっかりあたりも暗くなり、私達が乗った屋形船が会場についた時に花火が空に上がる。

この街は地上の星で溢れているが、空に輝く一輪の花に誰もが息を呑む。

「綺麗ね」

「ああ」

「本当だね」

「凄いな」

屋形船に飾られた風鈴が夏の音をたてる。その音も花火の可憐さにかき消されるが、耳に残って離れない。川岸から花火が上がる度に歓声があがる。

「瑠奈。来年もまた見にこよう」

栄一くんの素直な声に気づかず、私は夏の幻影に囚われたまま頷いてしまう。

ここから金融の修羅場が待っているのに、その嵐の中心に飛び込むというのに。

「そうね。また見にきましょう」

その声は儚く、切なく、自分の声でないような気がした。

一般人が言ってみたい台詞の一つにこんなのがある。

「え？　別荘なんて持ってても大変だよ。使うのは年に数日だし、維持費かかるし、行かないとって義務感出るし」

そんな台詞を吐いてみたいものだと思った前世の夢から覚めると、ここは軽井沢。桂華院家の別荘での朝である。

「おはようございます。お嬢様。お散歩でございますか？」

執事の橘が私に挨拶するが、ジョギングスタイルの私は軽く手をふって答える。標高が高いこともあって、朝は結構冷える。

「うん。軽く歩きたい気分だから」

ポシェットにＭＤウォークマンを入れて部屋を出る。メイドが頭を下げ、護衛の二人が私の前後についたのを見て、私はＭＤウォークマンを再生する。そう。まだこの時期はＭＤなのだ。

好きな音楽を流しながら、私は適当なリズムで別荘の周囲を歩く。警護の関係から、屋敷には橘の他にメイド三人と護衛三人。屋敷から少し離れた所に覆面パトカーが一台と警察官が二名。小学生の護衛にしては大げさなと思うが、実際誘拐されかかった事もあって文句を言うつもりは何もない。

「橘に連絡して。護衛の警察官の分の食事も用意しておいて。屋敷に入るのは無理でしょうから、メイドにサンドイッチとコーヒーを届けさせなさい」

護衛の一人が屋敷にコールして私の指示を伝える。朝霧が漂う軽井沢の朝の静寂が美しく、私は

ＭＤウォークマンを止める。自然の音こそ、この朝の音楽にふさわしいだろうから。

「今日の朝食は何？」

「和食で、ご飯にお味噌汁に焼き海苔。野沢菜の漬物と鮭の塩焼きでございます。いつものようにグレープジュースを用意しておりますが？」

「ジュースは後でいいわ。そのかわりに緑茶をお願いね」

「かしこまりました。デザートの方はどうなさいますか？」

「パイナップルとメロンのヨーグルト和えかな」

そんな感じに朝食を食べると、午前中は勉強である。もっとも、現段階の学校の授業で詰まる訳ではないので、英語と中学数学を学んでいる。意外に忘れているので、こっちは真面目に授業を受けることにした。問題は歴史と地理であり、こちらは一から勉強しなおしている。

前の世界とまったく別物となっているために歴史は覚えなおさないと話にならない。むしろ、半端な勉強だと前世の歴史とごっちゃにしてしまって間違いそうだから、はっきり区別がつく程度にはこちらの歴史を詳しく覚えておかないといけない。地理も別物だ。国境線がまったく別物だから地名も違う。

歴史が違うからヨーロッパもアジアもアフリカも国境が違ってて、それに伴って地名も違う。

その上経済対策をするにはどこにどんな工場があるか、特産物があるか把握するのは必須だし、華族制度が生きている以上は各家の歴史とかを知っておくのはお付き合い上必須であり重要度は跳ね上がっている。

これに華族の派閥や姻戚関係なんかも経済を動かす上で無視できない要素になると来たもんだ。

私自身人身御供になって財閥の救済を頼むなんて手を考えた立場だから、骨の髄まで華族の姻戚関係の重要性はわかっている。それが歴史を作ることすらできる最強のカードだからこそ、この勉強もおろそかに出来ない。

「ここまでにしましょう。昼食は何？」

「サンドイッチに、紅茶を用意しております。あと、午後二時より声楽家の先生がいらっしゃる予定です」

帝亜国際フィルハーモニー管弦楽団と付き合いだした関係から、向こうから声楽の講師がやってきて時々レッスンを受ける事をはじめていた。才能だけでは立ち行かないのがこの世界だが、悪役令嬢特権のチート声帯はそれを凌駕するらしい。だから必ずレッスンの最後でこんな事を言われる。

「今度のサマーコンサート……」

「謹んでお断りしますわ♪」

「夕食はチキンステーキとコーンスープにサラダにご飯でございます」

これも私のリクエスト。高級料理よりもファミレスの食事ちっくなのが魂が貧乏人だなと苦笑するしかない。で、夜はフリーで、ベッドに寝っ転がって漫画を読む。

「考えてみれば、この漫画この時期に出ていたのか……」

さて。そろそろ寝るか。おやすみなさい。ｚｚｚ……

夏も終わりに近づいているというのに、この夏はとにかく暑くてひたすら夏らしい曲が流れ続けていた。ありがたい事に時間もある。

「そうだ。プールにでも行こう」

そんな感じで私はプールに行くことにした。行くのは桂華ホテルのプールだが、開放されているプールではなくエグゼクティブ用の貸し切りプールだ。五階の屋上部分では、一般庶民達が芋を洗うがごとくプールで戯れているが、こっちは株主特権でもちろん貸し切りである。

執事の橘が連絡を入れてくれたおかげで共に奥の直通エレベーターを使って最上階に到着すると、万全の準備が整った室内プールが。着替えて泳ぐというより涼むというのが目的だから、ざぶんと水に飛び込んだ後はプカプカと浮いてそのままプールサイドでごろん。学校指定のスクール水着だが、見ている人間がいないので気楽なものである。テーブルに用意してあるのはクリームソーダ。ビーチチェアでのんびりとすると橘がやってきてタオルを渡して一言。

「申し訳ございません。どうもパパラッチが居るらしく、一度中に戻っていただけないでしょうか？」

タオルで体を隠しながら、窓の向こう側の高層ビル群を眺める。このホテルは周囲の高層ビル群より低く、最上階といえども高層ビルから見えてしまう。襲撃を恐れる客もいるので、プライベートプールは防弾ガラスで覆っていたのだが、カメラではそれをすり抜けてしまう。

「派手に名前を売ったからかしら？　やっぱりあっち系？」

「おそらくは」

共和党全国大会でミステリアスガールとして全米デビューしたおかげで、向こうのパパラッチを呼び寄せてしまったらしい。あっちではこの手の写真を高く買い取るから、わざわざこっちに出向く苦労をかけてももとが取れるらしい。人気者は困るなー。

「じゃあ、下にも張っているかもね」

「掃除をする為にも、夕食はこちらでとっていただきたく」

橘の淡々とした口調に私はあっさりと許可を出す。そんなに大事にならないだろう。その時の私はそう思っていたのだった。


橘が警察に通報して警察が調べた結果を聞いて私は頭を抱えた。警察の報告では、ホテルのプールを覗ける高層ビルに明らかに場違いな集団が居たという事。プールが覗ける立ち入り禁止区画が誰かによって開けられていた事。明らかにカタギに見えない外国人がビルの監視カメラに映っていた事。

「うわぁ……」

パパラッチにもいくつか種類がある。有名人の写真を撮って売る事には変わりがないのだが、撮る対象が違うのだ。米国ではハリウッド俳優なんかを撮るパパラッチの活動が強い。俳優側も映画宣伝などで彼らの話題性を必要としている側面もあって、嫌いつつも関係はズブズブという奴だ。

問題は欧州系、特に英国のパパラッチ。こいつらは生粋の王室マニアで、その努力は時には国家権力のスパイすら越える。もちろん、そんな連中が法律を守る訳がない。

「つまり、ついに私も悪名高いパパラッチに目をつけられたという訳ね」

私の出生から、ロマノフ系である事がばれて、英国でなんかブームになりつつあるという事。ムーンライトファンドの莫大な利益がロマノフ家の財宝と勘違いされて、『財宝は極東にあった』と騒ぎ出したこと。で、その財宝を狙ってロシアの組織が私の誘拐を画策した事まで知られていた。

「ここまでバレたか……」

日本の組織は外に対する防諜は堅いのだが、中にはいると身内意識でザルになるという特徴がある。これらの事がバレたのは、窮乏している華族あたりにパパラッチが金を握らせたと見た。同時に、私の政財界関与については触れられていないあたり、言っても信じてもらえなかった口なのだろうと推測する。下手な真実は、すべての情報を陳腐に見せるのだ。

「お嬢様。警視庁の公安部外事課の前藤管理官が今回の件でお会いしたいそうで」

おや。彼は出世したらしい。管理官はたしか警視がついていたはず。出禁を宣言されたはずなのだが、こういう時に堂々とアポを取ってくるあたり神経が図太い。こっちが断れないのを分かっているからだ。

「いいわ。会いましょう」

それから十数分後。前藤正一管理官は悪びれもせずに私の前に姿をあらわす。

「出世おめでとうと言うべきかしら？」

「ありがたい事に、とある方の引き立てがありまして。今は外事の他にも色々とやらせてもらっていますが、それは仕事上の秘密という事で」

挨拶もそこそこに前藤管理官は私に警告した。ビルの監視カメラにパパラッチと一緒に映っている明らかにカタギではない連中の件だった。

「パパラッチについては匿名の情報提供を受けて身柄を押さえることに成功しました」

どうやら私の水着写真は出回ることはなくなったらしい。喜んでいたら、前藤管理官はこめかみに手を当てながら、その匿名の情報提供者について告げた。

「パパラッチの情報提供者は米国大使館に入っていったらしく、電話も米国大使館の一般電話からでした。で、米国大使館周辺の監視カメラを調べたら……」

写真をテーブルの上に置く。ビルの監視カメラと米国大使館周辺の監視カメラの外国人が一致していた。

「身内を売った?」

「最初からそのつもりだったのかもしれませんね。このカメラに映っている連中を調べたら、面白いことが分かりましたよ」

「面白いこと?」

前藤正一管理官から手渡されたファイルの名簿には、中々愉快な経歴の方々の名前が載っていた。具体的に言うと、戦乱で荒れる発展途上国で活躍した連中。傭兵(ようへい)。そんな連中が国内に入ってきていたというのだ。

「私の誘拐？」

ファイルを眺めながら私が確認をとると、前藤管理官は実にいやみったらしい苦笑をして更にファイルを渡す。

「それだったら、こんなに分かりやすい記録を残しませんよ」

入国目的は観光であり、それはまぁいい。彼らは警備員として既に米国の大企業に雇われていた。その企業が米国ゼネコンで水をビジネスの一つとして扱っているのを知っていたら、このファイルの重要度が途端に跳ね上がる。

「あちゃー」

わざと軽い声を出すが、私の手はこめかみを押さえざるを得ない。考えられるのは、ゼネラル・エネルギー・オンラインのあの発表。なお、このゼネコン企業の本社がカリフォルニア州にある。

「これ以上分かりやすい恫喝(どうかつ)ってないわよね……」

つまり、ヤクザ用語で言う所の、『ワレ誰に断ってここで商売してるんじゃ！　コラ!!』である。

これに日本に進出できる理由がプラスされる。

「金融・物流方面の不良債権処理は大方の処理は終わり、残るはゼネコンや不動産が抱える不良債権処理が中心になってゆくでしょう。規制や技術等の関係から彼らがこちらで商売するのに一番手っ取り早い手は、不良債権処理で苦しんでいるゼネコンを買収する事でしょうな」

ゼネコンや不動産会社の不良債権には、地上げ等からヤのつく自由業の方々の関与がかなりあったりする。ああ。なるほど。前藤正一管理官の色々にそっちも含まれるわけだ。で、そんな方々から私は目をつけられていると。とりあえず、プールのガラスはマジックミラーに換えておこう。

「メイド？」

私の言葉に藤堂が首を縦に振った。そして、テーブルの上に候補者の履歴書を置く。

「はい。お嬢様も初等部高学年になられるお年頃。そろそろお付きの者を選ぶ時期かと」

貴族文化が残っている事でこの手のメイドという職がちゃんと上流階級についているというのがありがたいというかなんというか。だが、ゲーム世界だろうが私にとっては現実なので、その現実がいやな所で設定に食い込んでくるから苦笑するしかない。

「中等部の奨学生の推薦枠は、それぞれの華族なり財閥家の子の側近育成だっけ？」

「はい。私もお嬢様についておりますが、お嬢様の事業が大きくなりすぎた結果、終日、お嬢様の御側に侍るのが難しくなってきた所でございます。お嬢様もそろそろ自ら人を選んで使うべき時が来たと」

藤堂の隣にいた橘も賛同する。この発想は貴族というよりも武家の近習育成に近い。華族というのが大名家も入っているがゆえの文化なのだろう。文字通りここで選ばれる連中は、最後の盾として私に死ぬまで付き従う連中である。ゲームでは誰一人出てこなかったが。

「学園内のお友達では駄目なの？」

「たとえお嬢様に靡いていたとしても、最後は家に従います。最後の最後までお嬢様に従う人間を用意しておくべきかと」

履歴書を見ると、ある共通点に気づく。多くの人間が孤児という事。高貴なる者の義務みたいなPRをしながら御恩と奉公で優秀な人材を囲い込む。なるほど。これならばたしかに裏切れないわ。

「……ん？」

「どうなさいました？　お嬢様？」

「気にしないで。なんでもないわ」

履歴書の中に華月詩織さんの名前を見つける。あの人桂華院家の縁者だったのか。明らかな違和感。こんな側近連中を用意できたのに、何で原作のゲームで彼女は一人破滅したのか？

「そっか」

ぽんと手を叩いてその理由に気づく。ゲーム内の桂華院家は既に傾きかけていたのだから。

父が作った極東グループの不良債権処理に手間取り、唯一の稼ぎ頭だった桂華製薬を岩崎製薬に合併させて不良債権処理を終わらせたのはいいが、不利な条件での合併だから今度は日々の糧がなくなってしまった。

で、私を政略結婚の駒として栄一くんを始めとした攻略対象に送り込んでなんとかしようとして破滅という訳で。きっとこのあたりは不良債権処理過程で切り捨てられたのだろう。

「で、何人送り込むの？」

「交代と予備を考えて十人という所でしょうか」

さらりと出てくる人数に苦笑する。他家の近習も中等部から配属されるので、下手すると近習クラスだけで四から五クラス出来上がる。普通は一人か二人、十人というのは大財閥クラスの子女扱いである。格だけは公爵令嬢なので間違ってはいないのだろうが。

「大げさ過ぎない？」

「これでも少なすぎます」

常時三交代で私につき、更に予備として一人をつけるのにまだ少ないと言うあたり上流階級女子の闇が見える。青春と恋愛を楽しむ学園生活は、家の政略結婚の相手探しとライバルの蹴落とし場所としても機能する。これに現在の私の女子派閥と彼女たちのお付きを加えると、常に私の周りには十数人近い女子が居る事に。

歪むよなぁ。これ絶対に歪む。あげくに家が傾いて権力維持が難しくなっていたときたら尚の事。

「じゃあ、護衛やメイドも増やすの？」

「はい。九段下のビルが完成する時期に合わせて、そちらの方も増やす予定でございます」

今の屋敷は桂華院家の別邸の一つなので、橘をはじめメイドは桂華院家から来ている数人で回している。これも九段下のビルができてそちらに本拠が移れば、必然的に人を増やさねばならなかった。できる前から拡張させるのは、その間に忠誠度を見極めるというのもあるらしい。

「という事は、今まで来ているメイドはハウスキーパーに昇格してもらい、その下にオールワークスメイドを派遣会社から雇い入れる。更に同年代の子女を私につかせて、家にいる時にはメイドの真似事をさせて忠誠を高めさせて将来の側近を育成させるという訳ね」

「そのとおりでございます」

「メイド派遣会社ねぇ。いっその事会社ごと買ってしまおうかしら」

需要がある所に経済は必然的についてくる。後のブラックの代名詞になる人材派遣業の特殊職にメイドがあるのは、財閥や華族との繋がりの為に人材派遣業界が積極的に育てていたからだ。派遣会社から雇う理由は、メイドが高度な技術が必要な専門職であるからだ。来客の接待、高度な礼儀作法、給仕、さまざまな銘柄・種類のある茶葉・豆などへの知識、美術品の取り扱いや手入れ、機密保持意識の高さなどなど。その辺の主婦を雇えばそれでいいというものではない。

人材というのは短期間ではできないというこれは見本の一つである。なお、コックは別口で雇うのと、家電の発達で基本何でもするオールワークスメイドが中心となる。メイドはひとまずおいておくとして、ちらりと話に出た護衛雇用に関する資料を渡されて読むと、苦笑するしかない内容だった。メイドの派遣会社と護衛派遣会社が同じなのだ。

「これ、民間軍事会社じゃないの?」

「はい。お嬢様が傾注している資源ビジネスには必須の存在かと」

私の確認に藤堂はあっさりと言い切った。現在注力している資源国は治安が悪い所が多い。そんな所でビジネスをする日本のサラリーマンには頭が下がるが、彼らの身を守る自前の組織の必要性は感じていたのだった。

なぜなら、現地の警察組織は基本マフィアや犯罪組織に買収されているし。護衛の人材派遣会社が日本にある。いや護衛産業が成立しているという事は、この世界の日本というのが金のために血を厭わない普通の国であるという事を如実に物語っている。

前世の日本のように、嫌な事があった国からはすぐに全日本人が逃げ出し、その後その国は不景気やら治安悪化やらに見舞われるという座敷童みたいな国民性、というわけではない。国益のためなら武力を躊躇わない、正しき地域覇権国家。それがこの世界の日本。

「この民間軍事会社の本社は札幌にあるの。ふーん……」

冷戦崩壊のゴタゴタ時に樺太は日本の勢力圏に入っており、ロシアと北樺太の帰属で揉めていた。そんな中で、民間である事をアピールしつつ樺太の警備をしていたのが彼ら民間軍事会社で、この国の外人部隊として世界各地の紛争に介入していた。なお、彼らはこの国で成り上がりたい旧北日本住民によって構成されている。

「いいわ。契約じゃなくて会社ごと買収しなさい。赤松商事の資源ビジネス部門に管理させること」

パパラッチの背後で蠢いていた怪しい影があった事もあって私は藤堂の提案を受け入れた。傭兵契約ではなくて会社買収で手駒にするあたり私もだいぶ金銭感覚が狂ってきたなと感じる今日このごろ。

「かしこまりました。あと、少し早いですが、お嬢様に紹介したい者がおります。入ってきなさい」

橘がそう言うと、私と同じくらいの少女が入ってくる。その姿はなんとなく橘によく似ていた。

「紹介します。お嬢様。孫の由香でございます。中等部より、お嬢様の側につかせる所存にて」

「よろしくお願いいたします。お嬢様」

凛とした声と優雅な微笑をたたえながら一礼して彼女は私に挨拶をした。彼女がいずれ私の最側近になるのだろうなと、なんでメイド服を着けていないのと私はその時に思った。

冬休みも終わってすぐの事。私達カルテットは放課後呼ばれてこんな所にいる。茅場町。桂華金融ホールディングス本社ビル。その最上階の役員室のソファーに私達は腰掛けている。

なお、このフロアーには私の部屋もあるのだが、今回そこは使っていない。

「よくいらっしゃいました。とりあえず気を楽にしてゆっくりしてください」

桂華金融ホールディングスＣＥＯの一条進は、私のジト目なんて気にせず営業スマイルでこう言ってくれた。

「一条。私達を呼んだってことは、栄一くんたちのビジネスの件？」

「ええ。あなた方のビジネスプランについて、現物をシリコンバレーのサーバーに送って向こうの評価を待つ段階ですが、向こうの評価は上々みたいなので審査をと。帝亜財閥総帥帝亜秀一様からも『よろしく頼む』と一言いただきましたので」

根回しの速いことで。私達の計画では、シリコンバレーにサイトを送って評価を得た上で、テイア自動車の開発部に売却する事を考えていた。テイア自動車のウェブ事業になるから、資金についてはテイア自動車持ちでサイトの評価こそが大事との栄一くんの話に私が折れた形になっている。

「俺たちのプランやアイデアはともかく、本職のプログラマーの技術には勝てない。ならばアイデ

アだけ売り払った方が楽に稼げる。もともと携帯代分稼げばいいんだ」

開発部に売る事で得られる儲けは一人頭数十万円ぐらい。普通の小学生には過ぎたお金だが、普段の生活でそれ相応の支払いを家からしていると物足りない金額ではあったりする。

「与えられたものではなく、俺達が一から作って手に入れたお金だ。そこに価値があるんだよ。桂華院」

私が介入しようとしたら拒否した光也くんの真摯な言葉に私も引っ込まざるを得なかった。私なんかがそうだが、1から100や1000にするというのは経済に於いてそれほど難しくはない。だが、0から1にするのにどれぐらいの努力と運が必要になるのか。それを光也くんは理解していたからこそ、あえてお金という価値ではなく、大人に認められたという誇りを取った。

「今回は桂華院さんは引いてくれると嬉しいな。これは僕たちが桂華院さんと同じ場所に立てるかどうかの話なんだから」

裕次郎くんの言葉を聞いて三人共、自分の価値と事業の目的を間違えないようにちゃんと教育されているのだなと感心したのは内緒だ。で、私が諦めた融資審査をよりにもよって一条がするというのはどういう事なのかを尋ねる前に、私は気になった事を一条に聞いた。

「けど、よく気づいたわね。この話に。少なくとも栄一くんたちの名前は出していなかったのに？」

評価目的だからこそ栄一くんたちの名前で評価される事を避けて、事業プランとウェブサイトのみで勝負という事を決めていた。それを一条が見つけた謎を私は知りたかったのだが、一条は営業スマイルを崩さずに私の前にグレープジュースの入ったグラスを、栄一くんたちにもそれぞれの好きな飲み物を置いてその種明かしをした。

「これは部下に徹底させているのですが、重大な情報を得るためには絶対に大したことない情報も無視しないことが大事なんです。そもそも、情報提供者がその情報の価値を知っているとは限りませんからね。大したことない情報からでも他の情報と組み合わせれば化ける事もあります」

ここで一条は一息つく。思ったが、現役企業人の情報論のレクチャーをしているのと同じじゃないか。栄一くんたちの顔がマジになっている。

「何よりも大事なのが、どうでもいい情報をはね続けると、萎縮して情報そのものが上がらなくなってしまいます。上に立つ人間は、絶対に情報そのものを『つまらない』や『忙しい』ではねたらいけません。だから、こうしてこの話を捕まえられた」

「質問です。それでしたら、情報の海に溺れると思うのですが、それをどう回避しているのでしょうか？」

真顔かつ真剣な声で栄一くんが質問をする。大好きなコーラに手をつけずにだ。

「そのためにスタッフがいるんです。情報を全て受け入れて、それを整理整頓するスタッフがね。インターネット時代に入った今、情報はどんどん速く多くなっていくでしょう。そして、それ専門のスタッフは絶対に必要になります」

あ。裕次郎くんがメモ取り始めている。光也くんは……あれ小型レコーダーを置いて録音までしてる。完全に経営論の授業じゃないか。これ。

「今回、私がこの件をキャッチできたのは、お嬢様案件は基本全部私に持ってくるようにという指示をスタッフに与えていたというのがあります。お嬢様の財布を橘氏と共に預かっていますからね。そんな中で、これだけ案件が異色なんですよ。お嬢様は基本即断即決の人だ。融資審査ならば私も気にしなかったのですが、事業プランに対して評価のみとなっていたのが気になりました。つまり、お嬢様の手を通さなくても利益が出せる事業であると。そうなると候補は身内に絞られます」

なるほど。こうやって残った痕跡から真実までたどり着くのだから、一条は名探偵か何かなのかもしれない。つくづく良い拾い物をした。

「で、事業プランを見たら自動車情報のウェブサイトで、お嬢様と帝亜君が親しい事を知っていたらあとはもうわかったも同然です。念のために帝亜グループの総帥に確認をとったらという訳でして」

三人の一条を見る顔が尊敬に変わっている。多分私も尊敬の顔になってるだろう。

「お嬢様は知っていると思いますが、私は地方銀行である極東銀行出身です。つまり、この手の小規模ビジネスの融資を徹底的にやり続けて、東京支店長の地位を獲得したんですよ」

にっこりと営業スマイルを浮かべる一条を見て私を含めた四人の背筋に悪寒が走る。

あ。これ審査という名前のガチ指導だ。あるいは、事業審査に名を借りた栄一くんたちの審査かな?

「お話が聞ける時間は三十分です。さぁ。私を説得して、融資を取り付けて見せてください」

「これは彼らの事業計画なのですから、お嬢様は口を出してはいけませんよ」

にこりと笑う一条だが、この言葉自体が既にヒントになっているのに三人は気づくだろうか？　社会というのは基本ルールもマニュアルも教えられない上に、裏ルールなんてのもあったりする。その可能性に気づいたのは光也くんだった。

「桂華院。君は一条CEOとの会話に口を挟まないでくれ。その上で、友人として俺たちに教えてくれ。君は一条氏の審査を通ったんだな？」

私はただコクリと首を縦に振った。一条の提示した『口を出さない』に抵触しないように。つまりはそういうゲームのルール。私というヘルプをどのように使うかが、このゲームの鍵となる。

「ムーンライトファンドの資金調達は桂華院さんが自前でやったと。どうりで政財界でこの銀行の名前が出る訳ですね」

「いいですね。そういう外堀から埋めてゆく姿勢は嫌いではないですよ。ただ、時間をお忘れにならないように」

裕次郎くんの呟き(つぶや)に一条が楽しそうに反応する。私も彼らや一条たちと話をして思ったのだが、頭のいい人間と話をするとその会話のラリーが速くて楽しいのだ。おそらくは、桂華財閥が岩崎財閥に飲み込まれた現状、私が買い漁(あさ)った企業群が未だ桂華の名前で存続している事の不思議を裕次郎くんは私を知っているから察したのだ。彼らを前に数千億のお買い物報告を何度もしていたから、それに気づくのも時間の問題ではある。

「審査を通ったという事は、担保があったはずだ。考えられるのは土地。俺たちには土地はないからこの手は使えない」

ある程度の家ならば、私の両親の不祥事は知っているので保証人はないと判断できる。そう判断した栄一くんが実にいい笑顔で一条と相対する。そして、栄一くんは保証人を切り出す。

「だとすれば、保証人だろうな。親の名前で金を借りる。これだといくら貸してくれる？」

「無担保無保証低金利で十億」

一条の即答に三人は今頃親の偉大さを思い知っているだろう。そして、子供の無力さと大人への憧れあたりを考えている頃だろうか。大人を体験してしまった私には、この子供時代が狂おしく愛おしいのだが。

「では、俺たちの名前とアイデアだといくら貸してくれる？」

「大人になってから出直してきてくださいとしか言えませんね。日本の金融機関だと」

ほら。一つの正解例と別ルートのヒントが出たぞ。皆勘違いしているが、融資というのは金融機関も『お金を貸したい』のだ。何故ならば、金融機関はお金を借りて集めて、そのお金を貸す金利差で基本利益を作っているから。お金を貸さなければ、金融機関は利益を作れない。問題は、そのビジネスが破綻して貸したお金が返ってこない場合で、それを避けるために日本では土地という担保を取るし、保証人なんてのを欲しがるわけだ。土地神話株神話にあぐらをかいて、大量の不良債権に苦しんでいるのは笑い話だが。

「事業アイデアについてはシリコンバレーの方から高い評価を受けているのにですか？」

「この場合、金融機関が気にするのは事業の継続性です。金のなる木に育ってほしいし、短期の貸出で終わるならば貸す手間の方が面倒ですからね」

裕次郎くんの確認に一条が優しく諭す。三人の顔を見るに、大体の問題点が見えてきたらしい。

「つまり、俺たちが子供であることと、事業が続けられるかが最大のネックという訳ですね？」

「はい。そのとおりです」

光也くんの解答に、一条は正解と軽く拍手をする。そうなれば手はいくつかあるが、それを彼らが知っているかどうか。

「元々はこのプランをテイア自動車のウェブ事業に売る事を考えていたから事業の継続性なんてないぞ」

「いや、ウェブだからこそ常時情報を更新し続けないといけない。そのためには、常にスタッフを確保しておく必要がある。そして、このウェブサイトを一番良く知っているのは俺たちだ」

「つまり、ウェブサイト更新スタッフとして仕事を受注できる。事業の継続性はこれでクリアできるはずだ」

やっぱりこの三人はすごい。栄一くんが問題点を提示し、光也くんが解決策を提示し、裕次郎くんが現実的な落とし所を探り出す。三人寄れば文殊の知恵とは言うが、三人チートが揃えばさて何とつけようか。

「あとは俺たちが子供であることが問題という事なんだが……」

「それも手段がない訳じゃない。会社法人に貸せば少なくとも子供に貸すなんて見られなくなる」

「なるほど。学生ベンチャーかぁ」

ここまで来ると、三人にとってはゴールは見えたようなもの。その三人の議論を一条が楽しそうに見ていた。

「何処までこの展開を読んでいたのよ？」

「成功するとは思っていましたよ。だって、お嬢様のご友人なのですから」

こっそりと尋ねてみたら一条はいけしゃーしゃーと言い放つ。まぁ、そう言われると私も何だか嬉しい。

「米国ネバダ州でウェブ制作の株式会社を起業し、日本支店の業務としてテイア自動車の携帯サイトの仕事を請け負う。その上で、代表は帝亜財閥総帥帝亜秀一の息子帝亜栄一。テイア自動車との取引そのものを看板として、他のウェブ事業者が買い取りの交渉を求めたら売却に応じる。そういうビジネスプランで、いくら融資して頂けるでしょうか？」

そんな正解を栄一くんが口に出した時、残り時間は五分を切っていた。一条はベンチャー投資の資料や法律関連の書類を栄一くんに手渡しながら、彼らの価値を決めた。

「無担保無保証ならば、金利2％で一億。お父様の保証をつけるならば、金利0・5％で十億。お好きな方を選んでください」

みんなの顔に勝利の笑顔が映る。多分彼らはこの時点で大人になっただけでなく、何者かになったと自覚できたのだろう。誇らしげに笑っていた栄一くんが、やっとコーラに口をつけて私の方を向いた。

「瑠奈。お前この事業に絡みたがっていたな。いくらで買ってくれる？」

私と一条は互いを見た上で、彼らの正解に降参したのだった。

おまけ。

「ちなみに桂華院さんは、一条ＣＥＯからどうやって融資を受けたの？」

「東京支店に乗り込んで、バランスシートを見せてもらって不良債権の額を確認した上で、屋敷を担保に五億円借りました」

「桂華院よ。それをお前は何歳でやったんだ？」

「ひ・み・つ♪　こら。何でみんな私を見ないのかなぁ？」

「つまり、元手五億が今や兆のムーンライトファンドという訳だ。そりゃロマノフ家の財宝説が出る訳だ……」

帝都学習館学園の広大な敷地には、寄贈という形で作られた建物が結構ある。権勢の誇示だったり、慈善事業なりとその理由は色々とあるが、そんな建物の一つに雲客会館というのがある。帝都学習館学園の華族閥の本丸である。

「ようこそ。桂華院さん。歓迎しますわ♪」

「ご招待ありがとうございます。朝霧（あさぎり）さん」

お互い笑顔で優雅に挨拶。その周囲をそれぞれの派閥の人間が笑顔でガンを飛ばす。女性の友好は同時に格付けの戦いなのだ。

「とりあえず皆様お座りになってくださいな。お茶を用意させますわ」

「では遠慮なく。これはお茶菓子にどうぞ。アップルパイですわ」

今回のお茶会の為に動員された私の派閥の女子は、明日香ちゃん、蛍ちゃん、澪ちゃんの身内枠三人と親しくなった高橋鑑子さんと栗森志津香さんの二人の計五人。

一方で朝霧さんが歓待に用意した人間は待宵早苗さんに華月詩織さんと敷香リディア先輩の三人。

華月詩織さんを誘ったのだけど断ったのは、華月子爵家の娘だから先に雲客会に入っていたという訳で。敷香リディア先輩が来ているのは、樺太にがっつり絡んでいる岩崎財閥が後見していると暗に言っているように見えなくもない。

雲客会館の他の部屋では、上級生達が結果を伝えられるのを興味津々で待っているはずである。

一番年下である澪ちゃんが帝西百貨店マークの入ったアップルパイのケーキ箱を華月詩織さんに手渡す。なお、今頃帝西百貨店から雲客会館の全部屋にこのアップルパイの入ったケーキ箱を差し入れているはずである。こういう気前の良さは、銭が続く限りは武器になる。なくなると見捨てられるので注意は必要だが。

「いただきます……おいしいわ♪」

華月詩織さんが毒味として食べて、問題ないとわかった上で朝霧さんがアップルパイを口にする。

カップに注がれた紅茶を蛍ちゃんが飲んで問題ないとわかった上で、私が紅茶に口をつける。

特権階級と女子会という悪魔合体の果てのマナーというのは、かくも恐ろしくめんどくさいものに成り果てていた。

「それで、今回私を招待してくださった理由を伺ってもよろしいかしら?」

「そうですわね。表向きの理由と、裏向きの理由と、どうでもいい理由の三つがありますが、どれからお聞きになりますか?」

とてもいい笑顔で朝霧さんが言い切り、私も笑顔の仮面をかぶり続ける。お互い目はまったく笑っていない。

「では、最初から聞いていきましょうか♪」

こういう話はどれから選んでも順番が決められているものである。朝霧さんがアイコンタクトでついていた女子を下げさせる。こっちも同じことをして朝霧さんと一対一になる。つまり、これも作法の一つ。互いにそれがわかった上で朝霧さんは理由その一を切り出した。

「まず最初の理由として、雲客会の正式なオファーとして桂華院さんに雲客会に入っていただきたくて」

この手のサロンの参加は任意である。とはいえ、ゲーム内の私はこの雲客会を牛耳っていた覚えがある。ゲーム内では特権階級として糾弾された果てに私共々破滅したみたいだが、そこまでゲームには描かれていなかった。

「わかりませんわね。私が桂華院家の公爵令嬢となったからと言っても、皆様が私を受け入れる理由がないと思いますが?」

「そんなの決まっているじゃないですか♪　お金ですわ♪」

とても清々しい声で朝霧さんが言い切って私は苦笑するしかない。よく見ると、この雲客会館もボロ……昭和初期のモダン建築という風情があるものになっている。

「華族と言っても、名と名誉のみでは生活すらままなりませんのよ。ましてサロンの活動までとなりますと、ね」

朝霧さんは少しだけこの部屋を愛おしそうに見て、その理由を告げた。

「この建物、建て替えが計画されていまして」

たしか去年あたりに阪神淡路大震災の教訓を反映させた建築基準法が改正されて、多くの建物で耐震基準が強化されたはずである。この建物の建て替えの工事費用が出せないという所だろうか。で、今華族で一番金を持っているだろう私に声をかけたと。

「私が入るメリットは？」

「枢密院での協力および、岩崎財閥の友好が買えます。更に桂華院さんが独立国家を作る際にはその承認の支援を」

朝霧さんの口から出てくるあまりにも生臭い話に私は苦笑するしかない。同時に、北樺太の帰属をめぐる問題は、私という駒の為にここまで加熱しようとしていた事を意味する。つまり、散々お国のためにやってきた行為の見返りに、北樺太に私の国を作るのを承認しろという推測上の裏事情がこんなところにまで広まって来ているという訳だ。

人間は聖人でなければ滅私奉公なんて信じない訳で、私の行動のゴールが日本華族および、ロシアロマノフ家貴族としての復権と国家樹立とみなしている訳だ。まさか、私が動かなければもっとこの国めちゃくちゃになっていたなんて誰も信じるわけもなく、私はため息をついた。

「あら？　お気に召しませんか？」

「一応私達は小学生です。小学生が国家を樹立するなんて夢物語ですわ」

「ええ。今は私達は小学生ですわ。けど、五年後は？　十年後は？　これはそういうお話ですのよ♪」

人生において五年十年は結構な時間だが、歴史で見るとあっという間とも見える。その十年先に私が北樺太王国の女王に成っているという未来を私は否定できない。

「その話については冗談ということにしておきましょう。ですが、雲客会館改修工事については幾ばくかの寄付をさせていただきたいと思います」

「ありがとうございます。桂華院さん。その時は遠慮なく遊びに来てくださいね」

初っ端(しょぱな)から生臭いことこの上ない話から始まったが、これが一応表向きの話である。つまり裏向きの理由というもっと生臭い話が私を待っている訳で。

「で、裏の理由というのを話していただけませんか？」

「そうですわね。先程の話とも絡みますが、桂華院さんの結婚相手の話ですわ」

だから私達は小学生と言おうとして、本当に生臭すぎる理由に私は紅茶を飲んで顔をごまかすしかなかった。当たり前の話だが、私は女であり、いずれ結婚するだろうと見られている。私自身は独身でもいいと思っているのだが、私についている身分とお金がそれを許さない。

「気づいたようですわね。もし桂華院さんが国を興された場合、相手の殿方が居ないと一代で途絶える事になります。この国だけでなく世界中から求婚されますわよ♪」

「それを避けるために、さっさと適当な男子と婚約だけしてくれという訳ですか」

古の日本や欧州でよくあった政略結婚の話である。当たり前のようにそんな話が流れてきている
という事は、清麻呂義父様や仲麻呂お兄様の所にも大量の縁談の申し入れがやってきたのだろう。

ぞくりと悪寒が走った。

「……どうなさいました？」

「いいえ。何でもありませんわ」

私はゲーム内において悪役令嬢として破滅する。そんな私の家は傾いていて、私の背後には外国
勢力の影があった。

という事は、私が主人公に潰されたのは、政府の介入があった!?

悪役令嬢なんてなるものではない。彼女たちは破滅させられるがゆえに、二重三重に罠をしかけ
られて誰もが望むハッピーエンドの贄として物語に捧げられるのだから。

「もし私が一代で途絶えたら、仲麻呂お兄様がその後を継ぐかもしれませんわね」

「ええ。そうなった時、私はどういう立ち位置に立つか、聡明な桂華院さんならおわかりと思いま
すけど？」

朝霧さんの背後には岩崎財閥の影がある。あの財閥は国家と寄り添うことで発展してきた財閥で
あり、政財官に多くの支持者が居る。これは、そういう日本中枢からの警告。

「過大評価ですわ。所詮私達は小学生ですわよ」

「その小学生がこの国の内閣で影響力を行使した上に、米国大統領選挙に絡んだ上にゲーテッド・

コミュニティなんて爆弾を炸裂させたものだから世界は大慌てですわ。あれの果てが国家樹立や既存国家からの独立に繋がるなんて、桂華院さんは分かっていたでしょう？」

すらすらと私にぐうの音も出ない正論をぶつけてくれる朝霧さんも中々いい性格と才能を持っていると思うのだが。そんな朝霧さんがアップルパイに手をつけながら警告する。

「『小学生なんだから』。それをそのままお返ししますわ。中学高校ともなれば、昔なら元服して無視できない権力を行使できた。桂華院さん。子供だからと見逃されない年になったとたん、貴方、歴史に潰されますわよ」

しばらく互いの沈黙の後、私は思い切って口を開く。残っていたどうでもいいものを聞くためだ。

「最後のどうでもいいものを聞かせてもらってよろしいかしら？」

「ほんとうにどうでもいい事なんですけどね。桂華院さん。私達友達になりませんか？」

たしかにどうでもいい事だった。前二つに比べれば。

「親戚付き合いでなくて？」

「ええ。だって、私、ここでは少し肩身が狭かったのですのよ♪」

なるほど。彼女の母親は岩崎財閥の出身だから、朝霧侯爵家はお金がない華族とは違う。そして、岩崎財閥等の子女は財閥系派閥として別の館にいるはずだった。それは浮くわ。

「私なんかを友達にすると苦労しますよ」

「それはお互い様という事で。女の子の友達は、互いに握手をしながら足を踏むものでしょう？」

朝霧さんは私に手を差し出す。

「薫って呼んで。私も瑠奈さんって呼ぶわ」

「ええ。じゃあ、私も薫さんって呼ぶわ。よろしくね♪」

握手をした下のテーブルが長かった事もあって、お互い足は踏まなかった事をここに記しておく。

こうして、薫さんとはこれ以後本当に長い付き合いになる。


天音澪には三人の姉がいる。血のつながっていない姉だが、『お姉ちゃん』と呼んで慕っているのは小学生になっても変わらない。

「あら、じゃあ『Ｌｉｔｔｌｅ　Ｗｏｍｅｎ』ね」

なんて長姉のメイドさんである斉藤桂子さんがそんな事を言い、そのメイドさんの雇い主である私がさも当然のように一言。

「え？　私、長女？」

誰も何も言わないのが、この長姉の長姉らしい所である。そんな話をすれば当然邦訳も読んでみたくなる訳で。みんなの所に一冊の本がやってくる。これは、そこから始まる物語である。

「長女とられたから私次女かなぁ？」

当たり前のように言う次姉こと春日乃明日香。長姉の陰に隠れるが、次姉もかなり押しが強い。

四女の澪と末姉兼三女の開法院蛍の取り合いがないのは満場一致となったからである。

そんな彼女たちが放課後に遊びに行った時の話。同級生女子の間でブームとなっているプリクラ

を撮りに来たのである。もちろん、小学生の女の子四人でのゲーセンは無理なので、メイドの時任亜紀さんと護衛の田宮真さんと道原直実さんが一緒についてきている。

「ハイ。チーズ♪」

パシャッ！

密かに心配していたのは末姉こと蛍ちゃんが写真に写らない事だったのだが、彼女曰く『力をコントロールできるようになった』らしいので、しっかりと四人の笑顔が写っている。

そうなると、他のゲームにも当然注目が行く訳で。

「瑠奈ちゃんどうしてこのゲーセン選んだの？」

「ここ、初心者でも入りやすいゲーセンなのよ」

「初心者お断りのゲーセンって……」

そんな私は明日香ちゃんに言わせると『シューター』であるらしい。

スキー合宿でゲーセンで遊んでいたのがバレた結果ともいう。

「お菓子やお人形が取れるって！　みんなでやりましょうよ♪」

ここで、買ったほうが安くねなんて空気の読めない人間は……一人いた。私なのだが。メイドの亜紀さんを呼んでヒソヒソ。

「……札束渡して台ごと買うから、設定激甘で……」

「瑠奈ちゃん？」

ゲームをやる前からゲーセンの椅子で正座させられる私。その正座を命じた明日香ちゃんなのだが……

「うきゃー！　なんであとちょっとだったのにぃぃぃぃぃぃ！！！」

「だから設定変更を言おうと思ったのに……」

明日香ちゃんはこの手のゲームが致命的に下手だった。みるみる百円玉が溶けてなくなってゆく。

「こうなったら、うちの最終兵器の蛍ちゃんを！……あれ？　蛍ちゃんどこ？」

「蛍お姉ちゃんならあそこ」

珍しい顔を見る目で澪ちゃんが蛍ちゃんの居場所を指差す。その先で幸運のお守りみたいな蛍ちゃんが、じゃんけんのメダルゲームに負け続けて首を捻(ひね)っていた。彼女の幸運は、彼女自身には働かないらしい。

「思ったんだけどさぁ、私達ってあんな『Ｌｉｔｔｌｅ　Ｗｏｍｅｎ』になれるのかなぁ？」

近くのアイスクリーム屋でバニラアイスを堪能しながら、明日香ちゃんが話を振る。邦訳の本を読み出して、一番ハマったらしい。それに一番ドライな意見を私がチョコアイスを食べつつ返す。

「なりたいとは思うわね。なれるかどうかは別だけど」

こくりと首をかしげながら蛍ちゃんが抹茶アイスを食べる。澪ちゃんはオレンジアイスを食べながら二人の話を聞いている。

「私、そこそこお金持ちだけど、すべての人を幸せにするだけのお金は持っていないのよ。かといって、できないから目の前の不幸な人に何もしないのかというと違うでしょう？」

「私は政治家の娘だから、ある意味わかりやすいけどね。選挙区の半分＋一人を幸せにする。そうすれば確実に当選できるし」

「明日香ちゃん。清々しいほどわかりやすいわね」

「根本な所ほどシンプルであれ。迷った時の道標になるから。という訳でアドバイス料として一口頂戴」

「はいはい。お納めくださいませ。お代官様」

そんなやり取りをしていたら、蛍ちゃんがじーっと澪ちゃんをというか澪ちゃんのアイスを見ている。そして、澪ちゃんが気を利かせた。

「た、たべます？」

（こくこく）

ちゃっかりと保護者枠でチョコクッキーアイスを食べていたメイドの亜紀さんが、私と明日香ちゃんの話に頷きながらこんな事を言う。

「時代が違いますし、国も違います。けど、彼女たちが素敵なレディになったという事は世界中の人達が認めています。だから、この本は名著として今に残っているのですよ。どうか四人とも、素敵なレディになってくださいませ」

メイドの亜紀さんの心からの言葉に、四人は自然と頷いてしまう。次の日の朝。そんな話を澪ちゃんは澪ちゃんの両親にしたらしい。

「私も、この本に出てくる人たちみたいな立派なレディになれるかな？」

「ああ。なれるよ」

「ええ。私達の娘だから、きっとなれますよ」

澪ちゃんは知らない。こんな普通な両親を実は私たち姉は持っていない事を。そんな家族の温かさを私たち姉は澪ちゃんに求めている事を。もちろん、澪ちゃんに言うつもりはないが。


おまけ。


「私、立派なレディになるのよ！」

「……瑠奈。頭でも打ったか？」

「えーいちくんのばぁかぁぁぁぁぁぁ！！！！」

栄一くんが頭を下げるまで三日間私は一言も口を利かなかった。なお、栄一くんは、

「いやもう瑠奈って立派なレディだから今更目指すって……」

などと供述しており……

## いくつかの記事抜粋

It's a little hard to be a villainess of a otome game in modern society

『春の番組改編で『名人の料理』が復活する。

鮎河(あゆかわ)自動車が冠スポンサーを降りて制作費の高騰から番組を終了する事になったが、桂華グループの帝西百貨店が全面支援を約束し日曜深夜枠での復活となった。

帝西百貨店は冠スポンサーの条件に、指定食材の全面提供とその食材を放送後に帝西百貨店で売る事、その指定食材を使った簡単な料理レシピを一品加えることを要求。食材の多くは取引がある北海道の食材を空輸しており、販促に繋(つな)げる事を目的にしている。

再開第一回の材料はホタテ貝で、フレンチの名人と桂華ホテル新宿料理長の対決はフレンチの名人の勝利となった。

なお、撮影用の料理は本来処分されるのだが、今回の撮影を見学していた桂華院瑠奈(けいかいんるな)公爵令嬢に提供され、その美食を堪能している。彼女は今回の審査員には加わっておらず、取材に対して「どっちがいいかは内緒♪」と応じた』

(写真は出された料理を堪能している桂華院瑠奈公爵令嬢)

『岩崎(いわざき)重工はフェリー『ダイヤモンドアクトレス』の進水式を行った。

岩崎重工長崎造船所で建造されたこの船は、現在同造船所で建造中の『ダイヤモンドプリマドンナ』と共に帝国郵船に吸収合併された桂華商船が計画していたもので、赤松商事の子会社である赤松北海道フェリーが運営し、苫小牧―大洗―東京の太平洋航路に投入される。

総トン数3000トン30ノットで、トラック搭載数300台、旅客定員1000人を超える超高速大型フェリーであり、近年関東への輸送量が増大している生鮮食料品を運ぶことを目的としている。

この進水式に参加した桂華院瑠奈公爵令嬢は、「北海道と本州の物流を担う一翼となって欲しい」とコメント……』

(写真は進水式のワインを割る桂華院瑠奈公爵令嬢)

『ゆうばり国際冒険・ファンタスティック映画祭が北海道夕張市で開催され、桂華グループの全面協賛のもと、華々しく行われる事になった。

桂華グループは夕張市の市債購入等でこのイベントに協力しており、北海道の俳優だけでなく桂華歌劇団や岩沢プロダクションの俳優が参加して年々華やかになっている。

夕張市は炭鉱の閉山などで過疎化が進んでいたが、桂華グループの企業城下町として生き残ることを選択。住民の多くはここを開発しているムーンライト北海道リゾート夕張で働いており、お手盛りイベントという批判もあるが、今や観光客を集めるイベントになった事でその声は小さい。

挨拶をした桂華院瑠奈公爵令嬢は業界でも噂になっている美声を披露して参加者を魅了した上で「どうか楽しんでいってください♪」と一言……』

（写真は挨拶で映画の主題歌を歌う桂華院瑠奈公爵令嬢。「この曲ゲームで覚えましたのよ♪」とコメント）


『クラシック業界関係者の間で桂華院瑠奈公爵令嬢が話題に上らない日はない。

『21世紀のサラ・ベルナール』と謳われるその歌声はまだ小学生にもかかわらず、『夜の女王のアリア』を歌い上げるなど、日本のクラシック業界関係者にまたたく間に広がり、ヨーロッパにその名前が広まるのにそれほどの時間はかからなかったようだ。彼女は帝亜国際フィルハーモニー管弦楽団と協演する場合が多いが、その歌声には更に磨きがかかっており、艶のある美声は、今後日本においてトップクラスのソプラノ歌手になる事は間違いがないだろう。

そのため、クラシックの本場であるヨーロッパへ、小学校卒業後にも留学させるべきではという声があがっては消えている。ただし、彼女の特殊な血筋、つまりロマノフ家高位継承者でロマノフ家の財宝を持っているとさえ囁かれている血筋であるために、彼女の欧州留学は貴族社会の混乱を招くだけでなく政治的な爆弾にも成りかねない。

彼女の欧州留学はロシアを刺激しかねず、ＥＵの東方拡大でロシアを刺激している現状においては、余計な刺激を与えるべきではないという意見もある一方で、『音楽に国境はない！　あの歌声を死蔵する事は音楽の女神への冒瀆だ』という意見もあるが広がりに欠けて……』

（写真は桂華歌劇団の舞台『ジスモンダ』の見学に来て、劇団員からすすめられてジスモンダの衣装を着る桂華院瑠奈公爵令嬢）

『春の帝都ゲームショウが開幕し、各社それぞれのゲームを投入し盛況を見せている。特に、ダンスゲームを出している会社では大会が開かれ、多くの猛者が集まってその人気ぶりを見せつけた。サプライズだったのが、一般参加部門で飛び入りで参加した少女で、そのダンスと美声に観客が熱狂。慌てたスタッフと護衛の秘書とメイドが揉めるという一幕があり、この少女が桂華院瑠奈公爵令嬢であると判明。会場を大いに沸かせることになった。

桂華院瑠奈公爵令嬢は、クラシックの世界で『21世紀のサラ・ベルナール』と称される歌姫で、会場の熱狂はある意味当然だとは言えるが、お忍び参加だったらしく後で護衛の秘書とメイドにこってりと叱られたらしい』

(写真は大会でその美声と可憐なダンスを披露する桂華院瑠奈公爵令嬢)

【用語解説】

・光也が読んでいた本……『猫の地球儀』秋山瑞人　KADOKAWA。

・瑠奈が読んでいる本……『楽園の魔女たち』樹川さとみ　集英社。

・第三種鉄道事業者……神戸高速鉄道がこれ。線路を保有する事業者で列車を走らせるのは別の会社。

・新大阪駅増設ホーム……新大阪駅までが東海管轄なので西日本用のホームを用意という設定だが、「頻度考えたら東海用ホームの方が儲かるんじゃね？」と気づくのは計画が本格化してから。

・ひたすら夏らしい曲……『ミュージック・アワー』ポルノグラフィティ。
・管理官……警視庁では複数の係の統括を行い、重大事件の捜査指揮を行う。最近はキャリア組がこの管理官につく事が多い。『踊る大捜査線』の室井さんで一気に有名になった役職。
・米国ゼネコン……『コチャバンバ水紛争』で検索。暗黒メガコーポは完全に暗黒ではない。強欲で傲慢で容赦ないが、金に対して公平公正だからこそ第三世界では一定の支持がある。
・民間軍事会社……ＰＭＣとも呼ばれる。一般人には傭兵とあまり変わらない。
・プリクラ……ブームが１９９９年から２００２年あたり。
・クレーンゲーム……このあたりから、景品にゲームのキャラグッズとかが入りだす。
・じゃんけんのメダルゲーム……ジャンケンマンが正式名称らしい。
・夕張市……２００７年破綻。
・瑠奈が歌った歌……『グーニーズはグッド・イナフ』。なお歌手はシンディ・ローパー。
・舞台の瑠奈の衣装……『ジスモンダ』アルフォンス・ミュシャの出世作となる。

「お爺様。お聞きしたいことがあるのですが、お爺様はお嬢様の事をどの時点で仕えるに値するお方だと思ったのですか？」

瑠奈の執事である橘隆二の家は、桂華院家屋敷近くにあるマンションの一室にある。現在は膨大な年俸をもらっている橘でも一軒家に住んでいない。もう、寡夫の独り身だから必要ないと思ってだ。妻に先立たれた彼は最後の奉公とばかり、桂華院瑠奈の最側近として人生最良の日々を送っていた。

「あの方の特異性は早くから気づいてたよ。だからこそ、お前をつけようと早くから仕込んだのだからな」

遊びに来ていた由香の質問に答えながら、まだ数年前というのに彼は懐かしそうに天井を眺める。息子夫婦が独立した後は、酒も煙草も止めて執事としての一線は越えずに、孫のような瑠奈を眺めてきたのだ。

「私が気づいたのは書斎だったな。あのお方が書斎に出入りしているのを見て、片付けようとして片付ける必要がない事が違和感の始まりだよ」

瑠奈の前では見せないその笑みは、ある種の情報を扱う人間たち特有の暗さと凄味があった。満州戦争時の樺太の貧農の家に生まれ、混乱のドサクサから一人で生きるために裏社会で何でもした時代に知り合ったのが、薬絡みで販路と勢力を拡大していた桂華院彦麻呂である。

　桂華製薬に就職すると、営業で成績を出しながらも桂華院彦麻呂の護衛兼裏社会における情報源として重宝されて出世の階段を登った。とはいえ、時代が創業から安定に入ると橘みたいな人間の居場所は会社にはなくなってゆく訳で、退職して桂華院家の執事として桂華院彦麻呂個人に仕え続けた。

　かと言って現当主の清麻呂から無下にされたという訳でなく、没落士族出身だった妻を紹介してくれたのは清麻呂だったりする。先立たれた妻の面影は、孫の由香によく残っていた。

「二歳だったか三歳だったか、あれぐらいの子供が書斎で本を見るのはないことではない。だが、片付けが必要でない事は絶対にありえないのだよ。由香。本というのは、本棚に整列して入っているものだ。つまり、お嬢様はあの当時、本が読めたのだよ」

　そういう世界の片隅に居たからこそ、橘はその違和感に気づいた。そして気づけば後はその尻尾を掴むのは簡単なことだった。

「お茶とお菓子を持っていってあげた時、お嬢様は『絵が綺麗ね』なんてごまかしていたが、その時に何を読んでいたかは簡単に確認できた。

『歴史書』と『百科事典』を読んでいた。

まるで、状況を把握しようと急ぐようにね。で、『私だって片付けできるもん！』とその本を正しく戻した時点で確信したよ。お嬢様は本の内容を確実に理解しているとね」

　楽しそうに笑う隆二とは裏腹に由香は信じられないという顔をしているが、お嬢様の既に傑出した才能は間違いなく本物だった。それを見抜いた祖父の凄さを感じているのだろう。

「由香。お嬢様は、桂華院家内部において傍流に位置している事を自覚している。一時期、あのお方は家を出ることすら考えていた節がある。それはさせてはいけないよ。確実にお嬢様は食い物にされるからね」

真顔で言い切る隆二の声は穏やかだが裏社会に凄みをきかせていた声と同じで、その声に怯える事なく孫が頷いた事で彼は満足した。

桂華院家内部では、瑠奈の動きを『自殺に追い込まれた父親の名誉回復、もしくは桂華院家に対する復讐』と考えている者たちがおり、彼女の誘拐事件以外にも排除を目的として起こった事件の数々を陰ながら防いでいた隆二は知っていた。

さらに近年ではロマノフ家の高位継承者としての彼女が着目され、北樺太帰属問題の重要な駒として認識されだしている。

今、この時点で瑠奈自身が舞台を降りると言っても周りが、時代が許してくれない事を歴史の裏を見続けてきた彼は知り尽くしていた。橘が知る知らないを含めて、瑠奈の身を巡って日本・米国・ロシア等を始めとする各国の諜報機関が入り乱れて陰謀を張り巡らせている現状では、桂華院家を出る事は自殺する事に等しい。

「お嬢様の才能は紛れもない稀有なものだ。だが、お嬢様はまだ子供であり、お嬢様につく譜代が致命的に居ない。お嬢様の身を己の命にかえて守れる者はお前しか居ないのだよ。由香」

優しく、けれども厳しく老人は孫を諭す。瑠奈の本当の意味での手駒は、彼自身と一条と藤堂しか居ない。その為、買収した企業が増えて事業規模が大きくなり過ぎて、統制が崩れつつあった。

利益を出している限り瑠奈は買収先について何か言う事はなかったが、それは何も言えないという裏返しでもある。何しろ、そこに送り込む手駒が圧倒的に足りないのだから。

そういう意味では、本家筋の乗っ取りにも見える桂華院仲麻呂の社外取締役就任は悪い話ではない。彼についている桂華院家次期譜代スタッフが、経営に直接関与するのだから。家にせよ会社にせよ、創業と維持では求められる人材が違う。創業時は身分より才能がものを言うが、維持の段階に移れば身分や忠誠心等が求められる。

橘隆二は桂華院家主家筋からは重宝され、分家や譜代家臣達からは疎まれて、瑠奈の所に『流された』。そういう事になっている。

「事業や大人たちのあれこれは、私と一条さんでまだなんとかする。由香。お前はお嬢様の側に仕えて、お嬢様をお守りしてあげなさい。それが、私や息子たちにここまでの暮らしをさせてくださった桂華院家への恩返しだ」

先立った妻との間に一男一女の子宝を授かり、息子は桂華財閥の中核企業の一つである桂華化学工業で技術者として働き、そこの事務の女性と結婚というこの日本ではよくある会社員としての人生を平凡に過ごしている。由香はその息子の次女である。

娘の方も桂華製薬で事務員として働いた後でそこの社員と結婚して寿退社し、主人と二人の子供に囲まれて今は幸せな家庭を築いていた。

「分かりました。お爺様。ですが、お爺様の手が回らなくなりつつある今、中は私がするとして、外についでは誰がお嬢様をお守りするのでしょうか?」

由香の疑問に隆二は嬉しそうに笑う。孫の中で飛び抜けて出来が良かった彼女を、華族や財閥家への使用人やメイド育成の学校に入れて正解だったと。

「もうすぐ来る頃だ。お前を呼んだのは、彼女を紹介しようと思ってね」

そう言うとドアホンが鳴り、隆二は自らドアを開ける。入ってきた彼女は、日本ではなくウォール街のオフィスレディが似合っているなと由香はなんとなく思った。

「私、ウォール街の投資銀行でファンドマネージャーが内定していましたのよ」

「でも、私の我儘でこちらに来てくださった。お嬢様の秘書として向こう以上の高給をお約束しましょう。何しろ、お嬢様が有能な人を正当に評価されるお方なのはご存じでしょう?

ミス・サリバン。孫の由香です。ご挨拶なさい」

橘隆二にとって、今を人生最良の日々と言い切れるのは、彼が桂華院彦麻呂から受けた最後の命令を実行しなくて済むからだ。東側内通というお家の不祥事の隠蔽工作で瑠奈の父親を自殺に追い込んだ彼は、瑠奈を手に掛けることなく彼女の執事としてその日々を楽しく穏やかに過ごす。

【用語解説】

・投資銀行のファンドマネージャー……別名ヘッジファンドのハゲタカさんたち。

## カサンドラのあがき ——林政権——



　桂華グループの社長会である鳥風会は微妙な緊張に包まれていた。中堅財閥から急速に事業規模を急拡大させて企業序列がやっと定まったと思ったら、その中核企業群の岩崎財閥への合併や買収である。動揺しない方がおかしい。

　で、彼ら社長会で私の買った会社は私の出席を求め、それに対して旧桂華財閥系は仲麻呂お兄様の出席を求めた。そしてもうひとり。

「はじめまして。瑠奈君。今日は、オブザーバーとしての参加だからよろしく」

　帝都岩崎銀行頭取。岩崎弥四郎。岩崎財閥御三家のドンの一人、直々の出席である。

「では、鳥風会定例会を始めたいと思います。まずは、我らの新しい仲間を紹介したい」

　議長として議事進行を進めるのは桂華製薬の清麻呂義父様がつとめる。清麻呂義父様の声で末席に座っていた社長達が挨拶をする。私が立ち上げた桂華鉄道の社長である橘 隆二、次に救済した越後重工、桂華部品製作所の社長と挨拶が続き、現在事業再編中で支援を求めている四洋電機の社長はオブザーバー参加である。

　挨拶の後に拍手が起こり、続いての議題に移る。今日の社長会の本題である。

「次は知っていると思うが、元々の桂華グループを源とする企業は岩崎財閥との統合を決断した。その上で、この会の存続と序列について話し合いたい」

社長たちの緊迫した視線の先に私がいる。つまり、私の企業群の処遇をどうするかという話なのだから。

もう少し話を深くすると、桂華院家は岩崎財閥の株主の一人として経営から身を退く訳で、そんな中で経営から身を退くどころか積極的に関わって事業をここまで拡大させた私という才能をどうするかという話でもある。

「我々としてはこの会の存続を希望したい所ですな。互いを知るにはもう少し時間が必要でしょうし」

私の企業群を代表して桂華金融ホールディングスCEOの一条が声をあげる。私の企業統治は一条が居る桂華金融ホールディングスを押さえる事による間接支配だ。

岩崎財閥の狙いが彼の率いる桂華金融ホールディングスなのは明らかだ。私も今は事業中核となっている桂華金融ホールディングスを手放すつもりはない。

「一条CEOの意見を尊重する場合、序列の変更はどうしても出てくるでしょう。その場合、桂華金融ホールディングス、桂華ホテル、赤松商事あたりが御三家になるのかな？」

仲麻呂お兄様の立場は桂華金融ホールディングス社外取締役ではなく、財閥一族桂華院家次期当主としての発言である。

今度は桂華鉄道社長である橘が手をあげる。このあたりは一条及び仲麻呂お兄様と先に打ち合わせでもしていたのだろう。

「仲麻呂様には、桂華ホテル及び赤松商事の社外取締役にも就いていただければと。また、引き続き桂華製薬、合併後は桂華岩崎製薬には今までと同じくこの鳥風会を指導していただければと思っております」

そうなると、席順は桂華岩崎製薬・桂華金融ホールディングス・赤松商事という形になる。少し先の話になるだろうが、清麻呂義父様が引退後仲麻呂お兄様が何処（どこ）を本社とするかでこの話は更に変わってくるだろう。

「私の席は桂華岩崎製薬のままでいいのかな？」

桂華岩崎製薬は合併しても製薬企業大手下位にしかならず、メガバンク入りをした桂華金融ホールディングスや絶賛リストラ中だが業界最大手になった帝西百貨店を抱え、総合商社でもトップ5入りを果たしている赤松商事などに比べると明らかに見劣りがする。一条はそれを踏まえた上で、こう告げる。

「ご自由に。社外取締役でいいなら席はどこでも用意しましょう」

現在の主要企業に仲麻呂お兄様を社外取締役で置くのは、桂華院家の監視を受け入れるという意味と桂華院一族を無下にしないというメッセージである。

「オブザーバーだが、発言いいかな？」

瞬間、皆が息を呑（の）むのがわかった。議長役の清麻呂義父様が頷（うなず）いて、帝都岩崎銀行の岩崎頭取が口を開いた。

「ここには旧桂華財閥系メインバンクとして来ている。その旧財閥系が岩崎財閥の仲間入りをするのに対して、君たちを見捨てるつもりはない事を告げておきたい」

そこで一区切り置いて、岩崎頭取はまっすぐに私を見据えた。

「どうかね。瑠奈君。君が持つ企業群、全て持って我々の所に来ないかい？」

ぞくりと体が震えた。彼はこの一言の為だけに私の所に来たのだと悟った。

「今はお断りします。まだ私にはやらないといけない事があります」

それだけの言葉を出すのに私の額に汗が吹き出る程度の時間を要した。

岩崎頭取は少なくともその日はそれ以上何も言っては来なかった。


「瑠奈。よかったら、瑠奈が言っていたやらないといけない事が何なのか教えてくれないかい？」

鳥風会定例会合終了後。一緒に帰る事になった仲麻呂お兄様は当然それを聞き出そうとし、私は用意していた答えを口にした。

「泉川副総理や渕上元総理との約束です。不良債権処理を終わらせるって」

「瑠奈は私達大人が信用できないかい？」

仲麻呂お兄様の質問に『はい』と答えたい私がいるのだが、笑顔を作って我慢する。

皆が最善の努力をした結果、みんなで最悪に突っ込んでいった未来を知っているから信用できるわけがない、なんて言えるわけもなく。

「お嬢様」

助手席に乗っていた橘が声をかけてテレビをつける。

米国大統領選挙は壮絶な大接戦の末に、最終決戦地フロリダ州の帰趨に焦点が移っていたのだが、そのフロリダ州の地図が赤く塗られていた。私は仲麻呂お兄様が居るのにもかかわらず、大きく大きく安堵のため息をついて大統領選挙にまで絡んでいた事を自ら暴露してしまうのだが、今はそれを気にする余裕はまったくなかった。


『林政権の支持率が上がりません。

林内閣は特別国会での首班指名選挙で野党が加東元幹事長を担ごうとしたのを、恋住元幹事長の尽力によってこれを回避した事で誕生した内閣です。

その為内閣支持率は低空飛行を続けていたが、官房長官が愛人問題や右翼関係者との会食等のスキャンダルによって辞任に追い込まれた事で、内閣支持率が危険水域にまで下がってしまいました。

このままでは来年の参議院選挙を戦えないと加東元幹事長を始めとした反主流派は林降ろしを画策していますが、主流派の乃奈賀幹事長や赤城参議院幹事長もこれに同調しつつあるとの声があり、党内も予断を許さない状況になっています。

一方の野党ですが、こちらも政権を攻め切れていません。与党と連立を組んでいた日本自由同盟の大沢代表が連立を解消して野党になりましたが、連立維持派が独立して党内が分裂。また、今まで与党側に居た事で野党側も扱いに困る状況になっており……』

だらだらニュースを流しながら私はグレープジュースを飲む。

政治ニュースから経済ニュースに移るとトップが桂華金融ホールディングスがらみだった。

『東京都目黒区に本社がある門野生命保険相互会社と東京都中央区に本社がある川井生命保険株式会社の二社が、桂華金融ホールディングス傘下の極東生命と合併すると発表がありました。

今回門野生命保険と川井生命保険と合併する子会社の極東生命は株式会社化した上で桂華生命保険と改名する事を決定しており、組織の大幅な再編は避けられない状況となっています。

これは、事実上の桂華金融ホールディングスによる救済であり、桂華金融ホールディングスＣＥＯの一条進（すすむ）氏は「桂華ルールに則（のっと）って二社との合併を決めた」とコメントを発表しております。

桂華金融ホールディングスは今年春に大阪府大阪市中央区の共鳴銀行の救済も行っており、子会社の桂華銀行と共鳴銀行の合併を決定した後に、経営不安が囁（ささや）かれていた東京都千代田区に本社のある丸々火災海上保険相互会社と子会社の桂華海上保険の経営統合を発表。

これらの合併で桂華銀行は関西及び首都圏のリテール部門の強化を、桂華海上保険は損保部門の強化、桂華生命は保険部門の強化とそれぞれ弱い所を補強する事ができ、経営基盤を強化したと言えます。

これらの救済に桂華金融ホールディングスは保有する帝西百貨店グループの株式売却を検討しており、帝西百貨店の再上場は日本経済にとって明るいニュースになるでしょう。一方で野党をはじめとする議員たちの間には、「公的資金を拒否している桂華金融ホールディングスにも公的資金を入れて再国有化を検討すべし」という声が出ており……』

私はリモコンを押してテレビのニュースを切る。バブル崩壊後の一人勝ちに見えなくもない桂華グループへの風当たりはやっぱり強い。とはいえ、救済合併で助けた丸々火災海上保険と門野生命と川井生命の三社は本来ならば経営破綻する事になっており、現在の株価が二万二千円台で含み損が少なかった事で救済合併に踏み切れたというのがある。これも大蔵大臣として睨(にら)みを利かせてくれた泉川副総理と私の連携プレーのたまものではあるのだが。それを野党はあまり面白い目では見ていない。大臣の功績は与党の功績であり、自分たちの存在意義に関わるからだ。

「どこまで持つかなぁ……」

ソファーで横になって私はぼやく。これで金融関連でヤバイ所はあらかた片付けた。銀行・証券・保険とも美味(おい)しい優良金融機関の出来上がりであり、それを売っぱらってしまえば日本の不良債権処理の山は越したことになる。だが、そこまで政治は待ってくれそうにない。

「お嬢様。よろしいでしょうか？」

橘の声に私はソファーから起き上がる。そして、橘の報告に私は額に手を当てたまま再度ソファーに倒れ込んだ。

「財団法人中小企業発展推進財団から与党複数政治家に利益が供与されたと週刊誌がスクープを出し、マスコミが騒いでいます。村下(むらした)副総裁をはじめ渕上元総理や現職大臣などの名前が上がっており……」

「おそらく、派手に動けるのはここまでになります」

ＴＶでは取材陣が村下副総裁に群がり村下副総裁が釈明に追われているが、説明のしどろもどろさから持たないのは明白だった。既に彼の派閥参議院議員が逮捕＆議員辞職しており、村下副総裁の議員辞職はさけられない。

なお、渕上元総理も捜査線上に浮かんでいたが、治療入院の為に先の選挙で引退した事で助かったらしい。ちなみに、渕上元総理の選挙区には娘さんが立候補して当選している。

「私も同意見だね。官房長官の辞職に続いてこれだ。年末に内閣改造をするから私は外れるかもしれないいな」

電話の先にいる泉川副総理がため息をつく。党内の不満を解消する手の一つに内閣改造がある。これで大臣予備軍と呼ばれる議員達を入閣させて箔をつける事で、派閥の不満を解消するのだ。泉川副総理が就いている大蔵大臣は大物ポストだから欲しがる人間も多い。

「ゼネコンとスーパー太永までは片付けておきたかったのですが」

「小学生でできるのだから俺にもという輩が多い証拠だろうな。人は見たいものしか見ないものだよ」

泉川副総理の声には苦味がある。来年には省庁再編が起こり、大蔵省は財務省と金融庁に分割される。これは金融行政が金融庁に移ることを意味するだけでなく、財務省と金融庁に分かれる事で中の官僚の序列が崩れることを意味していた。

つまり、今までのようなスタンドプレーは、金融庁的には新しくできた組織ゆえに見逃せない。

桂華金融ホールディングスが手持ちの帝西百貨店グループ株を売却する理由はこれで、再上場させる事で得た資金で日銀特融の返済をする事にしたのだ。

　桂華金融ホールディングスは不良債権の少ない優良メガバンクではあるが、その経営安定の為に多額の日銀特融が注ぎ込まれている。無担保無制限だからこそ、この日銀特融だけは返す必要があった。野党はこの日銀特融を問題視しており、八千億円という安値で買った桂華グループから取り戻す事を主張していた。

「外資に売れば一兆五千億円は堅かった桂華銀行を半値に近い八千億円で売るなんて言語道断！　今からでも国有化して、外資に売却し財閥から会社を解放すべし!!」

　一番危ない時に手を上げたのが私しか居なかったという事をきれいに忘れて、そういう事をのたまってくれるから怒るより呆(あき)れる。

　彼らは桂華金融ホールディングスに公的資金を注入し、転換社債を発行させることをもくろんでいた。日銀特融が融資だからこそ返済すればよいのに対して、転換社債はある一定条件を満たすと株式に転換するから転換社債。

　四社の救済を桂華ルールで申請した日銀特融ではなく転換社債にして株式に転換すれば、その発行額から桂華金融ホールディングスは再国有化されかねない。この資本の強制注入を私は拒んでいた。

「私は外れるだろうが、何とか柳谷(やなぎたに)君の金融庁長官の椅子だけは死守させる。あと押さえるのは国土交通大臣かい？」

来年の省庁再編でできる予定の国土交通省は公共事業の許認可権を一手に握る巨大官庁である。桂華金融ホールディングスへの締め付けが厳しくなっているので、ゼネコン救済は側面支援として仕事を与えることで支援するセカンドプランを考えていた。

そこで出てくるのは京勝高速鉄道を買収し四国新幹線をぶち上げた桂華鉄道で、サッカーワールドカップ絡みで豊前交通を買収し大分空港連絡鉄道を計画していた。これは開発している由布院温泉向けで、観光列車に力を入れる九州の目玉の一つにしようと言う意図である。

「ですね。しばらくは鉄道に力を入れようかなと」

「狙いは新幹線の新宿延伸かい?」

東北・上越新幹線の新宿延伸。用地は確保されているが巨額の建設費用がネックで尻込みしている区間だが、できれば儲(もう)けは莫大(ばくだい)なものになる。

「ええ。お国のために色々苦労してきました。少しは己の利を取ろうかなと」

「小学生に言わせる言葉じゃないな。つくづく己の無能を思い知るよ」

三兆円という物流企業最大の有利子負債があるスーパー太永の処理や、これから本格的に始まるゼネコンや不動産企業の不良債権処理の為にこれから動くつもりだったのだが、この動きを政治に止められるのが痛かった。何しろこのスキャンダルの他に、林内閣の官房長官が女性問題で辞職を余儀なくされた後のこれである。

「お気になさらず。泉川先生には色々と助けてもらって感謝しています」

「それはこれから先に出会う政治家にも言ってあげなさい。君の人生は長いのだ。君が私に言ったような台詞を言えるような政治家と出会える事を祈っているよ」

十二月に内閣改造が行われ、泉川副総理は副総理として残ったが大蔵大臣は外れることになった。彼とは裕次郎くんとの縁で何度も会う事になるが、この一年の事を互いに何度も懐かしそうに話す事になる。


合衆国大統領就任式というのは一月に行われる。当たり前だがアメリカ合衆国は北半球にある。ついでに言うと、ワシントンD.C.の緯度は仙台と同じあたりにある。つまり寒い。

「お嬢様。準備はできましたでしょうか?」

橘が用意してくれた装備はフワフワのモコモコファッションのコートである。中にはカイロまで貼っての万全装備。ちらりとワシントンD.C.の空を見る。灰色の上に雪が舞っていた。

「失礼いたします。周辺の警備情報を持ってまいりました」

勝敗を決めたフロリダ州の投票は史実と同じく最後までもめていたが、ついに民主党候補が敗北宣言を出して決着がついた。とはいえ民主党支持者がそれに納得しているという訳でもなく、ワシントンD.C.周辺には抗議の民主党支持者が集まっていたのである。

その情報はシークレットサービスから私の護衛に伝えられていた。何しろ私は、その揉めに揉めたフロリダ州の共和党主要運動者の一人とみなされていたのだから。事実、フロリダ州の騒動がニュースになるとアメリカのマスコミは即座に私に気づいて『日本が大統領選挙に介入した』とスクープを出して、日本政府が外務省経由で抗議する外交問題に発展していた。

なお、私の容姿がメディアを賑わせてゆくと、『……ジャパニーズ？』と皆首をかしげる始末。クォータージャパニーズだからね。私は。ここから私の背景まで探られて、ロマノフ系貴族の日本の公爵令嬢というワケワカメ背景まで探られるともう疑惑よりスター扱いである。

『あ。これやばいやつだ』

『だから視聴者が食いつくんだろうが!!』

という米国マスコミ関係者のやりとりがあったとかなかったとか。そんな訳で、私につく護衛も自前だけでなくシークレットサービスからもやってきていたり。空港から待ち構えていたパパラッチどものすごいことと言ったら……

「お嬢様。お客様がお見えになられましたが？」

「いいわ。お通しして頂戴」

橘がドアを開けると、かつての英雄が私と握手をする。前の戦争から引退した彼にエージェントを派遣し続けてやっと口説き落としたのだ。

「はじめまして。公爵令嬢。私みたいな老兵が役に立つとは思えないけどね」

「ご謙遜を。砂漠の英雄。少なくとも、私が提示しようとしている問題解決の協力はできると思っていますわ」

さすがに英雄だけあって、子供と侮ってくれない。多国籍軍総司令官としてイラク軍を相手にしているかのように私を値踏みしている。侮ってくれる方が楽なのだが。

「退役兵士のホームレス問題。君が提示した解決策を聞きたくてね」
「職を与えるのは難しくありません。問題は、彼ら退役兵士ができる職を用意できるかです」
「それで出してきたのがゲーテッド・コミュニティか。何だかできの悪いＳＦでも見ているみたいだよ」

米国で密かな問題となり続けているものに、退役兵士のホームレス問題がある。ベトナム戦争から始まって、湾岸戦争でも問題になったこの問題に米政府は未だ有効な解決策を見つけ出していなかった。そんな中、私が用意したのがゲーテッド・コミュニティで別名要塞都市とも呼ばれるものだ。

買い取った土地に用意した街予定地の周りに空堀を掘って、その土を急角度に土盛りしてその上にコンクリート塀を設置、塀の上部には鉄条網を。この空堀と土手は洪水時に水を速やかに排水、水の浸入を防ぐ意味もある。樹を適当に植えて遠距離からの狙撃を防ぐとともに環境・景色を良くする。

道路は全てゲーテッド・コミュニティの『私有地』なので、黒人やヒスパニックが勝手に入ろうとすれば『私有地への不法侵入』名義でもれなく逮捕できるし、住人パスがないと入れない根拠にも出来る。住人からは毎月通行料の名目で警備費用負担金をもらえる。後は土地を分譲して金持ちに自分の金で家を建ててもらうという訳。

壁に囲まれた住宅地でゲートで出入りを監視するこの都市は、病院や学校まで中にないと都市としてはいまいちなので学校法人や医療法人を購入。水や電気の確保も必要なのでこっちの会社も株を確保。お店も近くないとだめだよね、という事で小売業も買収。電話一本で食材の配達をしてくれる地域密着型なのが絶対条件で、金持ちに店まで来させるなんてのは似合わない。

貧乏人の犯罪者や異教徒から街を守るために警備も必要なので、その城壁を守るスタッフは民間軍事会社に担ってもらう。そしてこれらを総括的にまとめるシティ・コングロマリットを開設し、社員に『自治都市として認めてもらうために大統領選挙に協力して！』と動いてもらった。

こうやってできた『ムーンライト・フロリダ・リゾート』はＩＴバブル絶頂期の裕福層がこぞって購入し、選挙が終わったので処分しようとしたら、次々と買い手がつくという成功例に苦笑したのは言うまでもない。

金持ちの、金持ちによる、金持ちのための自治体。これが成功者が引退する地でもあるフロリダ州で大当たりしたのだ。

アメリカは多民族のモザイク国家だ。つまり、汝の隣人が日本人である可能性の高い日本とは違って、黒人・ヒスパニック・イスラム・カトリック・アジア系など多種多様な隣人が隣にいる訳だ。

彼らをアメリカという国旗と国家によってアメリカ人とみなしているが、そこに真の同胞意識は芽生えにくい。そして、そんな彼らのために自分たちの税金が使われる事を多くの白人系大金持ちは嫌ったのだ。

質の高い医療、高い城塞に囲まれた内部で営まれる快適な暮らし、上下水道完備に高品質で用意されるメイド達。それを外から入る異物から護る為に必要なのは、そのコミュニティに忠誠を誓う専属の警備部隊。

米国でのＰＭＣの拡張は、基本このゲーテッド・コミュニティの警護人員として用意する予定であり、この手のゲーテッド・コミュニティは、フロリダ州を始めとしたリゾート地に急拡大しようとしており、アメリカの闇を垣間見た案件である。

「この施策が推進されると、この手の都市が増えると同時にスラムが急拡大すると分かっているのかい？」

「それは政治の問題でしょう。そして政治は、退役兵士のホームレスについて手を打たなかった。彼らの社会復帰は長い時間と莫大な予算が必要になります。早急に彼らを救いたいのならば、彼らを兵士にするのが一番早いですよ」

私はちらりと窓の外を見た。まだ雪は止まない。

「奴隷の平和であることは、私も理解しています。ですが、これが進められれば、雪の降る中で寝る元兵士達は確実に減ります」

「最善ではなく最良を……か。それで救われる兵士がいるという事が私には重要だ。とはいえ、私は星条旗に忠誠を誓った人間だ。それは退役した今でも変わらないつもりだ」

有益であるとは分かっているが、星条旗以外の旗のＰＭＣの職につくのは躊躇しているという訳だ。

そのあたりでは米国と争うつもりはないので、遠慮なく明言しておこう。

「もし、私の行動が合衆国の国益に反すると考えるときは合衆国軍人として行動していただいて構いません」

「……」

「もっともその前にアドバイスしていただけると嬉しいのですけど♪」

彼の返事を待つ間少しだけ沈黙ができた。決断したらしく、私を見つめて彼が声をだす。

「分かった。この会社のＣＥＯ職を受けよう」

米国内に私の影響力が行使できる大規模ＰＭＣ設立の瞬間である。これは日本にも持ち込む施策でもあったりする。何しろ、今の日本はバブル崩壊で二千万もいるかつて北日本国民だった者達への経済的打撃が問題になっているのだから。

同じ問題を抱えたドイツではこの処遇からネオナチなどに人間が流れたので、彼らの処遇は日本でも政治問題になろうとしていた。彼らの救済案の一つにはなるだろう。それ以上に階層・階級・地域等で断絶するかもしれないが。

「お嬢様。お客様がお会いしたいと」

はて？　今日の来客はこの砂漠の英雄しか居ないはずだが？　名前を聞くと、部屋に通すしかない名前だった。しばらくすると、そのお客様がＳＰを連れて部屋に入ってくる。

「お久しぶりです。最後に会ったのは退任式の時でしたか？」

「今はただの一市民ですよ。国務長官就任おめでとうございます」

若干無作法ではあるが、統合参謀本部議長という米軍トップとその下で湾岸戦争の司令官として多国籍軍を勝利に導いた軍人二人は、私の前でがっちりと握手をする。あくまでお忍びとして来たらしい、新国務長官はその最初の仕事として私を選んだらしい。

「公爵令嬢の多大な貢献については大統領も感謝しているよ。ただ、我が国としては、今極東で事を起こしたくはないという事を理解してほしい」

たしかに大規模にPMCを抱え込んでいる上に、北樺太問題を考えれば極東で火をなんて考えが出るわな。外交に当たるのだから、こちらも外交で返すことにしよう。

「それは、日本政府に伝えてよろしいので？」

「……いや。私はここにはあくまで旧友に会いに来た。そういう事でね」

「……貴方を見ていると、辞めてよかったと思うよ。ここの空気は私には合わない」

米政府の方にも砂漠の英雄から私の本意である退役兵士の救済としてのPMCについての話が行くだろう。問題はその兵士を使わないと言っても誰も信用しない所なんだが。


おまけ。

「すいません。公爵令嬢。発火物の持ち込みは禁止されていまして……」

カイロはNGだった。おかげで寒いったらありゃしな………くしゅん!!


2001年は省庁が再編された年でもある。それに合わせて、大蔵省から財務省に変わったのだが、光也くんのお父さんが何処に行ったかという話が小さなコラムに載っていた。

大蔵省のスキャンダルで上がまとめてぶっ飛んだ事で、被害を受けなかった彼はこの省庁再編で財務省大臣官房の総合政策課長に出世。順調に出世街道の道を歩いていた。

一方で、大蔵省から独立した金融庁はその存在価値を示そうと金融行政を頑張る動きに出る。具体的に言うと不良債権処理の加速だ。金融機関の大合併の発表で揺れた去年と違い、今年次々とその合併が行われる予定であり、合併によって一気に不良債権処理が進むと見られていた。

同時に、裏から必死に不良債権処理を進めていた泉川副総理と私というラインの終了を意味しており、一気にハードランディングが進む事を意味する。

「うまい事いっているみたいじゃない」

「瑠奈。何か言ったか？」

「気にしないで」

宿題をしていた栄一(えいいち)くんの声に返事をしながら図書室で月刊誌を棚に戻す。小学生が読む本ではないと思うが、ここのコラムだけはバイアスがかかっているとしても読む価値はあった。なお、グラビアであの先生が写真を撮っていた。情報は集約する事で差が出る。その差を読めるようになると、世界がぐっと広がる。ネットの匿名掲示板がオールドメディアを駆逐していったのはそこである。

『インド地震支援。泉川副総理の指導力発揮』

新聞ではこの間発生したインド西部地震の復興支援で日本が即座に支援隊を出した事を評価していた。お飾りになった副総理職だが、危機管理担当という形で立ち位置を確保して機能させるように進言したのだ。

これには、岩沢都知事の下で働いている副知事の支援もあったと聞く。この世界の日本はある意味普通の国という事もあって、自衛隊の進出を含めた海外展開に抵抗がないのが助かっている。それは、同時に大国のグレート・ゲームにプレイヤーとして参加している事を意味するのだが。

インド西部地震にかこつけて、赤松商事から支援を出すと共に情報収集の駐在員の増派を命じている。震災地はパキスタンに近く、そのパキスタンの上にはこれから歴史を騒がすアフガニスタンがあるのだから。

世界地図を広げて逆さに見ると、色々と見えてくるものがある。

この世界において、未だ緊張が続いているのは極東アジアだった。北樺太の帰属をめぐる日露摩擦に、満州国とロシアの国境紛争の常態化。満州国と共産中国の国境対立は未だ解けず、その共産中国はベトナムに手を出してアメリカについで敗者となっていた。

インドとパキスタンも宗教問題からカシミール地方の帰属を巡って対立しており、中東はイラン革命とイラン・イラク戦争、湾岸戦争に中東戦争と火種は石油のように燃え尽きていない。第三次世界大戦はアジアから始まるというのがこの世界での常識となっていた。

『立憲政友党内部の混乱は続く。財団法人中小企業発展推進財団の汚職事件で村下副総裁が議員辞職および逮捕された事で林内閣の支持率は決定的に低下し、このままでは夏の参議院選挙は戦えないという声が……』

実権を手放したが故にフリーハンドとなった泉川副総理の影響力が増すという皮肉な事態になっていた。とはいえ、近く引きずり降ろされるだろう林総理の後釜は無理だ。

選挙管理内閣として総理をやったが、与党内の派閥で見れば旧渕上派と林派の数に勝てない。誰が次の総理総裁となるかで、与党内部は壮絶な権力闘争が勃発していたからである。

『既得権益の打破！　財閥解体！　平成維新の完遂を!!』

手にとった新聞の論調はこんな感じである。この論調から、後に与党の長期政権ができる銀髪政治家が出ることを私は知っていた。とはいえ、私の前世と微妙に違うこの国の政治は、いつまで前世に沿うのか私にもわからなかった。だって今年は２００１年なのだから。起こることは知っている。

だが、それを人々に納得させる事ができない。

「ままならないわねぇ……」

「何か言ったたか？　瑠奈？」

「気にしないで」

ぽつりと呟いたのに栄一くんの耳はけっこういいらしい。心配しているのか、暇だから会話のきっかけでも作ろうとしているのか。

「そういえば、裕次郎くんと光也くんは来ないわね?」

「裕次郎のやつは選挙区の集会に呼ばれたから先に帰るって。光也は委員会の仕事で遅れるからそのまま帰るって言っていたな」

ノートをパタンと閉じて、栄一くんが宿題を終わらせた。それを見て既に宿題を終わらせていた私も荷物をまとめた。

「ねぇ。カサンドラの予言を人々が信じるにはどうしたらいいと思う?」

「なんだそりゃ?」

「思考実験よ。ちょっとイリアスを読んでね」

「ああ。トロイ戦争のあれか」

さらっと会話を理解してくれる栄一くんマジチート。カサンドラはトロイの王女で神々から予言能力を与えられたが、その予言を誰も信じないという呪いまで与えられた。そのために彼女の言うことを誰も信じずにトロイは滅亡する事になった。

栄一くんと一緒に図書室を出る。彼が私の問いかけに答えてくれたのは靴箱で上履きをなおした所でだった。

「結局、彼女の失敗は予言者でしかなかったという事だろうな。滅亡が見えていたのならば、手を打つ力を持つべきだったんだ」

そのまま私を見据えて栄一くんは言い切った。武器なき予言者は滅びる。たしかマキャヴェリの『君主論』か。

「お前のようにな」

どくん。私の心臓がはねた音が耳に残った。

「お前の目に何が見えているか知らないが、お前はそれに傍観者としてでなく主役として絡むことを選んだ。今更後には戻れないぞ」

その後、私はあのあと自室で我に返るまでのことを何も覚えていなかった。

世はバレンタイン前の乙女の決戦日に向けて乙女たちが特設ホールで材料のチョコを買い漁っている。私はいつものように安いチョコをみんなにばらまくのだが、かと言って流行に乗らないほど隠者を気取っている訳ではない。という訳で、帝西百貨店に出向いて自分用のチョコをなんとなく買っていたのである。音に気づいたのはそんな時だった。

「〜♪」

「どうなさいました？　お嬢様」

「今、バイオリンの音が聞こえたような気がしたのだけど……？」

橘の質問に私は首をかしげて音の出処を探ろうとするが、その前についていた帝西百貨店外商部の担当が笑顔で私に答えを告げる。

「多分入り口外で誰かが弾いているのでしょう。我が帝西百貨店は文化事業には力を入れていた縁で、路上ミュージシャンが良く演奏に来ているのですよ」

店の前で披露するストリートミュージックに弦楽器というのもおかしなものだが、度胸づけとかお金欲しさに弾くなんて音楽学校の生徒は結構居たりする。

音に釣られてふらふらと入り口に行くと、初老の男性が古ぼけたバイオリンを奏でていたが、客は誰も見向きもせずにそこを通り過ぎてゆく。

その老人と目があって、互いに笑う。奏でているのは今の流行曲でバイオリンケースには銀色や銅色の硬貨がそこそこ入っていた。曲が終わって私は手を叩き、老人は私のためだけに優雅に一礼してくれた。ここからが、ストリートミュージシャンとの楽しい会話である。

「すばらしい演奏でした。もしかして、何処かに所属していたのですか？」

「ええ。昔の事です。夢を捨てて、まっとうに働きだしても、ついにこれを捨てられなかった。そして、定年退職したのを機会に、もう一度と弾き出した次第でね。お嬢さんみたいな人にこの音が届いた事が嬉しいよ」

どうやら私のことには気づいていないらしい。橘と外商部の人がいるから、良い所のお嬢様なのだろうとは分かるだろうが、この老人の隣のバレンタインセールのポスター私だから。言うつもりもないけど。

「折角ですからお嬢様。何かリクエストはいかがですかな？　ある程度のものは、弾ける自信はありますよ♪」

ストリートミュージシャンなんてすると、度胸はつくし何よりも客との距離が近い。そして、音楽の楽しさと凄さを私は前世で知っていた。それは前世の私が諦め、そしてついにたどり着けなかった場所だから。

「だったら、これはどうかしら？」

頬に指をつけたまま私は外商部の担当を呼んで、ＣＤショップに一枚のＣＤを買いに行かせる。素敵な音を耳に届けてくれたのだ。だったら、お返しは歌でするのが礼儀だろう。しばらくして戻ってきた担当がＣＤとＣＤプレイヤーを持ってくる。ヘッドホンで聞いた彼は、私が何をしたいのか曲を聞いて理解した。

「音楽には音楽を。お嬢様も中々粋ですな」

「ちょっと先生から教えてもらっていて、披露したいの。だめ？」

私のあざとい上目遣いに老人は苦笑して正論を言う。その目は楽しそうに笑っていた。

「音楽は人に許可を求めるものではないですよ。お嬢様」

音楽の凄い所は、意味が分からなくても魂を揺さぶるところにある。前世の時に、私に教えてくれた先生はこう言って音楽の凄さを私に教えてくれた。

「～♪」

その声で、入り口の客の移動が止まった。先生は次にこう言ったものである。

「大声で歌いなさい。そして歌うのを楽しみなさい。そうしないと魂を震わせられないわ。音を整えるのは、その後でいいの」

バレンタインセールで買い物をしている女子達が何事かと入り口の方を見る。この体は悪役令嬢だからこそハイスペックだ。かつての私ができなかった頂にこんなに簡単に登らせてくれる。それについて申し訳なさがないわけではなかったが、かつての先生はこれを教えたかったのだと今ならば分かる。それは、前世の私がついに分からなかったもの。バイオリンを弾いている老人も私の声に釣られて、技量が過去に戻ってゆく。

「～♪」

たった五分程度の曲なのに、周囲の人は皆私達を見ていた。歌い終わった後、凄い拍手が私達を包む。そして護衛のメイドが私を囲んで、さっさと安全な場所に引っ張り込んでゆく。

「歌い終わるまで待ってくれたのね。ありがとう」

怪我をしなかったとしても襲われていたら判断ミスという事で重罰は必至なのに待ってくれたのだ。後で御礼をしないと。で、だ。そんなメイドを束ねていたスーツ姿の女性をじろりと見るが、先にその女性から注意を受けた。

「お嬢様。歌うなとは申しませんが、時と場所を選んでくださいませ」

「うん。それはわかったけど、何で貴方ここに居るの？　アンジェラさん？」

橘から米国の政権交代でＣＩＡを退職したアンジェラを橘の私設秘書という名目で雇い、私に付けたと報告を受けたのは、この後の事である。あくまで橘の秘書名目だから、私は何も言えず……。

このちょっとしたデュエットはちょっとしたニュースになり、帝西百貨店側はストリートミュージシャンの育成に力を入れつつ、コンサートホールなどを開放して未来のスター育成と集客に期待するらしい。

なお、あの老人だが橘がちゃんと名前を聞いていて、時々やってくる帝亜（ていあ）国際フィルハーモニー管弦楽団に話を振ったら知っている人が居たバイオリニストでびっくりした。若い時に天才と名をはせていたが家の経済事情から音楽を続けられずに足を洗ったらしいが、私とデュエットしたと聞いてみんな羨ましそうな顔をしたのはあの老人には秘密にしておこう。

そんな彼は、これが縁でうちに再就職したのだ。今でも休日にはあの場所でバイオリンを弾いているらしく、その周囲には人が絶えず幸せそうに音を奏でているという。

２００１年。この年は歴史のターニングポイントであり、多くの人たちの運命がここで変わろうとしていた。太平洋上で起こった米軍の潜水艦と実習船衝突事故では、泉川副総理が危機管理担当大臣として終始指導をしたが、裏返せば林内閣そのものが指導できない機能不全に陥っていたからである。

もちろん理由は財団法人中小企業発展推進財団の汚職事件だ。村下副総裁が議員辞職の後逮捕、さらに現役閣僚が辞職に追い込まれて、その支持率は低空飛行どころか墜落寸前だった。

そんな中で経済界でも激震が走る。業界最大手だったスーパー太永のカリスマ会長がついに辞職し、グループの解体に動き出したのである。帝西百貨店も最も高値で売れるコンビニ部門の買収に名乗りを上げたが、撤退。これで、破綻したサチイの救済に次いで二連敗となったのだが……

「これ、邪魔が入っていますよね？」

秘書としてついたアンジェラの一言が耳に痛い。困った事に事実で、私はなんとか笑顔を作ってごまかすしかなかった。何しろ相手は、財閥の宿敵である独占禁止法の番人である公正取引委員会なのだから。独占禁止法は太平洋戦争後に連合国からの政治介入によってできた法律だが、戦後の財閥解体が行われなかったこの日本において、財閥を宿敵とするのはある意味定められた運命とも言えよう。

そのため、時勢に応じてあの手この手で財閥を弱めようとし、政府与党と連なる財閥を敵にしている事から、規制緩和を狙う外資系企業や野党系の影響力が強い政府組織でもあった。彼らはこのバブル崩壊とＩＴ革命をチャンスと捉えて、財閥を解体し健全な経済状況を作ろうと奮闘し、それは半ば成功していた。

地方財閥や中小財閥は次々と耐えきれず崩壊し、大手財閥ですらその中核である金融機関が不良債権処理に沈んだ結果、多くの企業が独立しＩＴバブルでベンチャーが生まれて健全な経済活動が行われつつあったのである。

政商として君臨し、必死にその経済活動を支え続けた桂華グループを除いて。いや、桂華グループとて岩崎財閥に飲み込まれる事で生き残りを図ろうとしたから、私がかかえる企業群と言った方が正確か。彼らは、私の功績は評価しつつも、これ以上の私の活躍は阻止したいらしい。

その結果としての企業買収二連敗である。サチイ救済とスーパー太永のコンビニ部門を買収すれば、スーパー太永以上の巨大物流企業の誕生を意味するのだから。

「アンジェラ。基本米国政府は我が国の規制緩和については歓迎する方向だったわよね？」

「ええ。もっとも今の政府はお嬢様に物を言うほどの度胸はないと思いますけど？」

さらりと共和党政府を貶すアンジェラは民主党員である。これで、合衆国そのものにはちゃんと忠誠を誓っているのが、あの国の凄い所だと思う。政権交代に伴って米国内部では人事の大異動が継続中であり、その機能は平時より低下していた。

「まぁ、いいわ。しばらくはおとなしくする予定って、あなたの旧友あたりに伝えておいて」

私の言い方にアンジェラの目が細くなる。間違いなくＣＩＡとのラインは切れていない。ならば、遠慮なく利用させてもらおう。

「はて？　なんの事やら」

「いいけどね。ここから独り言を言うわよ」

独り言なのにアンジェラの前にレポートを投げ出す。インド西部地震で復興支援にあたっている、現地駐在員からのレポートだった。

「あそこがきな臭いのは知っていると思うけど、そのきな臭い煙が上がっているわよ。あまり良い傾向じゃないみたい」

インドとパキスタンの対立は宗教対立であり、カシミール地方を巡る領土対立でもある。何度か軍事衝突も起こしており、それでも地震という自然災害においてパキスタン政府は人道支援を申し出て、インド政府もそれを受けいれていた。なお、両国とも核保有国である。

「インド政府への支援物資をパキスタンで調達したのだけど、それがどうもアフガニスタンの政権にまで流れているみたいなの。で、彼ら水面下で武器調達を私達に依頼してきたわよ。知ってる?」

私の一言にアンジェラはレポートを読みだす。その目には、驚きが隠しきれていなかった。

この手の災害の復興支援には基本現地政府の手を借りなければならない。今回のケースだと、日本が金を出してパキスタン政府に渡し、パキスタン政府が人道支援として物資をインド政府に渡す。その調達から運搬を日系企業、今回は赤松商事が担当し、現地の企業を使ってそれらを管理運営するという形である。

問題なのは、現地企業が支援資金を着服する所ではなく、いやこれだけでもかなり問題なのだがそれは置いておく。その管理運営している赤松商事に対して、現地企業が物資調達を依頼し、その物資がアフガニスタンに流れるという点だった。

現在アフガニスタンの大半を制圧している政権は、93年の世界貿易センタービル爆破事件を始めとした対米テロを起こしているテロ組織を匿(かくま)っているとして、米国を始めとした世界から非難を受けていた。そんな彼らはこれが返事と言わんばかりに、バーミヤンの仏像をこの間派手に爆破して世界に衝撃を与えたばかりである。

「総合商社は『ラーメンからミサイルまで』と調達できるものが多いわ。これ幸いと、色々調達したいのでしょうね。我が国は北日本政府が無駄に作った旧東側製武器の処分に困っていた所だし、今の政府の惨状だと政商である桂華グループが話せば通るかもしれないと考えたのでしょう。甘いもいい所です」

調達要求リストでは、東側の武器弾薬から戦車に戦闘ヘリまで欲しいと来たもんだ。明らかに戦争準備に入っている。おまけに、その資金源だがパキスタン政府の資金ではない別の資金が入っている影がある。

「お嬢様。すいませんが、これ、お友達に流してもいいですか？」

「もちろん。私の所で止めた意味もちゃんとアピールしてよね♪」

案の定、アンジェラからもたらされた私の報告に米国政府は驚愕した。政府レベルでの協議が行われ、林総理に米国大使が衝突事故について謝罪するという政治的演出が行われたのは、このレポートのおかげだろう。

それでも支持率は上がらず、乃奈賀幹事長が「支えきれない」と苦言を呈した事で、ついに林内閣は総辞職を決断する事になる。

かくして、時代が求めた天才的役者が政治舞台に立つ。彼に対して私はどう接すればいいのか、まだ摑めていなかった。


林政権の崩壊は民意の不信任を選挙で突きつけられた形で追い込まれた。三月の千葉県知事選についで、必勝を期した四月の秋田県知事選でも惨敗。これで、参議院は完全に戦えないと党内が見限ったのである。

で、ついに立憲政友党総裁選が始まったのだが、この総裁選に林総理は二つの仕掛けを残していった。一つは党員票というものを作り都道府県単位で三票総取りで割り振ったこと。

全部取ったら49都道府県で１４７票となり、国会議員票の１／３近くに迫れるという事。そして、この仕掛こそ林総理渾身の罠なのだが、地方選開票と議員投票開票を別の日にした事である。それをアンジェラの一言が的を射ていたので、紹介させてもらおう。

「彼ら、一週間程度で大統領選挙の予備選をするつもりなんですか？」

と。

そのとおりである。このシステムだと、勝ち馬への乗り換えが可能なのだ。そして、敗者が撤退とかするので、ダイナミックに候補者が決まる。議員票を押さえているからとのんびり構えていると、容赦なくその前で叩き落とされるこの罠に気づいている人間は未来を知っている私しか居ない。だから、多くの議員達が立候補を表明した橋爪元総理につこうとしている。

「小さな女王様。我々も彼につくべきかね？」

電話口の泉川副総理の声は困惑に近い響きがあった。それはそうだろう。今やＴＶを賑わせている立憲政友党総裁選は、一人の男の劇場と化していたのだから。

恋住総一郎。

元厚生大臣でこの世界では幹事長まで経験した銀髪のライオン宰相と後に呼ばれる彼は、立候補を決めてから一躍時代の寵児となった。そのＴＶを眺めながら私は泉川副総理にぼやく。

「完全に林総理にしてやられましたね。これ、恋住さんに持ってゆかれますよ」

時代が彼に味方していた。

渕上元総理が病気引退で橋爪元総理が派閥を継承したけど、その橋爪元総理が前の参議院選挙で敗北した当事者だったという事。

目前に迫った参議院選挙の対応を巡って、橋爪派内で路線対立が勃発した事。

林総理に引導を渡した橋爪派の仕打ちに激怒した恋住氏が出馬を決めると、党内反主流派がそれに乗った事。

秋田知事選で橋爪派有力議員の子息が候補者で全面支援をしたのに惨敗した事。

財団法人中小企業発展推進財団の汚職事件で、橋爪派の有力議員が捜査線上にあがり、橋爪派の現役閣僚が辞任に追い込まれた事。

渕上元総理が事態の収拾に動きたくても、彼自身が捜査線上にあがり動きを封じられた挙げ句に橋爪元総理も名前が出てしまった事。

そして、橋爪元総理の他に阿蘇(あそ)経済財政政策担当大臣、鶴井(つるい)元政調会長が出馬を宣言して地方票の比重が更に大きくなった事があげられる。

地方票を無視して議員票でひっくり返しても参議院選挙には勝てないし、恋住氏ら反主流派は負けたら離党と退路を断っての決戦で死力を尽くしていた。

「だろうな。うちの若いのにも彼を応援しているやつが居る。下手すれば派を割りかねん」

私も苦笑するしかない。彼のスローガンである『立憲政友党をぶっ壊す』の下についた公約は、『郵政民営化・構造改革・財閥解体』なのだから。

乗れない。彼には絶対に乗れないが、彼が勝つのを知っているジレンマ。

「好きにさせるしかないでしょう。そうなると、狙われるのはうちでしょうね」

「たしかに、新興財閥として目立てば他の大手財閥も生贄(いけにえ)として差し出しやすいか。持ちこたえられるのかい？」

「そのためにいろいろしておりますから。足掻(あが)くだけ足掻きましょう。私は阿蘇大臣を支援しようかなと」

泉川氏の声が途切れる。少なくともその名前を聞くのは意外と思っているのが電話越しに分かる。この時点で彼に賭けるリスキーさを説明するのも面倒なので、別の理由をでっち上げる。

「枢密院です」

「なるほど」

華族の牙城で、国会閉会時における代理権限もある枢密院はその機能を今は停止して久しいが、その機能は停止しているだけだ。

恋住氏が総理総裁になった時、彼を止めるシステムを探すと枢密院しか残っていない。そして、阿蘇大臣はその華麗な血脈から華族としても名を馳(は)せている議員だった。

「彼とは遺恨がない訳ではないが、かつては同じ釜の飯を食べた仲だ。少し手伝ってやるか」

「ありがとうございます」

泉川副総理と阿蘇大臣は立憲政友党が野党になる前に同じ派閥の仲だった縁がある。その後、野党時代に派閥が分裂して今に至っている。

手を差し伸べると同時に、そろそろ加東元幹事長によって分裂した泉川派の後継者を考えないといけない頃だから、後継者候補になってくれるとありがたいといえばありがたいというそんな一手である。泉川副総理は少し間をおいて、私に確認をとる。

「それでも負けるか？」

「ええ。色々考えましたが、勝ち手が見つかりませんでした」

それから少し話して私は電話を切った。つけっぱなしのニュースでは、立憲政友党地方選の日程が丁度流れていた。


『立憲政友党地方選ですが、党執行部は二十三日一斉開票を求めているのに、従うつもりがない道県が出ている模様で、執行部はこれを黙認する方向です。これにより地方選は、二十日の樺太道と千島県を皮切りに以下のスケジュールが……変更の可能性もあり……

四月二十一日に兵庫、広島、徳島、福岡の四県。

四月二十二日に北海道、青森、山形、神奈川、石川、和歌山、愛媛、鹿児島の八県。

四月二十三日に残りの都府県連が予備選を行い、二十四日に党本部で議員総会および投票……』


翌日の朝刊にはこんな記事が一面を飾っていた。時代という大河に足掻いても押し流される。これも彼の人の登場を押し上げるのだろうなと、私は新聞をテーブルにおいて学校に行った。


『政界激震！　泉川派が阿蘇経済財政担当大臣を支援表明!!

政界に激震が走った。立憲政友党総裁選で、泉川派が阿蘇経済財政担当大臣の支援を表明したのだ。阿蘇大臣と泉川副総理はかつて同じ派閥の中におり、野党転落時に袂を分かったという過去がある。

今回の支援表明は泉川副総理からの手打ちのサインとみられ、恋住ブームに一石を投じる事に間違いはない。これに対して、長く主流派として優遇していた泉川派の阿蘇氏支援は橋爪派にとっては青天の霹靂に等しく……』

立憲政友党阿蘇経済財政担当大臣の選挙本部は、新宿の桂華ホテルに設置された。泉川副総理が支援をした事で、泉川派の人間が場を仕切っている。集まったスタッフ達が必死に電話をかけ続けていた。

「はい。ですからご支援を……ありがとうございます」

「今回の総裁選の投票、候補者を決めているでしょうか？」

総裁選は基本何でもありだ。こうやって党員・党友に電話をかけまくって協力を要請する事もあれば、料亭で先生にドンと札束を積むこともやる。負け戦覚悟ではあるが、その負け方で阿蘇大臣だけでなく泉川副総理の今後も決まるから皆真剣である。だからこんな事も平気で言う。

「○○さん。貴方県連会長で県議会議員なんだから、貴方が民意を代表しているじゃないですか！当日はどうか貴方の意志で票に名前を書くべきなんです!!」

「たしか、そちらは、東京での党大会投票は代表と青年局と女性局に一票ずつ割り振って、互いに票を見せあって投票するしくみでしたな。我々が総裁選選挙管理委員会にかけあって、敷居を用意しました。ええ。書いて投票する瞬間は誰にも見えないようになっているんです！！」

選挙システムへの介入。結果が分かって、それを尊重する形で県連代表が上京して党大会で投票するからこそ、こんなお願いまで出る始末。本当にここまで来ると何でもありだから笑う。それでも勝てば正義なのだ。

「え？　恋住陣営は名簿を買っていない!?」

タレコミ情報に本部の中に居た人間の動きが止まる。情報を持って来た阿蘇大臣付きの記者も首をかしげている。

「ええ。恋住陣営はチラシすら作っていないようです」

何を考えている、というか得体の知れない恐怖感に襲われている中、私達は奥の部屋で飲み物を飲んでいた。駆り出された裕次郎くんの応援である。

「すまないね。栄一くんに桂華院さん。何でもありだからこそ、二人の力を借りたい」

裕次郎くんが頭を下げるが、同じように泉川副総理も私に頭を下げたのは言わないでおこう。党員・党友の名簿は本来氏名住所に連絡先くらいなものなのだが、そこに政策や政治的立ち位置や趣味や嗜好(しこう)まで記載されている議員にとっての生命の源泉である。この手の名簿を議員から入手するのも一人あたりのお金がかかるので、本気で金が乱れ飛ぶ。

「友達だから協力はするけど、実際どうなの？」

「厳しいなんてものじゃないね。阿蘇氏の地元の福岡と、うちの地元がある関東で一・二個、桂華院さんと栄一くんのおかげで北海道と千島と愛知ぐらいかな。そうなると、最大で15票に議員票が

70から80って所だから100届くかどうかかな」

　裕次郎くんは壁に貼られた日本地図を眺める。各地で恋住候補の優勢が伝えられていた。当選は無理でも善戦狙いだからまだ気は楽であるが、この勢いには唖然とするしかない。

「そろそろ、恋住候補の街頭演説が始まるぞ」

　栄一くんがＴＶをつける。このＴＶは局の放送ではなく、派遣したカメラマンの生放送用のカメラを受信させてもらっている。ＴＶ局にこういう事を頼むあたり、本当に何でもありだなと苦笑するしかない。

「皆さん！　今の日本は閉塞感で覆われています。どうしてだと思いますか？　政財官のトライアングルが疲弊しているからです!!」

　初っ端から言い切りやがった。そしてそれが心を打つのが分かる。画面をよく見ると、聴衆が次々と携帯電話やＰＨＳをかけているのが分かる。歩いていた人たちが立ち止まってゆく。

「我々は変わらねばなりません！　改革なくして、未来はありません！　既に省庁再編で官は変わりつつあります。次に変わるのは政治です!!」

　そして、運命の言葉を私達は画面越しに聞いた。この人の凄さは、現場に居ない私達にすら声を届ける所だ。まさにＴＶが生んだ化物。

「私は、この立憲政友党をぶっ壊します!!」

一気に沸く聴衆。歓声に拍手が止まらない。私達だけでなく、事務所に居た全員が聞き入ってしまっていた。

「国民の皆さん！　私に、立憲政友党に力をください！　皆さんの力を!!　支えていただけるならば、政治改革を断行し、不良債権処理を終わらせ財閥を解体し、この日本を変えてみせます!!!」

魅入ってしまう。そしてその言葉に酔ってしまう。そこには酔わせるだけの魅力と現実としての閉塞感があった。不良債権処理は道半ば、北日本を吸収した事による統一コストと二千万人は少なくともいる元北日本政府国民の二級国民扱い問題、ロシアとの北樺太の帰属問題等問題は山積。それに対処できずに政権は一年どころか半年で替わり、財閥は肥え太っているように見える。

「負けたな」

子供は正直だ。役に立たないけど仲間はずれにする気はないので一緒に来た光也くんがぽつりとつぶやき、その言葉を私を含めた誰も否定しなかった。その暴風は容赦なく地方選で猛威をふるった。最初の樺太道と千島県は、恋住氏の圧勝。

続いて、二十一日の兵庫、広島、徳島、福岡の四県は、広島は鶴井元政調会長の地元で取ったのに、阿蘇氏の地元福岡は恋住氏に持っていかれるという屈辱的敗北を喫する。

それ以上に屈辱を味わったのは、序盤から優勢を伝えられていた橋爪元総理で、翌日の八県の結果で撤退を検討なんてニュースが飛びこんでくる始末。

そして、運命の二十三日。その結果は恋住氏の全勝だった。

恋住氏が総理の階段を駆け上がる時、私は自分の地盤と思っていた北海道や徳島の敗北を受け入れ、ここから長い戦いが始まると覚悟せざるを得なかった。

恋住内閣の特徴の一つに閣僚を始めとしたスタッフの一本釣りがある。

今までの内閣は、派閥が大臣候補リストというのをまとめて提出しその中から選ぶ形式を取っていた。それを恋住内閣は見事なまでに無視し、女性閣僚四人、民間三人起用という脱派閥内閣を演出し派閥からの怒りを買い、国民からの称賛を受けた。

さらに人事でサプライズを容赦なく出してゆく。盟友の一人を副総裁に抜擢して睨みを利かせると、幹事長に生みの親の一人である女性議員を抜擢。初の女性幹事長として話題を作ると、泉川副総理をそのまま留任させて内閣の重しにさせる等話題に事欠かなかった。

「あれ、絶対私へのサインだよなー」

グレープジュースを飲みながら、私はＴＶを見てぼやく。泉川副総理の正式な担当大臣は、『危機管理担当』及び『北樺太問題担当』大臣。

敵は閣内に取り込むというその姿勢はこの恋住政権で一貫しているから質が悪い。彼自身は辞退するつもりだったが、私が説得して受けさせることにした。この秋に向けて危機管理担当大臣とホットラインが繋がっているのは大きい。

「小さな女王様。彼を甘く見ないほうがいい。変人かもしれないが、大蔵系の族議員で、生粋の派閥政治家だ」

電話越しの泉川副総理の声は、低く真剣味を帯びていた。

「彼は私の内閣で幹事長となり総選挙を勝利に導いた。さらに公認権を盾に選挙前の反主流派、加東くんとその一派の離党をさせなかった。林元総理を誰もが見捨てようとした時に、最後までついていたのが彼だよ。そんな彼は自分の内閣で盟友の一人で反主流派のトップだった山口卓巳元政調会長を副総裁に抜擢した。私が居なかったら加東くんも閣僚として抜擢していたかもしれないな」

「副総理。何で恋住総理は貴方を外さなかったのでしょうね？」

「加東くんと私の因縁は色々あるけど、林総理誕生の恩を返したという所かな？」

ここ最近の政局は加東元幹事長を中心に回っていた。彼が総理になれるかどうかが焦点だったのだが、その前には泉川副総理が居た。泉川副総理を盾にして加藤元幹事長の復権を阻止したとも見えなくもない。

また、林元総理と恋住総理の関係は深く、林元総理を兄貴分として慕っており、林総理誕生に協力した恩をここで返したという理屈は納得しやすいものである。

「まぁ、こちらとしては泉川副総理が閣内に残ってくれた事をありがたいと思っていますので」

「今までと同じく、極力協力は惜しまないよ。だが気をつけなさい。彼は今までの立憲政友党の総理とは違うような気がしてならないんだ」

泉川副総理の心配する声を最後に私は電話を切った。恋住総理が今までの総理と違うなんてことは私だけは前世において知っていたのだから。だが、それがどう私に影響するかなんて事は前世の知識をもってしてもわからなかったのである。

「旧北日本政府国民の就職問題については、樺太道及び北海道と千島県に構造改革特区を作ってこれに対処する予定です。具体的なスケジュールは規制改革担当大臣との協議になりますが、候補地として豊原・留別・稚内・小樽・苫小牧・根室・網走などを……」

TVの政治番組ではハキハキとした口調で新任大臣が今までの内閣とは違うスピーディーさを演出していた。

今の政局は日曜日に作られる。日曜日の政治討論番組に与野党の議員が出て、ショーよろしく見せ場を作り、それをコメンテーターが制御して政治を動かす。メディアのメディアによるメディアのための政治がモニターの中に映っている。そんな役者の一人が彼だ。

武永信為経済財政担当大臣。恋住内閣の対財閥戦の大将が彼である。そんな彼が公約の一つである財閥解体の理由をわかりやすく告げる。

「我々も財閥が憎くて解体しろなんて言うつもりはありません。ただ、財閥が日本の不良債権処理問題を長期化させたのは事実なのです。それは、彼ら財閥が系列を通じて株式の持ち合いを維持しているからに他なりません」

不良債権問題は、金融機関の過剰投資の他に、保有株式の毀損という問題もあった。銀行が保有している企業が土地や株式に手を出して損をすると、その企業の株式も下がる。

その結果、その企業の株式を保有している銀行もその損失を計上しないといけない訳で、銀行が信用不安になればお金が借りれなくなって、経済活動に支障が出る企業の株式が下がって、という負のスパイラル。

「日本では、銀行の株式の持ち合い比率がほぼ１００％に近いのをご存じですか？　欧米ではこのような保有はほとんど行われていないのです」

そうきたか。不良債権処理の一環としての株式持ち合いの解消。たしかにこれで金融機関の不良債権処理は解決される。その大量の株放出の買い手がいればの話だが。

「我々日本の金融市場は世界に比べて遅れています。情報公開の徹底と、時価会計の導入によって日本市場をもっと魅力的にする努力をこの内閣でお約束します」

そう。この話、大本は米国ウォール街の要求だったりする。つまり、大量に出る日本株を買い漁って、利益を得ようとハゲタカさんたちが企んでいる訳だ。

ハゲタカファンドと言っても大別して二種類ある。一つは、破綻寸前の企業を買って口を出して、価値を高めた上で売却する『バイアウト型』。もう一つは、ハゲタカファンドである、破綻企業をまとめて買って処分する『バルクセール型』。今の日本だと『バイアウト型』が主流になるだろうが、『バルクセール型』ファンドがやってこない訳がない。

「たとえば、テイア自動車を例に出しましょう。今や世界有数の自動車企業であるこの会社が、二木淀屋橋銀行および二木財閥の強い影響下にあるのはご存じでしょうか？　未だ高収益を出しているこの会社ですが、その内部において系列化によってコストが高い製品を使っているのです。このような系列を取り払い、もっと安い海外の部品を使えば、テイア自動車は世界最大の自動車会社になる事も夢ではないでしょう。

鮎河(あゆかわ)自動車がしている事をテイア自動車ができないわけがありません」

「ぶっっっっっっっ！！！」

たまらずグレープジュースを吹き出す私。控えていたメイドの亜紀(あき)さんが何事もなかったかのようにこぼしたのを拭いて新しいグレープジュースを用意する。

たしかに株式持ち合いの中枢である二木財閥の二木本社は何やってるのとつっこみたくなるよなー。こいつ分かりやすい所をものすごく的確についてきやがったぞ。

「たとえば桂華金融ホールディングスを例にあげましょう。元は破綻処理先を目的としたある種の国策銀行とは言え、今はその不良債権も消えて世界でもトップクラスの格付けを保持しています。ですが、かの金融機関は桂華グループの為に動いているのです。

買収した桂華グループが桂華金融ホールディングスを使うのは問題がないですが、もっと他にお金を貸す所はあると思うのですがどうでしょうか？

特に、今の桂華グループは新幹線建設を始めとしたある種の公共事業に手を出していますが、その公共事業を請け負うゼネコンの不良債権処理はまだ終わっておりません。

このような収益性が悪い事業に手を出して、桂華金融ホールディングスの高い格付けと世界における立ち位置を失う事を私は憂慮しているのです」

商売とは、どの時間軸で利を取るかという言い方もできる。十年二十年の利を取ればいいという農業的日本資本主義は、四半期の利を取るという狩猟的欧米型資本主義に駆逐されようとしていた。

これ導入したらえらいことになるなと呻いていたら、ふいにＰＨＳが鳴る。一条からだった。

「もしもし?」

「申し訳ありません。お嬢様。緊急を要する事態が発生しまして……」

「今の武永大臣の発言でしょ? 私も見ていたわよ」

「そっちじゃありません。たった今、恋住総理から電話がかかってきて、『経済財政諮問会議の民間議員に就いてくれないか?』と……」

私は声が出せず、一条が数度返事を促した所で我に返った。打つ手が的確すぎる。だが、一条からの報告で、彼らの二の矢が私に突き刺さった。

「もう一人の民間委員はテイア自動車の帝亜秀一氏に打診し、彼はそれに応じたそうです」

やられた。初手からここまで容赦なく王手をかましてくるとは思わなかった。一条は私の数少ない手駒であり、黒子である私が操れる数少ない社長の一人だ。ここで彼を経済財政諮問会議に出すと、桂華金融ホールディングスの統制に影響が出る。橘は桂華鉄道社長に就いたので、執行役員から社外取締役に席を異動させていた。こうなった以上、打つ手は一つしかない。

「わかりました。その話、受けてください。いきなり何か言われるより、中で制御できるならばそっちに期待します」

「それはよろしいのですが、そっちの活動に力を入れると本業に目が届かなくなります。極東組および、外からのリクルートを抜擢するには時間と忠誠が足りません」

「覚悟の上です。お兄様に社外取締役でなく、取締役として舵取りをお願いするしかないでしょう」

その後、電話を切って一度落ち着いてから私はお兄様に電話をかける。お兄様も一条あたりから知らされていたらしく、いきなり本題に入った。

「大変なことになったたね。瑠奈」

「ええ。今日ほどまだ小学生のこの身が恨めしいと思ったことはありませんわ。一条が経済財政諮問会議に取られるので、桂華金融ホールディングスの取締役についてもらって中をまとめてもらってよろしいでしょうか？」

「いいよ。ただ、桂華岩崎製薬の人間としていくつかの要件があったのをキャンセルする事になりそうだけどね。せっかく瑠奈にニューヨークのお土産を買ってきてやろうと思ったのに」

え？　ニューヨーク？　どくんと、その言葉に私の心臓が跳ねた。

「ニューヨークにいらっしゃる予定だったのですか？」

「ああ。秋の製薬ベンチャーの見本市が、ニューヨークで開かれるからね。それに招待されていたんだよ。パートナーとして桜子さんを連れて行くつもりだったんだけどね。夏には婚約パーティーを……もしもし？」

「ごめんなさい。ちょっと聞き逃してしまいましたわ。で、ニューヨークにいらっしゃる予定の製薬ベンチャーの見本市はいつでしたの？」

聞きたくない日時をお兄様はあっさりと言った。それが本来の運命だと言わんばかりに。

「……たしか、九月十一日。本当に残念だよ」

ああ。神様。悪役令嬢というものは、ここまで不幸になり絶望しないとなれないものなのでしょうか？

そして、お兄様を救おうとする私が悪役令嬢にすらなれないのならば、私は一体何者なのでしょうか？

者数千
NY貿易センター
米同時大規
12日

## いくつかの記事抜粋

『先の立憲政友党総裁選の勝者と敗者がはっきりしてきた。恋住総裁誕生に協力した山口・加東の復権と野党から政権を奪還して以来政権の中枢に居た橋爪派の失墜。その間で動けなくなった泉川副総理である。

まずは恋住総裁誕生に多大な貢献をした山口・加東の両氏について、山口氏が副総裁、加東氏は無役だが自派議員を大臣に送り込んでおり、泉川元総理の後継を巡る政局敗北からの復権の道筋をつけた。

一方の橋爪派だが、野党から政権に返り咲いてからずっと中枢に居た彼らが非主流派に回った事で戸惑いを隠せない。

橋爪派議員は「大臣任命を総理に一本釣りされて派閥の面子が潰れた」と憤りを隠さないが、高い支持率と目前に迫った参議院選挙に沈黙するしかないのが現状だ。

この総裁選で阿蘇経済企画庁長官を支援した泉川副総理は留任されたが、危機管理担当大臣という役職は決して要職とは言えず内閣内で飼い殺しという見方も……』

『樺太道の人口についてその統計が大幅に違っている問題で、樺太復興庁は国直轄で人口調査のやり直しを行うことを決定した。現在の樺太道の人口調査は前身である北日本民主主義人民共和国のデータを参考にしていたが、あまりに数が違うために対応を協議していた。

樺太道の人口はおよそ二千万人と言われているが、ロシアとの領土問題で係争中の北樺太自治区の人口も組み込まれている上に、北日本政府時の大陸からの難民の受け入れやロシア金融危機時にロシアからの逃亡民が入り込んでその実態は未だよく分かってはいない。

北日本政府が日本に併合された後の国内移動データを確認すると、少なくとも本土に二百万人の移動が確認されており、最低でも現在の日本の総人口は一億四千万から一億四千二百万に増えるのではと政府関係者は戸惑いを隠せない。

樺太道の民族構成は日本人が五割、スラブ系が三割、中華系が二割と言われており、現在各地で問題となっている旧北日本政府住民を指す二級国民問題の正確な状況把握のために必要だと、恋住総理の決断によって解決に向けて一歩前進したと……』

『樺太道の産業構成は重工業と天然ガスの輸出、漁業がその中心となっている。とはいえ、この重工業は設備の老朽化と東側規格という事で、経済産業省が音頭を取って各財閥に協力を要請している。

樺太道の重工業は国営企業だったものを第三セクター化して樺太重工として再出発し、第三世界に東側の兵器を売ったりメンテナンスをする事で収益を上げていた。バブル崩壊後の景気悪化局面にもかかわらず東側規格で一番品質が良い事から順調に売上を伸ばしていたが、施設の老朽化の更新を機会に西側規格への変換を目指す。

不良債権処理が道半ばとはいえ、これ以上の構造改革の遅れは恋住政権下では看過できないとして……』

『経済財政諮問会議にて米国で流行しているゲーテッド・コミュニティが話題に出て関係者を騒がせている。

日本では要塞都市等と訳されているこの都市の特徴は、周囲を壁で囲み内外の出入り口を制限した安全な都市内で富裕層が暮らすというコンセプトにあるが、二級国民問題による治安悪化に頭を悩ませている政府が口にしたことで、別の形でその実現の可能性が出てきた。

武永(たけなが)経済財政担当大臣が話を振ると、一条(いちじょう)民間委員がメガフロート上に作られた洋上都市を提案し、そこを特区として用意して樺太道からの出稼ぎ労働者を受け入れたらという話に発展。人権団体からは「これは出島ではないか!」と抗議の声が上がっており……』

『第二次2・26事件から三十四年が経過し、犠牲者を追悼する式典が枢密院にて行われた。昭和維新の完遂と日本の真の独立、華族や財閥をはじめとした特権階級の打倒を主張した文豪の主張に帝都警の一部が呼応。一個大隊にて都内中枢部を占拠した上に華族や財閥関係者を殺害し、自衛隊の治安出動を招いたこの事件を、華族や財閥関係者は未だ忘れていない。

彼らは華族の家範を利用した武装携帯の許可を政府に長く求めていたが、現在PMC産業が急成長している中でゲーテッド・コミュニティの話と絡んでそれが可能になるかもしれないと期待している。

　現在経済財政諮問会議において議論が進められている二級国民問題に関して、出島を作り彼らの出入りをコントロールするという案が浮上している事が大きな要因である。出島内部の治安維持のためには通常以上の武装が必要であると考えられ、それを県警が全て賄うのは負担が大き過ぎるとしてＰＭＣに委託してはどうかという案が出ているのだ。

　政府内部では、東京湾の木更津沖、大阪湾の夢洲沖、伊勢湾の知多沖、福岡県の博多湾等を候補に検討しており、県警下で警備任務の委託という形でＰＭＣが入るという話が水面下で進んでいるという噂が聞こえている。

　恋住内閣は治安問題を喫緊の政治課題にあげており、探偵業法の制定と警備業法の改正と捜査特別報奨金制度の導入を目指しており、これらの法律が成立すれば「華族という大名に武士がつく」と野党などは反対している。華族の一人は「一度目は偶然としよう。二度目は必然だろう。だとしたら三度目が起こる時に我々を守る盾が欲しいだけだ」と話して……』

『経済財政諮問会議で武永経済財政担当大臣と一条民間委員が激しく対立する場面があり、関係者がひやひやする一幕があった。

　無駄な公共事業の削減を民間委員と武永大臣が提案し、一条委員がこれに反発したからだ。

　折しも武永大臣が桂華グループの新幹線事業に関して「もっと他に金を回すべき」とＴＶ番組で発言したことから口論は自然と整備新幹線事業の話題となり、「桂華鉄道は最悪自己資金で新宿新幹線を作る」と一条委員が言い切った所で議長である恋住総理が仲介に入りひとまず両者は和解した形になった。

先の総裁選で恋住総理は最大派閥の橋爪派を徹底的に干している事から、橋爪派の地盤の一つであるゼネコン業への不良債権処理に積極的でハードランディング路線を取りたい背景がある。

一方で、四国新幹線や新宿新幹線を自前で建設している桂華鉄道は今やゼネコン業界にとっての慈雨に等しく、ハードランディング路線でゼネコンが潰れることは現在進めている新幹線事業の遅延を意味する。

この件が露呈した事で、桂華グループが背後についている泉川副総理に橋爪派が接触しており、引退した渕上(ふちがみ)元総理が泉川副総理と赤坂の料亭で会食した事が……』


【用語解説】
・財団法人中小企業発展推進財団……ＫＳＤ事件。かなりの人間の名前があがる結構大きな汚職だった。
・大分空港連絡鉄道……元々鉄道が走っていたが、大雨で橋が流されて廃線に。その後で大分空港の場所が決まるという不運な路線。
・砂漠の英雄と新国務長官……湾岸戦争の現場司令官と統合参謀本部議長（制服組トップ）のコンビ。
・退役兵士のホームレス問題……有名なのだとベトナム帰還兵の悲哀を描いた映画『ランボー』。

この問題はいまだ解決していない。
・小さなコラム……『文藝春秋』の永田町・霞が関コンフィデンシャル。
・グラビア写真……『文藝春秋』、一時期3Pほどヌード写真を掲載していた。
・瑠奈が歌った歌……『シャ・リオン』河井英里。
・実習船衝突事故……えひめ丸事故。これで時の政権はとどめを刺された。
・現役閣僚の辞職……この後、時の政権中枢に食い込んで派閥のボスにまで登っている。
・知事選……与野党対決になりやすいので、民意のバロメーターとして政局に使われてきた。
・構造改革特区……実際に案が出たのは第一次改造内閣から。それでも岩盤規制は破れなかった。
・経済財政諮問会議……日本の経済の方向を決める重要な会議で、総理大臣が議長を務める。ここに人間を送り込む＝日本経済に口を出すという超重要な席。
・樺太道の人口……社会主義国の統計が正しい訳がない（笑）。北日本の併合前に目端の利く連中が我先にと逃げ込んだ結果、多分二千五百万は居ると思われる。
・構造改革……この世界では北日本政府の置き土産である、日本以上に非効率な官僚と賄賂・コネ社会・無駄にあふれる武器と麻薬を相手にすることに。不良債権処理の最終章はこの北日本問題がどうしても出てくる。

# あとがき

本書をお買い上げいただきありがとうございます。著者の二日市とふろうと申します。

今回のお話は1998年秋から2001年春ぐらいの間に起こった物語となっております。この本が出る時は2021年ですので、二十年ぐらい前の話になるでしょうか。気づいてみたらそんなに時間が経過していた事に驚くというか、懐かしいというか。

世界が変わろうとする激動の時代で、私はそれをリアルタイムで体験しておりました。あの感覚が読者に伝わってくれると嬉しいのですが、いかがだったでしょうか？

今回から本格的にあの人が表に出だします。あの人の業績は今では賛否が入り混じるのですが、あの時あの人の登場は本当に希望に見えたものです。

折角ですから、この物語の裏話も少し語りましょう。

悪役令嬢とよばれる物語群は『小説家になろう』において多くの物語が生み出されていますが、元々悪役令嬢は物語において負けるキャラクターなのです。問題なのは、悪役令嬢が物語の何処で負けるかという事で、元々が乙女ゲームスタートの場合、悪役令嬢が負けるのは物語の最後、クライマックスでの破滅なのです。

ですが、『小説家になろう』において悪役令嬢の物語が多く紡がれるにつれ、作者の多くが敗北を回避するのではなく、敗北した後に悪役令嬢は自由に振舞えるという事に気づきました。今、現在流行している悪役令嬢ものの物語の多くは物語の冒頭に敗北します。

　この物語は未だ敗北を回避する途中です。今や人生は百年に手が届きつつある中、この物語で語られる桂華院瑠奈（けいかいんるな）の人生はおよそ十数年。彼女の敗北の先に何が待っているのか……それについてはまだ秘密という事で。

　まさか、この物語を書いていた時には２０２０年がこれほど激動の時代になろうとは思っていなかったもので、現実というのはフィクションよりもはるかに衝撃的ですね。本当に。


　最後にこの場を借りて謝辞を。

　桂華院瑠奈の物語を語る場所となった『小説家になろう』様。私も小説家になりました。

　書籍化の声をかけてくれたオーバーラップノベルスの担当さん、素敵なイラストを描いてくれた景さんには本当に頭が上がりません。

　また、本作品の書籍化にご協力くださった皆様に心からお礼を申し上げます。

　最後に、この本を手に取ってご購入してくださった読者の皆様に心から感謝を。本当にありがとうございます。

　それでは、次巻でまたお会いできることを祈っております。

# 次回予告

2001年9月11日。
世界は変わった。

神様。私は何のために居るのでしょうか？
与えられた悪役令嬢という役を演じず。
限りなく前世に似たようなこの国で、
前世と同じような末路を演じず。
私は何処に向かい、
何をしようというのでしょうか？

神様。
そんな私でも生きていていいのでしょうか？
歴史を変えてしまってもいいのでしょうか？

「たしかに起こる可能性はありますし、
未然に防ぐ努力はします。
ですが、核テロやダーティーボムが炸裂した場合、
その被害は想像もつかないものになります。
そのため、陽動テロは『コラテラル・ダメージ』として

最初に思ったのは、ずいぶんと出来の良い映画だな、だった。
この頃のハリウッドはテロ物のアクション映画が人気で、
まだ判るCG技術がフィクションの証拠とばかりに……
そんなことを前世で思った覚えがある。

防げなかった。

防ぐ手はあったのに、最善手を打ったつもりだったけど届かなかった。

だとしたら、私は何の為に生きているのだろう？

私の中で何かが切れた音がした。


「瑠奈っ！」

栄一くんが駆けてくるのが見える。

という事は、今、倒れた私を支えているのは誰なのだろう？


「ゆっくり休みなさい。

そしてありがとう。

ここからは、大人の仕事だ』

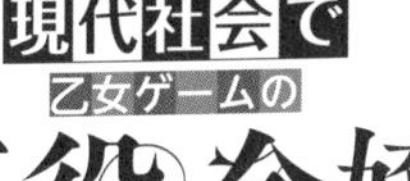

作品のご感想、
ファンレターを
お待ちしています

あて先

〒141-0031　東京都品川区西五反田 7-9-5 SGテラス5階
オーバーラップ編集部
「二日市とふろう」先生係／「景」先生係

**スマホ、PCからWEBアンケートにご協力ください**

アンケートにご協力いただいた方には、下記スペシャルコンテンツをプレゼントします。
★本書イラストの「無料壁紙」　★毎月10名様に抽選で「図書カード（1000円分）」

公式HPもしくは左記の二次元バーコードまたはURLよりアクセスしてください。
▶ **https://over-lap.co.jp/865548488**
※スマートフォンとPCからのアクセスにのみ対応しております。
※サイトへのアクセスや登録時に発生する通信費等はご負担ください。

オーバーラップノベルス公式HP ▶ **https://over-lap.co.jp/lnv/**

# 現代社会で乙女ゲームの悪役令嬢をするのはちょっと大変 2


発行　2021年3月25日　初版第一刷発行

著者　二日市とふろう

イラスト　景

発行者　永田勝治

発行所　株式会社オーバーラップ
〒141-0031
東京都品川区西五反田 7-9-5

校正・DTP　株式会社鷗来堂

印刷・製本　大日本印刷株式会社





ISBN 978-4-86554-848-8 C0093





【オーバーラップ　カスタマーサポート】
電話　03-6219-0850
受付時間　10時～18時（土日祝日をのぞく）

忍宮一樹は女神によって、ユニークスキル『お小遣い』を手にし、異世界転生を果たした。
「これで、働かなくても女の子と仲良く暮らしていける！」
そんな期待はあっさりと打ち砕かれる。巨大な虫に襲われ、ギルドとの諍いが勃発し——どうなる、異世界ライフ!?

骸骨騎士様
只今
異世界へお出掛け中
Ennki Hakari
秤猿鬼
illust. KeG
目立たず過ごす――はずだったのに!?
最強の骸骨騎士による
無自覚“世直し”異世界ファンタジー、
ここに参上!!
目覚めると「見た目は鎧、中身は全身骨格」のゲームキャラ“骸骨騎士”の姿で異世界に放り出されていたアーク。目立たず傭兵として過ごしたい思いとは裏腹に、ある日、ダークエルフの美女アリアンに雇われ、エルフ族の奪還作戦に協力することに。だが、その裏には王族の策謀が渦巻いており――!?
大ヒット御礼!
骸骨騎士様、只今、
緊急大重版中!!
OVERLAP NOVELS